# A ASCENSÃO DO MAL

**Leia também:**

*Dorothy tem que morrer*

# A ASCENSÃO DO MAL

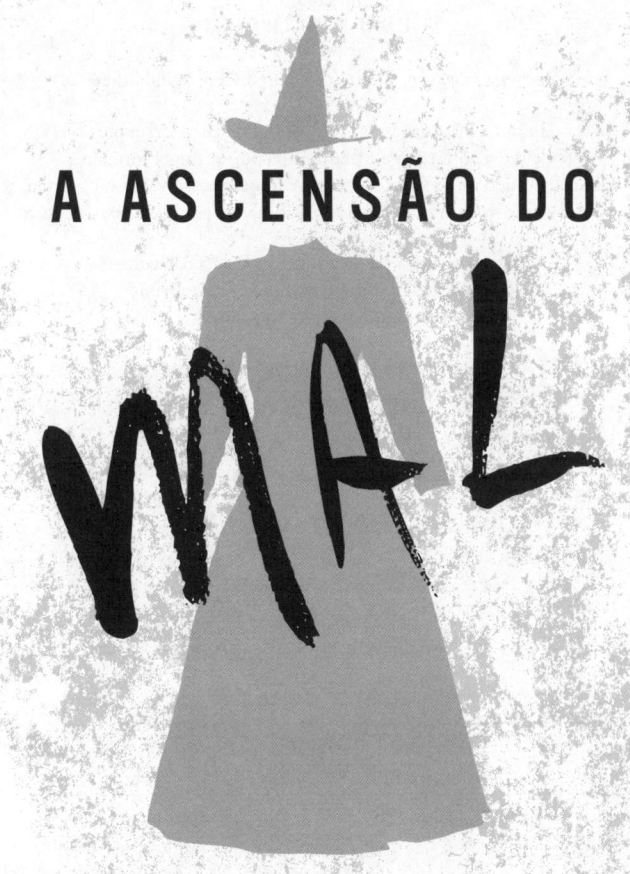

## DANIELLE PAIGE

Tradução de
CLÁUDIA MELLO BELHASSOF

ROCCO
JOVENS LEITORES

Título original
THE WICKED WILL RISE

*Copyright* do texto © 2015 *by* HarperCollins Publishers

Todos os direitos reservados. Nenhuma parte desta obra pode ser reproduzida ou transmitida por qualquer forma ou meio eletrônico ou mecânico, inclusive fotocópia, gravação ou sistema de armazenagem e recuperação de informação, sem a permissão escrita do editor.

Edição brasileira publicada mediante acordo com a HarperCollins Children´s Books, uma divisão da HarperCollins Publisher.

Direitos para a língua portuguesa reservados com exclusividade para o Brasil à
EDITORA ROCCO LTDA.
Av. Presidente Wilson, 231 – 8º andar
20030-021 – Rio de Janeiro – RJ
Tel.: (21) 3525-2000 – Fax: (21) 3525-2001
rocco@rocco.com.br | www.rocco.com.br

*Printed in Brazil*/Impresso no Brasil

preparação de originais
BEATRIZ D´OLIVEIRA

CIP-Brasil. Catalogação na fonte.
Sindicato Nacional dos Editores de Livros, RJ.

P162a
Paige, Danielle
 A ascensão do mal / Danielle Paige; tradução de Cláudia Mello Belhassof – Primeira edição – Rio de Janeiro: Rocco Jovens Leitores, 2017.
 (Dorothy tem que morrer; 2)

 Tradução de: The wicked will rise
 ISBN: 978-85-7980-380-2
 ISBN: 978-85-7980-381-9 (e-book)

 1. Ficção americana. I. Belhassof, Cláudia Mello. II. Título. III. Série.

17-42114
CDD – 813
CDU – 821.111(73)-3

O texto deste livro obedece às normas do Acordo Ortográfico da Língua Portuguesa.

A Cidade das Esmeraldas estava queimando.

Conforme eu me afastava do caos enfumaçado na direção da noite enluarada, carregada nos braços peludos e magrelos de um macaco, o horizonte crepitava sobre meu ombro em uma fúria de glitter e chamas. Parecia uma festa de aniversário infantil que tinha dado muito errado, e as torres e arranha-céus antes majestosos estavam desabando em explosões de pedras preciosas e vidro. Poderia ter sido lindo, exceto pela nuvem negra de fumaça densa com formato de cogumelo que flutuava ameaçadoramente sobre o horizonte.

Eu estava muito, muito longe do Kansas.

Meus sentimentos em relação a isso podem surpreender você. Ao contrário de algumas pessoas, eu nunca estive muito ansiosa para voltar para lá. Quando se trata de clichês, existe um que estou começando a acreditar que pode valer a pena repetir. *Você não pode voltar para casa.*

Prova A: Dorothy. Ela tentou voltar para casa duas vezes, e viu no que deu?

Prova B: o Mágico. Ele não conseguiu voltar para casa nem uma vez. (Tudo bem, talvez isso tenha alguma coisa a ver com o fato de que ele estava viajando em um balão de ar quente velho e vagabundo, mas mesmo assim.)

E aí tem eu, Amy Gumm, uma zé-ninguém vinda de Flat Hill, Kansas. Apesar de eu gostar de pensar em mim mesma como sendo o mais diferente possível de pessoas como eles, era difícil ignorar que tínhamos coisas em comum.

Para começar, todos tínhamos sido trazidos para cá do mundo real por uma força desconhecida, e, apesar de eu achar que ninguém havia descoberto que força era essa, tinha minhas teorias sobre por que nós havíamos sido escolhidos.

Lembre-se de que é só uma teoria. Nada comprovado, nem perto disso. Mas às vezes eu me perguntava se o que Dorothy, o Mágico e eu tínhamos em comum era o fato de que nenhum de nós se encaixava no local de onde viemos. Quer soubéssemos disso ou não. Talvez nós três tivéssemos nascido num local ao qual não pertencíamos e estivéssemos esperando ser encontrados por um lar que realmente pudéssemos chamar de nosso.

Olha, não posso falar por ninguém, exceto por mim. Eu nem sei nada sobre o Mágico, e pouco mais que isso sobre Dorothy. Ou seja, talvez eu esteja errada. É só uma ideia. Mas o negócio é o seguinte: depois que você viaja para o lado sombrio do arco-íris, chegou ao fundo do poço. Se não consegue transformar Oz em um lar, azar o seu.

Em se tratando de um lar, Oz não era exatamente o mais hospitaleiro, mas pelo menos eu podia chamar de meu. E agora estava em chamas.

Meu salvador era Ollie, o macaco que salvei das garras de Dorothy. Voando ao nosso lado, sua irmã Maude carregava minha improvável companheira: Ozma, a misteriosa princesa de Oz com cérebro de minhoca, cujos muitos segredos só agora estavam começando a ficar claros para mim.

Mesmo enquanto acelerávamos em direção às nuvens, o solo ficando borrado lá embaixo, eu tentava compreender os detalhes de como estávamos voando, para começo de conversa. Você já ouviu falar nos macacos alados, certo? Bem, Maude e Ollie não eram exatamente desse tipo — ou pelo menos não deveriam ser. Não mais. Apesar de terem nascido com asas, as de ambos haviam sido arrancadas.

Ollie tinha cortado as próprias asas para se libertar da escravidão de Dorothy. Quanto à Maude — eu ainda estremecia ao pensar em como as havia perdido. Eu não tinha apenas visto acontecer. Eu as arrancara, serrando-as de suas costas usando apenas uma pequena adaga.

Esta era a nova Oz, não o reino mágico e agradável do qual você já ouviu falar. Isso foi há muito tempo; muito antes de eu aparecer.

Na Oz de Dorothy, você fazia o que tinha que fazer. Fazia escolhas difíceis. Trocava o voo pela liberdade, se precisasse, mesmo que isso significasse perder uma parte de você mesmo. Às vezes, na Oz de Dorothy, você tinha que sujar um pouco as mãos de sangue. Ok, talvez sujar muito.

Mas, mesmo na Oz de Dorothy, ainda havia magia, o que significava que as coisas removidas às vezes podiam ser substituídas se você tivesse o feitiço certo – razão pela qual os macacos agora estavam voando com asas de papel, que zumbiam como libélulas, vibrando com tanta rapidez, que viravam um borrão.

As asas não eram muito impressionantes. Eram apenas dois pares de jornais colados e alguns retalhos que mal pareciam capazes de suportar o peso de Ollie e Maude, muito menos de uma menina de dezesseis anos como eu. Mas lá estávamos nós, a trezentos metros de altura e subindo mais a cada segundo. Isso era magia, pessoal.

Sim, eu sei que parece totalmente insano. Para mim, agora, era apenas a vida normal. Engraçado como a gente se adapta rapidamente à insanidade.

E se você acha que tudo isso é insano, pense no seguinte: nas últimas horas, eu tinha tentado assassinar Dorothy Gale (e fracassado), a Escrota Real Coroada da Terra Mágica de Oz. Eu tinha cortado o Homem de Lata e arrancado seu coração com minhas próprias mãos. Ele ainda estava batendo com um tique-taque mecânico na bolsa que eu havia prendido ao espartilho do uniforme de serviçal rasgado e ensanguentado, onde o guardei por segurança.

Eu tinha feito tudo isso. Ainda estava me acostumando à ideia. Mas havia uma coisa que eu sabia com certeza que não tinha feito: eu não tinha ateado fogo à cidade.

Mas alguém certamente o fizera, e agora, enquanto eu observava a cidade em chamas desaparecer atrás de mim, acho que sabia quem fora. De repente, entendi que tudo que eu fizera no palácio me tornara apenas uma pequena peça em uma máquina muito mais complexa. Enquanto eu estava escondida no palácio, a Cidade das Esmeraldas estava sendo atacada pela Ordem Revolucionária dos Malvados, a célula secreta de bruxas terroristas da qual eu tinha me tornado uma agente treinada. Enquanto eu estava infiltrada no baile do palácio, disfarçada de serviçal para tentar matar Dorothy, elas estavam arrasando com a cidade.

Eu só podia acreditar que elas tivessem seus motivos. Em um mundo virado do avesso como este, onde a doce Dorothy Gale era má, Glinda, a Boa, era ainda pior, e a maioria das outras pessoas estava tramando alguma coisa ou se esforçando para ficar fora do caminho; havia coisas mais malucas a se fazer do que confiar em um grupo que se intitulava *malvados*.

Não que eu confiasse totalmente na Ordem. Mas confiança praticamente não vinha ao caso. Eu era uma delas, gostasse ou não. E, apesar de eu confiar mais em umas do que em outras, tinha deixado *todas* elas para trás.

Mombi. Glamora.

As pessoas que tinham me salvado, que tinham me ensinado a lutar, a ser forte.

Nox. A pessoa que tinha me obrigado a me tornar quem eu era agora.

Elas ainda estavam lá atrás, nas chamas, e eu estava voando para longe. Era impossível não sentir como se tivesse fracassado com elas. Eu tinha uma tarefa a cumprir e estraguei tudo.

— Não podemos ir embora — falei para Ollie pela quinta vez desde que tínhamos decolado, minha voz rouca e cansada, as pernas doendo nos pontos em que ele me apertava com força. Eu me agarrava com mais força ainda a ele. (Não costumo sentir muito medo, mas não gosto de altura. Pelo menos era melhor subir do que descer.) — Temos que voltar pra cidade.

Eu precisava dizer isso, mesmo sabendo que era inútil — que não tínhamos como voltar.

— Eu te falei — disse Ollie no mesmo tom cansado de objetividade resignada que usara nas quatro primeiras vezes.

— Não posso simplesmente deixá-los *morrer* — implorei. — Eles são meus amigos.

Era uma vez — há quanto tempo? — uma época em que Ollie me devia sua vida. Mas havia muitos "era uma vez" neste lugar, e nós agora estávamos quites. Acho.

— *Você* não pode morrer — disse Ollie com firmeza. — E é isso que vai acontecer se voltarmos pra lá. Você vai morrer. Eles vão morrer. Oz vai morrer. Este é o único jeito.

— Seus amigos vão saber se proteger — disse Maude. — Vão nos encontrar no norte, onde é mais seguro.

— Norte, sul, leste e oeste — balbuciou Ozma de maneira inútil, num gorjeio desafinado. — Não tem como voltar.

Suspirei, ignorando-a. Eu sabia que Ollie e Maude estavam certos. Mas meu último vislumbre de Nox na cidade ficava ressurgindo em minha mente: seu cabelo escuro e sempre bagunçado, os ombros largos e os braços magros e fortes. A proeminência determinada de seu maxilar e aquela expressão de orgulho quase arrogante. A raiva sempre presa no fundo de seu peito finalmente estava pronta para explodir e destruir tudo no caminho, tudo para salvar Oz, o lar que ele amava.

Não, não só isso. Para *me* salvar também.

Eu tinha aprendido muito com ele. Nox me mostrou quem eu era. Agora talvez nunca mais o visse, e não havia nada que eu pudesse fazer a respeito.

— Pra onde estamos indo? — perguntei sem emoção. Agora a cidade em chamas era apenas um pontinho laranja na ampla escuridão abaixo de nós, depois desapareceu como se nunca tivesse existido.

— Pro norte — rosnou Ollie. — Pro Reino dos Ápteros. Agora, você não acha que devia tentar descansar um pouco?

Eu realmente não o culpava por não querer conversar. Tinha sido uma noite longa e confusa. Mas eu tinha tantas perguntas, que mal sabia por onde começar.

Entre as mais importantes estava Ozma. Ela parecia perfeitamente confortável, aninhada nos braços de Maude, onde cantarolava uma música baixinho, a única que não parecia abalada por nada do que acontecera naquela noite. Quando uma lufada de ar frio nos atingiu e nos carregou para mais alto, seu cabelo fustigou o rosto, e ela soltou um gritinho de alegria, como se fosse apenas um passeio na roda-gigante no parque de diversões. Seus olhos verdes eram tão brilhantes, que quase pareciam estar iluminando nosso caminho.

Ozma soltou outro gritinho, se balançando feliz enquanto Maude se esforçava para segurá-la.

— Fique quieta, Vossa Alteza — resmungou Maude. — Não posso deixar cair a filha de Lurline, não é? A rainha Lulu nunca ia me deixar em paz.

Ozma franziu a testa ao ouvir o nome.

— *Eu* sou a rainha — disse ela com um tom de irritação.

Meus olhos se arregalaram um pouco de surpresa. Tecnicamente, era verdade — ela *era* a rainha. Tecnicamente. Mas Ozma nunca estivera muito atenta, e esta fora uma das primeiras vezes em que eu a tinha ouvido dizer alguma coisa que realmente parecia lúcida. Analisei seu rosto, procurando sinais de vida inteligente, buscando algum traço restante da soberana gentil e majestosa que eu tinha ouvido falar que ela fora, antes de Dorothy Gale do Kansas fazer sua magia e apagar seu cérebro.

Quando ela piscou para mim, vi apenas mais enigmas. Quem *era* ela?

Será que era a rainha estúpida que eu tinha visto no palácio, andando pelos corredores como a tia-avó senil de alguém? Será que era a poderosa descendente de fadas que supostamente fora a melhor soberana que Oz já tivera?

Ou será que era realmente Pete, o desconhecido de olhos de esmeralda que fora a primeira pessoa a me receber quando pousei em Oz; o jardineiro de rosto gentil que se arriscou a me fazer companhia enquanto eu era prisioneira na masmorra de Dorothy; o garoto misterioso que, ao aceno da mão do Mágico, tinha se transformado, diante dos meus olhos, na princesa tonta de cérebro de passarinho tagarelando ao meu lado?

Pete tinha sido todas aquelas pessoas, de algum jeito, e eu tinha acabado de descobrir que ele e Ozma eram um só. O que aquilo tudo significava?

— Pete? — chamei. Eu tinha que acreditar que ele ainda estava ali dentro, em algum lugar. Mas Ozma apenas me olhou com tristeza. — Vamos lá. Se puder me ouvir, Pete, fale comigo.

Ozma franziu a sobrancelha ao ouvir o nome e, por um segundo, pensei ter visto um brilho de reconhecimento por trás de seus olhos. Seria ele lá dentro, tentando sair?

— Pete — falei de novo. — Sou eu. Amy Gumm. Lembra?

— Eu conheci uma garota chamada Amy — disse Ozma, seus olhos ficando vidrados de novo. Com isso, seu maxilar relaxou para uma expressão de tédio plácido. Ela piscou duas vezes e cobriu a boca vermelha e perfeita com a mão delicada, rindo de uma piada particular. — Tem magia pra todo lado! — disse ela. — Ora, ora. As fadas sabem! Eu também sou uma fada!

Revirei os olhos e desisti, me segurando firmemente enquanto voávamos cada vez mais alto. Quando passamos por uma cobertura densa de nuvens fofas, o céu preto se abriu como se fosse um palco e a cortina tivesse acabado de ser erguida.

As estrelas se revelaram.

Eu já sabia que as estrelas em Oz eram diferentes das que eu conhecia na Terra, mas, deste ponto de vista, elas eram *realmente* diferentes. Elas me deixavam sem fôlego.

Para começar, não estavam a milhões de quilômetros de distância no espaço. Estavam bem ali, ao nosso redor, perto o suficiente para se estender a mão e encostar nelas. Eram achatadas e com cinco pontas, nenhuma maior que uma moeda de cinco centavos; elas me lembravam daqueles adesivos que brilhavam no escuro que eu tinha colado no teto do meu quarto, quando ainda era pequena, antes de meu pai ir embora e antes de minha mãe e eu termos que nos mudar para o estacionamento de trailers. Pareciam, mas não eram iguais: essas estrelas eram mais brilhantes e reluzentes, e frias ao toque. Em vez de estar grudadas no céu, elas se moviam num padrão que eu não conseguia entender — elas se configuravam e reconfiguravam em novas constelações bem diante dos meus olhos.

— Elas nunca perdem a graça — disse Maude, percebendo minha admiração. — Por mais que você observe, elas sempre surpreendem. Esta provavelmente é a última vez que vou vê-las — disse ela com tristeza.

Quando olhei nos olhos de Ollie, percebi que estavam arregalados e marejados.

Olhei para suas asas de papel e me perguntei mais uma vez por que ele tinha decidido usá-las. Sei que parece estranho, mas ele sempre se orgulhou de ser um dos Ápteros, de ter sido capaz de sacrificar o que mais amava em si mesmo para manter sua liberdade.

Decidi abordar o assunto com o máximo de delicadeza possível.

— Você um dia vai me explicar exatamente onde conseguiu essas asas? — perguntei a ele.

— Já te falei — respondeu de maneira lacônica. — O Mágico nos deu. São apenas temporárias. Mas eram necessárias.

— Mas *por quê*? E...

Ollie me interrompeu.

— Eu prometi que ia te proteger. Eu precisava das asas pra isso. E em breve elas vão sumir.

— Mas o Mágico...

Ollie apertou meu braço.

— *Mais tarde* — murmurou ele. — Por enquanto, nada de conversa. É bom voar de novo. Dá a sensação de ser criança. Deixa eu curtir as estrelas.

Eu não sabia se tinha sido a menção às estrelas ou o quê, mas de repente senti uma agitação no meu bolso e me lembrei do que — de *quem* — eu ainda estava carregando: Star, minha ratinha de estimação. Star tinha vindo comigo do Kansas e, de algum jeito, ficara ao meu lado em todas as situações. Houve momentos — como quando fiquei presa na terrível masmorra de Dorothy, bem no fundo do Palácio das Esmeraldas — em que tive quase certeza de que teria enlouquecido sem ela para me fazer companhia.

Eu a peguei e a coloquei no ombro, sentindo garrinhas afiadas penetrarem no tecido do meu vestido e afundarem na minha pele.

Lá no Kansas, eu odiava Star, que tecnicamente era o animal de estimação da minha mãe, não meu. Sempre ouvi dizer que ratos eram disfarçadamente muito inteligentes, mas, se isso for verdade, Star deve ter matado aula na escola dos ratinhos. Lá em casa, ela sempre fora malvada e burra, interessada apenas em correr na rodinha rangente e em morder minha mão quando eu tentava alimentá-la.

Mas vir para Oz tinha transformado Star. Em Oz, era como se ela tivesse desenvolvido uma alma. Tinha se tornado algo como uma amiga – minha amiga mais antiga a essa altura, e estávamos nessa juntas. Às vezes eu me perguntava o que ela achava de tudo que tinha acontecido conosco.

Eu queria poder conversar com Star sobre tudo isso. Quero dizer, animais falam em Oz, certo? Mas não ela. Talvez Star simplesmente fosse do tipo forte e silencioso.

Ela se aninhou na curva do meu pescoço e nós velejamos juntas em silêncio pela noite, as estrelas roçando meu rosto como pequenos flocos de neve. As nuvens se estendiam em todas as direções, como um oceano infinito. Mergulhei os dedos nelas e os deixei deslizar na superfície, pegando pequenos pedaços algodoados só para vê-los se derretendo na minha mão.

Aqui em cima, as coisas estavam em paz. Não conseguíamos mais ver a cidade em chamas. Éramos só nós e as estrelas. Eu quase conseguia imaginar que Oz ainda era o local sobre o qual eu tinha lido nos livros, a terra mágica e feliz dos Munchkins e dos animais falantes, onde as bruxas eram malvadas, mas podiam ser assassinadas com um pouco de trabalho pesado à moda do Kansas e um balde d'água.

Eu ainda estava imaginando a Oz que poderia ter existido – a Oz que eu deveria ter encontrado – quando senti o corpinho de Star relaxar contra meu pescoço. Ela estava dormindo.

Isso foi suficiente. Você pode achar que seria difícil relaxar em uma situação dessas – e acredite, era –, mas, entre as estrelas cintilantes e o vento no meu rosto, as subidas e descidas enquanto Ollie navegava por uma corrente atrás da outra e a sensação reconfortante e segura da minha ratinha aninhada no meu ombro, em pouco tempo eu também estava dormindo. Não sonhei.

Quando meus olhos voltaram a se abrir, o sol era uma faixa vermelha no horizonte. A manhã estava começando, e toda Oz se estendia sob nós como uma velha e maluca colcha de retalhos. Eu nunca tinha estado em um avião, mas, de algum jeito, tive a sensação de que isto era melhor. Estávamos voando baixo o suficiente agora para ver os detalhes da paisagem – os retalhos roxos de terra cultivada delimitados por vilas do tamanho de brinquedos; os rios reluzentes e sinuosos e as montanhas nebulosas e irregulares ao norte.

Ao longe, havia uma floresta sombria e ameaçadora que se estendia até perder de vista. Eu tinha a sensação de que era para lá que estávamos indo.

Mas, enquanto eu observava o cenário sob nós, percebi que alguma coisa estava acontecendo lá embaixo. Alguma coisa estava mudando. Por toda a planície relvada, dava para ver pitadas de cor aparecendo e se espalhando. Quando olhei com mais atenção, percebi que eram flores nascendo a cada segundo. Alguns minutos depois, a planície relvada não tinha mais grama – era uma extensão enorme e mutável de flores surgindo em todas as cores que eu pudesse imaginar. Algumas eram grandes o suficiente para eu contar as pétalas dali de cima.

A floresta adiante também estava mudando. A princípio, achei que era só porque estávamos chegando mais perto, mas não. Conforme nos aproximamos, ficou mais fácil perceber o fato de que as árvores, na verdade, estavam ficando mais altas, se contorcendo em direção ao céu, se enroscando umas nas outras, os galhos enrolados em videiras espinhosas e parecidas com cobras.

As árvores tinham rostos.

O vento uivava, e eu estremeci antes de perceber que não era o vento. Eram as árvores. Elas estavam gritando.

— As Árvores Lutadoras – disse Maude, surpresa, percebendo-as ao mesmo tempo que eu. – Não pode ser...

— O que está acontecendo? – perguntei, olhando para Ollie.

— Dorothy odiava as Árvores Lutadoras. Exterminá-las foi uma das primeiras coisas que fez quando subiu ao poder – disse Ollie. – Se elas voltaram...

— Mas *como*? – perguntou Maude, incisiva.

Ollie simplesmente deu de ombros e ergueu as sobrancelhas para mim.

— Seus amigos fizeram isso? – perguntou ele. Eu não fazia ideia. Tudo que eu sabia era que o mundo estava se reescrevendo diante dos meus olhos. Como uma história sendo corrigida com uma caneta vermelha.

Eu me perguntei de quem era a história.

De repente, outra pessoa falou:

— A magia está retornando.

Era Ozma, como se estivesse explicando a coisa mais simples do mundo. Tentei me certificar: ela realmente tinha falado uma frase completa e totalmente inteligível? Ollie e Maude a estavam encarando como se Ozma tivesse desenvolvido um terceiro olho.

Mas, antes que ela pudesse dizer mais alguma coisa — antes que pudéssemos questionar o que ela dissera —, Ollie gritou:

— Rocas!

Olhei para cima e vi do que ele estava falando: dois pássaros escuros e gigantescos estavam vindo rapidamente em nossa direção, batendo enormes asas pretas e gritando em um coro ensurdecedor.

Onde estavam os pequenos pássaros alegres que *deveriam* habitar Oz?

— Amy! — gritou Maude. — Você pode...

Eu já estava cuidando daquilo, murmurando um feitiço bem baixinho, tentando formar uma bola de fogo nas mãos enquanto Maude e Ollie se contorciam e voavam em zigue-zague para evitar os agressores.

Não adiantou. Os pássaros estavam em cima de nós antes que eu conseguisse invocar mais que uma chama minúscula. Eles gritaram loucamente, circulando sobre nós, as asas pretas enormes bloqueando o sol, e depois mergulharam.

Tudo que eu vi foi o rosto estranhamente humano e apavorante dos pássaros enquanto eles atacavam as asas de Maude e Ollie com os bicos compridos e afiados, arrancando-as de suas costas com a facilidade de alguém rasgando um pacote de batatas chips. E então, com a mesma rapidez com que apareceram, os pássaros estavam disparando para longe, depois de terminar o trabalho. O ar estava repleto de pedaços rasgados de papel que vinham nos mantendo no ar, agora se espalhando na brisa.

Por um instante, flutuamos como o Coiote em um desenho do Papa-Léguas. E então estávamos caindo.

O chão estava se aproximando a cada segundo. Ozma gritava de alegria. Esta era a segunda vez, em menos de vinte e quatro horas, em que eu me via despencando em direção à morte certa, e meio que estava ficando de saco cheio disso.

Mas não gritei. Em vez disso, me senti estranhamente calma, de um jeito como não consigo realmente descrever. Era como se tudo ao meu redor estivesse acontecendo em câmera lenta enquanto meu cérebro continuava na velocidade normal.

Era uma vez uma garota chamada Amy Gumm que viera para Oz em um tornado. Tinha lutado muito; tinha sido leal e firme. Tinha feito coisas que nunca teria imaginado fazer.

Tinha aprendido magia; tinha sido uma espiã. Tinha mentido e roubado e sido jogada em uma masmorra. Tinha matado e não se arrependia disso.

Tinha sido boa e má e tudo entre uma coisa e outra. Também tinha sido as duas coisas ao mesmo tempo, até ser difícil saber a diferença.

Essa era a minha história. *Bem*, pensei enquanto caía do céu em direção à morte certa, *pelo menos o final vai ser de arrasar.*

# DOIS

Revelação: eu meio que sou uma bruxa.

Revelação completa: sou uma péssima bruxa.

Não péssima no sentido de *malvada*, mas, ei, talvez eu seja malvada também. Quem sabe?

Mas o que quero dizer com *péssima* é tipo – você sabe – não ser muito boa nisso. Tipo, se houvesse um Shopping de Bruxas, Glamora trabalharia em uma loja de alta costura, Mombi trabalharia em uma loja de departamentos e eu trabalharia em uma loja de 1,99, onde as pessoas iriam para comprar toalhas de papel, seis rolos por noventa e nove centavos.

Nunca me entendi muito bem com essa coisa de invocar um feitiço. Por um tempo, achei que era por eu ser do Kansas – que não era um local conhecido por seu encantamento –, mas ultimamente comecei a pensar que eu simplesmente não tenho talento para a magia, como não tenho para abanar as orelhas ou dar nós em cabinhos de cereja com a língua.

Claro, eu consigo fazer um feitiço aqui e outro ali. Por exemplo, consigo invocar uma esfera de rastreamento sem muita dificuldade. Consegui me teletransportar sem me materializar por acidente dentro de uma parede nem deixar partes do corpo para trás. Tenho uma faca mágica que posso invocar a qualquer momento. Finalmente aprendi a lançar uma bola de fogo decente. (Levei uma eternidade, mas os feitiços de fogo agora são minha especialidade.) E fiquei muito boa em invocar um encanto de desorientação que faz as pessoas me ignorarem, desde que eu ande na ponta dos pés e não chame muita atenção.

Não é tão bom quanto ser invisível, mas, ei, já salvou minha pele em mais de duas ocasiões. É meio assim que funciona: minha magia é estritamente do tipo em-caso-de-emergência. Fora de emergências, prefiro fazer as coisas do jeito normal. Pode me chamar de antiquada. Só é mais fácil.

Mas cair do céu a mil e quinhentos metros de altura provavelmente pode ser chamado de emergência, certo? Se Maude, Ollie, Ozma e eu quiséssemos pousar sem nos tornar panquecas servidas à moda de Oz, seria necessária uma magia de verdade.

Então, enquanto despencávamos pelo ar, eu apenas fechei os olhos, me desliguei de tudo e me concentrei, tentando ao máximo ignorar o fato de que eu talvez tivesse cerca de quinze segundos para cumprir a tarefa. Não podia pensar nisso.

Em vez disso, me concentrei na energia ao meu redor. Sintonizei sua frequência e a reuni, canalizando-a pelo meu corpo enquanto o vento me fustigava.

Certa vez, vi Mombi fazer um feitiço no qual revertia a gravidade, virando o mundo todo de pernas para o ar e se lançando, junto com seus passageiros, para cima no céu. Como cair, mas na direção errada. Ou na direção certa, dependendo do ponto de vista.

Eu não tinha tanta certeza de que conseguiria fazer esse truque, mas esperava que minha versão falsificada da magia de grife de Mombi fosse boa o suficiente para meus amigos e eu conseguirmos sair dessa inteiros. Ou pelo menos pouco quebrados. Algo assim.

E talvez por ter sido uma questão de fazer-ou-morrer, ou talvez por outro motivo, pela primeira vez na vida, a magia foi fácil. Expandi minha mente e transformei a magia em algo novo; algo que pudesse ajudar.

A primeira regra da magia é que ela fica entediada com facilidade – sempre quer ser algo diferente do que é. Assim, eu a imaginei como uma energia se remoldando em um paraquedas sobre nossas costas. Eu a imaginei capturando o vento, se abrindo e nos carregando. Foi como desenhar com a mente, ou como moldar uma escultura com argila macia e escorregadia.

Quando reabri os olhos, ainda estávamos caindo, mas desacelerando a cada segundo. Em pouco tempo, estávamos flutuando como penas, deslizando com facilidade em direção à Terra.

Tinha funcionado.

Não posso dizer que não fiquei surpresa.

— Alguém andou praticando uns truques — disse Ollie. Havia um toque de suspeita em sua voz, mas a maior parte era alívio.

— Acho que tive sorte — falei. Era meio que mentira. Não tinha parecido sorte. Também não parecera que eu sabia o que estava fazendo. De algum jeito, eu simplesmente tinha *feito* aquilo. Mas como?

Tentei deixar minha dúvida de lado. Não era hora de me questionar. Havia sido um pouso bem mais suave do que eu planejara, mas estava feliz e exausta pela façanha que tinha acabado de realizar, como se tivesse corrido uma maratona.

Eu me levantei, sacudi a poeira e tentei me concentrar. Meu corpo estava doendo da viagem, e minha mente disparou enquanto eu analisava tudo que acabara de acontecer, sabendo que precisava ficar alerta. Eu tinha a sensação de que as rocas não haviam nos atacado por coincidência, o que significava que, por enquanto, ainda estávamos em perigo.

Apesar disso, era difícil ficar muito preocupada ao ver onde tínhamos pousado: um mar de flores, se estendendo bem ao longe.

Quando digo um mar de flores, realmente quero dizer que parecia um oceano, e não só porque eu não conseguia ver seu fim. Quero dizer, claro que essa era uma das características. Mas o mais importante era o fato de que estava se movendo.

As flores pareciam ondas, subindo e rolando em nossa direção, as pétalas se espalhando para todo lado ao bater em nossos pés, definhando e se transformando em uma campina relvada normal. Se era um oceano, estávamos exatamente à beira-mar.

— Já ouvi falar do Mar de Flores — disse Maude. — Ouvi falar, mas...

Sua voz morreu enquanto todos nós observávamos com certo espanto.

O Mar de Flores. Era lindo. Não apenas lindo: era encantado. De tudo que eu tinha visto desde que cheguei a Oz, isso era o mais parecido com a magia que deveria existir por toda parte aqui. Depois de quase escaparmos dos monstros voadores, eu sabia que deveria estar tensa, mas havia algo tão alegre no modo como as flores se balançavam na brisa, que senti meu coração se encher de esperança.

Mas aí eu me virei e vi o que estava atrás de nós e me lembrei de algo que Nox tinha dito: que, mesmo nas melhores circunstâncias, toda a claridade em Oz era equilibrada com algo sombrio.

Ali estava essa escuridão, seguindo a deixa: atrás de nós, o caminho estava bloqueado por uma selva densa e soturna, com árvores mais altas do que eu jamais tinha visto, tão próximas umas das outras, que era difícil ver uma passagem. Meu corpo estremeceu involuntariamente.

Pelo menos, elas não tinham rostos. Mesmo assim, havia algo de perigoso ali. Algo que dizia *mantenha distância.*

— É aqui que os macacos moram? — perguntei, esperando que a resposta fosse negativa.

Ollie deu uma risada triste.

— Não exatamente. O Reino dos Ápteros fica bem no meio da floresta, no alto das árvores. Voar teria sido mais rápido, mas ainda conseguiremos chegar lá ao anoitecer se formos rápidos.

— E se as Árvores Lutadoras decidirem nos deixar passar — disse Maude de maneira obscura. — Antigamente, elas eram amigas dos macacos, mas, hoje em dia, nada é certo. As coisas mudam rapidamente em Oz. O Mar de Flores deveria ter secado anos atrás. Ozma disse que a magia está voltando. Por mais tola que seja, ela ainda é profundamente sintonizada com esta terra. Eu me pergunto se algo que seus amigos malvados fizeram na noite passada despertou parte da magia que Dorothy e Glinda andaram roubando esse tempo todo.

— Parece que sim — refletiu Ollie. — E as rocas? Elas não são vistas por aqui desde que eu me lembro. Já tinha quase começado a me perguntar se eram apenas uma lenda.

— Você acha que alguém pode ter mandado as rocas atrás de nós? — pensei em voz alta.

— Talvez — disse Maude, pensativa. — Mas quem?

Ozma, que estava ajoelhada no chão ali perto, arrancou um lírio roxo e o prendeu no cabelo. Então se virou para nós.

— Foi ele — disse ela, fazendo um buquê de flores e levando-as ao rosto, inalando o aroma perfumado.

— Quem? — indaguei, ainda sem conseguir identificar se era apenas mais uma de suas besteiras ou se, de algum jeito, ela sabia do que estava falando. Eu a analisei com cuidado.

Ozma recebeu minha pergunta com um olhar vazio e jogou as flores no chão. Em vez de se espalhar, os caules se enterraram de volta na terra, e as flores estavam em pé de novo — como se nunca tivessem sido colhidas.

— Está vindo — disse ela. — Ele também está vindo. Corram e se escondam!

Antes que eu pudesse questioná-la, houve um farfalhar nas árvores e o som macio e pesado de passos. Um instante depois, uma sombra volumosa surgiu da floresta, e eu soube, naquele momento, quem Ozma estivera pressentindo.

O Leão.

O ar desapareceu totalmente. O canto dos pássaros morreu; o Mar de Flores de repente ficou parado e calmo. Talvez calmo fosse a palavra errada. Era mais como se ele estivesse com medo de se mexer.

Até o céu parecia saber que ele estava aqui. Apenas um segundo atrás, estava um dia claro e ensolarado, mas, num piscar de olhos, o sol pareceu enfraquecer, nos lançando em sombras cinzas e soturnas.

O Leão veio em nossa direção. Onde seus pés encontravam a terra, as flores murchavam instantaneamente e viravam cascas pretas e amassadas. Ao meu lado, senti Ollie e Maude congelarem de medo.

O Leão nos circulou por um instante e depois olhou para mim, exibindo uma boca grotesca cheia de presas no que provavelmente era para ser um sorriso.

— Ora, se não é a pequena srta. Amy Gumm, a princesa Ozma e seus dois amigos peludos — disse ele. Maude e Ollie se encolheram de pavor. Ozma se levantou e encarou a cena de um jeito passivo. O Leão olhou para o meu ombro, onde Star ainda estava empoleirada, e ergueu a sobrancelha. — Na verdade, *três* amigos peludos — corrigiu.

Minha mão se agitou enquanto eu instintivamente invocava a faca mágica que Nox tinha me dado. O punho sólido se materializou na minha mão, e eu dei um passo à frente, sentindo seu calor queimar minha palma.

— *Você* — cuspi.

Se o Leão ficou preocupado com a ameaça na minha voz, não demonstrou.

— Pensei que a queda certamente ia te matar, mas tenho que admitir que estou feliz por isso não ter acontecido — disse ele, se sentando e nos analisando. — Desse jeito, posso me divertir com você. Faz muito tempo que não tenho uma refeição nutritiva. E, depois daquele alvoroço *terrível* na Cidade das Esmeraldas, tenho certeza de que Dorothy vai me perdoar se eu não te levar de volta viva.

— Boa sorte com isso, cara — falei. — Não sou tão fácil quanto você pensa. Eu matei seu camarada, o Homem de Lata, ontem à noite, sabia?

Um olhar de surpresa surgiu no rosto do Leão, mas sumiu com a mesma rapidez.

— O Homem de Lata é um amante, não um guerreiro — disse ele.

— *Era* — corrigi. — Antes de eu arrancar o coração dele.

O Leão semicerrou os olhos e me encarou de cima a baixo. Estava acostumado com pessoas se acovardando diante dele, como Maude e Ollie, que estavam tremendo de medo, encolhidos ao meu lado, os dentes batendo de pavor.

Esse era o efeito que o Leão costumava ter. De algum modo, sua coragem tinha se corrompido em algo sombrio e doentio. Agora era uma arma. Aonde quer que fosse, levava uma nuvem de pavor consigo. O simples fato de estar perto dele era suficiente para fazer a maioria das pessoas se encolher até serem consumidas pelo medo.

Então o Leão o consumia delas. Ele literalmente comia medo. Isso o deixava mais forte. Eu já o tinha visto fazer isso – pegar um Munchkin apavorado e sugar seu medo até a criatura virar uma casca sem vida e o Leão estar supercarregado, explodindo de poder.

Mesmo assim, hoje, a três metros de distância dele, me peguei pela primeira vez sem medo. Eu já tinha enfrentado tudo que me apavorava e sobrevivido.

Em vez de medo, senti meu corpo se encher com uma raiva profunda. Havia alguma coisa na raiva que parecia dar foco a tudo – era como se eu colocasse um par de óculos e finalmente enxergasse com clareza.

*O coração do Homem de Lata. A coragem do Leão. O cérebro do Espantalho.* De acordo com o Mágico, depois que eu tivesse tudo isso, Dorothy finalmente poderia ter a morte que merecia. Eu já tinha o primeiro item na bolsa atravessada em meu peito: o coração mecânico do Homem de Lata. Agora, a segunda coisa na lista estava ao meu alcance – se ao menos eu conseguisse descobrir onde o Leão *guardava* sua coragem.

*Sem problema*, pensei. Eu podia descobrir isso depois que ele estivesse morto.

Mas queria que ele fizesse o primeiro movimento. Estava contando que ele ia me subestimar, mas, mesmo na minha melhor forma, o Leão tinha dez vezes minha força física.

— Agora, vamos ver – disse o Leão. – Quem devo comer primeiro? – Ele olhou de mim para Ozma, para Ollie, para Maude, erguendo uma pata gigantesca e passando por cada um de nós.

— Uni duni tê, salamê minguê – rosnava ele num canto baixo e ameaçador. Maude. Ollie. Eu. Ele parou quando chegou a Ozma. – Sabe, não gosto muito de salame. – Suas pernas traseiras se tensionaram. – Por outro lado, fadas são deliciosas.

— Você é muito mau – disse Ozma com desdém. – Não pode comer a rainha.

Eu quis até comemorar, ouvindo-a falar com ele totalmente sem medo, com uma arrogância tão casual e descuidada. Era de se admirar a coragem de Ozma, mesmo que fosse apenas fruto de sua ignorância. Mas o Leão não pareceu achar divertido.

Eu estava preparada quando ele rosnou e se lançou sobre ela. Eu me adiantei, golpeando a faca no ar em um arco luminoso de chamas vermelhas e abrasadoras, mirando nele. Ozma bateu palmas com o espetáculo. Eu estava ficando melhor nessa coisa de magia.

Mas eu também estava confiante demais: minha lâmina mal roçou no flanco do Leão. Tirei sangue, mas não o suficiente para fazê-lo perder velocidade. Ele apenas girou, irritado, e me atacou com uma patada poderosa. O Leão me atingiu no estômago, e eu fui tropeçando para trás, como um mosquito que tinha levado um tapa, caindo de bunda no chão numa explosão de pétalas. Eu me levantei rapidamente, só para ver que Ozma, ao que parecia, era perfeitamente capaz de se proteger sozinha.

Ela não tinha se mexido nem um centímetro, mas uma bolha verde e cintilante tinha aparecido ao redor dela de algum jeito. O Leão a arranhou e cutucou, mas, de onde quer que viesse o campo de força, era impenetrável aos seus ataques. Ozma piscou inocentemente para ele.

— Gatinho malvado! — E olhou de cara feia para ele, um dedo em riste. — Gatinho desobediente!

O Leão soltou um rosnado longo, aparentemente não gostando de ser chamado de "gatinho", e deu outra patada na direção dela. Mas, de novo, seu ataque rebateu na bolha protetora.

Enquanto o Leão estava distraído com a princesa, eu o estava circulando sorrateiramente, me posicionando para atacar de novo enquanto carregava minha faca com outra chama mágica.

— Você sempre foi uma coisinha burra – disse o Leão para Ozma. – Apesar disso, parece que tem seu próprio poder *irritante*. Ainda bem que existem outras maneiras de ensinar uma lição a uma fada.

Ele se desviou de Ozma e foi em direção a Maude, que tinha se encolhido e virado uma bola no chão, os dentes batendo de pavor. Ela nem tentou correr.

— Não! — gritou Ollie, se jogando na frente da irmã.

Essa foi a minha deixa: eu o ataquei.

O Leão sentiu minha aproximação. Ele girou e soltou um rugido furioso, a mandíbula praticamente se deslocando.

E se lançou para cima de mim.

*Hora da enganação.*

Quando ele estava prestes a me pegar, dei uma cambalhota para trás, sumi e reapareci atrás dele, meu feitiço de teletransporte revertendo meu impulso quando pousei em suas costas. Agarrei um punhado de sua juba e puxei com força, trazendo sua cabeça para trás.

— Já faz um tempo que eu queria fazer isso — falei entre dentes trincados, usando cada grama de força que tinha para passar a lâmina flamejante na garganta exposta dele. Eu estremeci com o som da sua carne sibilando sob o calor cintilante da minha arma, mas, em algum lugar, lá no fundo, fiquei surpresa com o quanto já havia me acostumado a esse tipo de violência. À facilidade com que ela surgia em mim.

Quando o Leão uivou, senti um pequeno prazer na sua dor. Tentei não notá-lo, mas existiu. Senti um levíssimo vislumbre de sorriso no canto dos meus lábios.

O Leão pinoteou e se sacudiu de maneira selvagem, e eu me agarrei à sua juba com toda a força, pensando na amiga da minha mãe, Bambi Plunkett, que uma vez ganhou quinhentos dólares no touro mecânico no Raging Stallion, na avenida Halifax. Infelizmente, descobri bem rápido que eu não seria coroada rainha do rodeio tão cedo.

Conforme o Leão tentava desesperadamente me arrancar dali, senti que estava começando a soltar sua juba. Ele saltou no ar, e nós caímos com uma força que fez o chão tremer, as flores voando para todo lado. Quando ele deu uma última sacudida poderosa, eu o soltei e caí de cima dele, minha cabeça batendo no chão.

Minha visão ficou borrada. Em uma confusão de pelos e dentes, o Leão reagiu, o peso do seu corpo esmagando as minhas pernas enquanto ele prendia meus braços com as patas.

— Estou vendo que você é corajosa — ronronou ele, colocando o rosto a centímetros do meu. — Devo admitir que não esperava isso de você. — Ele lambeu as mandíbulas. — Vamos ter que mudar isso, não é?

Um rastro de sangue saía de sua garganta, escorrendo nos pelos e caindo na minha blusa, e eu vi que o corte era, na verdade, apenas um ferimento superficial. Eu mal o tinha machucado.

A situação não estava indo tão bem quanto eu imaginara. Tentei me teletransportar para me libertar das patas dele, mas minha cabeça ainda estava latejando da queda recente e, por mais que eu tentasse, descobri que não conseguia invocar a magia.

Então, antes que eu pudesse decidir o que fazer em seguida, ouvi um grito agudo. Pelo canto do olho, vi uma coisa branca atravessar a grama enquanto Star corria para longe e senti o peso do Leão no meu corpo aliviar, enquanto ele se inclinava e estendia uma pata.

— Não! — gritei, percebendo de repente o que ia acontecer. Mas não havia nada que eu pudesse fazer. Ele tinha agarrado minha ratinha pelo rabo, e ela se debatia e gritava enquanto ele a segurava perto do meu rosto.

— Dorothy quer *você* viva, pequena Amy corajosa — disse ele. — E, apesar de eu ainda não ter decidido se vou deixá-la ter o que quer desta vez, enquanto isso, *essa* aqui vai dar um ótimo aperitivo.

O Leão abriu a boca. O último grito de Star pareceu quase humano, enquanto ele a deixava pendurada sobre sua mandíbula aberta, cheia de dentes.

Primeiro, o medo a deixou. Saiu em um fluxo de seu corpo trêmulo para dentro da boca aberta do Leão, em uma combustão delicada como uma nuvem de fumaça saindo de um cigarro. Depois ela ficou parada, me encarando com olhos arregalados e plácidos.

Não havia muita coisa restante nela, mas pelo menos eu sabia que não estava com medo quando morreu. O Leão a deixou cair na boca e mastigou com força. Um fiapo de sangue escorreu pelo queixo.

— Não me satisfez — disse ele com uma risada. — Mas ouvi dizer que ratinhos são uma iguaria em certas partes de Oz. — Ele parou e lambeu dos lábios um pedaço perdido do pelo branco da minha pobre ratinha. — Agora, tomei uma decisão. Vamos para o prato principal.

— Não — falei quando algo estranho tomou conta de mim. Eu me sentia mais lúcida do que nunca, como se o volume de todos os meus sentidos tivesse sido aumentado. Senti que eu estava me olhando de fora, observando a cena se desenrolar em algum lugar distante. — Movimento. Errado. Porra. — Com isso, pisquei e escapei de suas garras.

O Leão recuou, surpreso, e girou para me encarar onde eu estava agora, a alguns metros de distância, de costas para as árvores. Ele bateu com a pata no chão.

Na minha visão periférica — nos limites da minha consciência —, vi que Ollie e Maude estavam agarrados a Ozma sob a proteção de sua bolha. Eles estavam em segurança, mas eu quase não me importava mais.

Não me importava com eles, não me importava com Oz. Não me importava nem comigo mesma. Eu só me importava com minha ratinha morta.

Aquela ratinha idiota era a última conexão que eu tinha com a minha casa. De certa maneira, era a única amiga que me restava. Ela havia passado pelas masmorras de Dorothy comigo. Tinha me ajudado a sobreviver. E agora estava morta. O Leão a tinha comido com tanta facilidade quanto comeria um marshmallow.

Agora eu estava sozinha de verdade. Mas, de repente, soube que não era diferente de antes. Não era diferente nem do Kansas.

Eu sempre estivera sozinha e sempre estaria. Levei esse tempo todo para descobrir isso.

Agora, eu só me importava com vingança.

O Leão saltou na minha direção com um rosnado trovejante, tão alto, que sacudiu as árvores. Não me mexi. Se o Leão achava que comer minha ratinha e criar uma confusão ia me deixar com medo, não poderia estar mais enganado. Eu sentia menos medo do que nunca.

Estava preparada para matar, e de repente não tinha dúvidas de qual seria o resultado.

Meu coração se abriu num poço sem fundo. Olhei para o vazio pela borda e saltei lá dentro.

Brandindo a faca, chamei mais fogo em silêncio – invoquei as chamas cintilantes do sol. O Leão ia queimar.

O fogo não veio. Em vez disso, como um copo se enchendo de tinta, minha lâmina se transformou de prata polida e reluzente em uma obsidiana tão profunda e escura, que parecia estar sugando a luz diretamente do céu.

Não era o que eu esperava, mas às vezes a magia funcionava assim. A magia é traiçoeira. Não é tão simples quanto dizer *abracadabra* e agitar uma varinha. Quando se invoca o feitiço, a magia se torna parte de você. Sua personalidade pode alterá-la. E eu estava diferente, agora.

No passado, eu tinha sido uma pequena bola de fogo raivosa e íntegra. Agora eu era outra coisa.

Mas o quê?

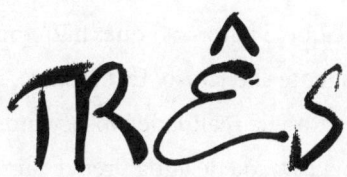

# TRÊS

Senti a magia em todos os poros, em cada pelo dos meus braços. Eu a sentia na ponta dos meus cílios. Estava vibrando com ela quando o Leão veio para cima de mim com um rugido alto o suficiente para rachar o mundo.

Era tarde demais para isso.

Ele se lançou sobre mim como uma bola de canhão ágil e poderosa; ele dava patadas, arranhava e mordia. Não estava mais brincando; não havia insultos e provocações enquanto ele me atingia com uma fúria animal e graciosa que não dava trégua. Mas ele não conseguia me tocar.

Ao matar Star, ele liberou alguma coisa em mim que eu nem sabia que existia. Agora, a magia estava fluindo através de mim como uma canção, e meu corpo estava se movendo na sua batida pulsante e ritmada.

Eu estava em toda parte ao mesmo tempo. Mal estava em algum lugar. A cada movimento que ele fazia, eu me adiantava. Era como se estivéssemos dançando.

Eu estava girando e me esquivando e dando cambalhotas, avançando e desviando e, sempre que o Leão achava que tinha me atingido, eu me via derretendo para dentro do solo, me erguendo um instante depois onde ele menos esperava.

Era um teletransporte diferente do que eu fazia quando piscava de um lugar para outro. Era como se eu estivesse entrando em um mundo de sombras. Eu não tinha certeza de como estava fazendo aquilo, nem de para onde ia quando desaparecia daquele jeito — só que, não importava onde fosse, era frio e estranho e mortalmente silencioso. Lá embaixo, tudo era nebuloso e em câmera lenta, e eu estava fora da realidade, observando-a da escuridão, como se olhasse através de uma camada de água preta e lamacenta.

Eu podia não saber *como* estava fazendo, mas sempre que eu subia de novo, voltando à minha forma, eu sabia *o que* fazia quando estava lá embaixo. Estava tocando a escuridão.

Se eu tivesse tido tempo para pensar, provavelmente ficaria assustada. De algum jeito, eu sabia, por instinto, que estava mergulhando no tipo mais sombrio de magia. Em todos os lugares que eu atacava e golpeava, minha faca deixava um rastro denso e escuro para trás. Parecia que eu estava abrindo um buraco na atmosfera, e o que estava do outro lado era o nada.

Seguimos assim durante um tempo. Dava para ver que o Leão estava ficando cansado. Não estávamos mais dançando. *Eu* estava, mas ele? Ele simplesmente ia morrer.

Era patético, na verdade, mas não senti pena. Para ser sincera, estava me divertindo. Eu tinha encontrado algo em Oz em que eu era *boa*.

Por fim, ele fez um último esforço determinado e se ergueu, agarrando um galho de árvore e se balançando em minha direção com as patas traseiras. Nem me preocupei em desviar. Eu me derreti e me transformei em nada, depois me rematerializei atrás dele, querendo saber como esse tipo de magia de repente me vinha com tanta facilidade.

O Leão ainda estava se levantando do ponto onde caíra, e eu o deixei se debater em confusão por um instante antes de girar a perna num chute que atingiu seu rosto com o triturar agradável de dentes quebrados.

Enfiei minha faca no flanco dele, e uma teia de linhas pretas se formou na superfície de seus músculos dourados e marrons, como se eu estivesse injetando veneno.

Bem, talvez eu estivesse.

Girei a lâmina. O Leão gritou e caiu. Ele se rendera, mas eu ainda não tinha acabado. Enquanto ele estava caído, uivando de dor, saltei quase que em câmera lenta, suspensa no ar por um instante antes de dar impulso para a frente, em direção a ele, afundando minha faca no céu da sua boca aberta, fazendo surgir um gêiser de sangue.

Desta vez, ele nem gritou.

Joguei a faca para o lado, deixando-a desaparecer para o local onde ficava quando eu não a estava segurando. Mas, desta vez, quando puxei a mão de volta, trouxe junto um fio comprido e escuro – uma meada preta e retorcida de nada.

Era como um tentáculo, como uma extensão de mim. Tudo que eu tinha que fazer era pensar na coisa, e a escuridão se retorcia no ar como uma serpente se arrastando pela grama. Aquilo se enroscou no pescoço do Leão.

O Leão segurou a garganta, ofegando e tentando se libertar.

Tudo que eu tinha que fazer era desejar, e o nó apertava mais.

– Implora – falei.

As palavras ecoaram, pingando veneno. Mal parecia a minha voz. Se eu fosse uma personagem de história em quadrinhos, meu diálogo teria sido representado em letras grossas e irregulares. Essa não podia ser eu – podia? Eu sabia o que tinha que fazer, mas não havia motivos para ser tão cruel.

Eu me senti meio possuída quando falei de novo.

– Implora – repeti, com ainda mais crueldade, enquanto o Leão tentava abrir a boca.

Seus olhos se arregalaram, mas ele mal continuava lutando; estava usando a força que lhe restava para se manter vivo.

– Nunca. – Foi tudo que ele conseguiu dizer.

A faca tinha voltado à minha mão e, quando olhei para ela, vi que sua escuridão estava se prolongando e subindo pelo meu braço, como se eu estivesse usando uma luva feita de piche. Eu a estava segurando com tanta força, que doía. A lâmina estava se tremendo.

*Corta ele*, ouvi uma voz lá no fundo. *Você deve puni-lo por tudo que ele fez*.

Eu queria fazer isso. Eu me imaginei cortando o Leão. Sua barriga. Sua garganta. Como se estivesse assistindo a um filme, eu me vi esfaqueando-o em todos os locais possíveis, sem prestar atenção, só atacando enquanto ele se debatia e gemia, seu sangue quente e gosmento esguichando enquanto eu continuava.

Era só minha imaginação. Mas eu queria que fosse real. E *podia* ser. Tudo que eu tinha que fazer era agir.

Mas aí escutei outra voz: uma voz real desta vez, não na minha mente, mas vinda de algum lugar ao redor. Era suave e melódica, quase um sussurro.

Era Ozma.

— Volta – disse ela simplesmente.

Com ela, nunca dava para ter certeza de que as palavras tinham algum significado. Eu nem sabia se ela estava falando comigo. Mas alguma coisa no modo como falou me trouxe de volta à Terra e, quando me virei, vi que Ozma havia deixado de lado a bolha de proteção e agora estava a poucos centímetros de distância. Seus olhos brilhantes estavam fixos em mim, tristes, com uma expressão de preocupação profunda, quase fraternal.

Foi aí que percebi que não estava lutando contra o Leão para puni-lo. Por mais que eu quisesse deixar minhas fantasias de vingança agirem, tinha que me lembrar de que havia um propósito maior em tudo que eu estava fazendo. Por mais que eu quisesse matá-lo – meu corpo ainda estava gritando pelo seu sangue –, eu sabia que não era tão simples. Eu precisava de uma coisa dele.

Tudo veio em uma enxurrada, como um sonho que você esqueceu até alguma coisa refrescar sua memória.

*O coração do Homem de Lata. A coragem do Leão. O cérebro do Espantalho.*

Com o Homem de Lata e o Espantalho, era óbvio. Coração e cérebro. Dã. Mas onde um Leão guarda sua coragem?

Olhei para ele caído, em uma derrota surrada e ensanguentada, sem dentes e machucado, o rabo mutilado se debatendo com a ponta ensopada de sangue, e percebi que havia alguma coisa estranha naquilo. O rabo. Ele não estava exatamente brilhando, mas tinha certo halo ao redor. Uma aura dourada inquieta, tão pálida que mal aparecia.

Isso me fez olhar com mais atenção.

Não sei como não tinha reparado antes, mas agora eu via. O rabo nem era real. Era estofado e sintético, feito de feltro e enchimento, como algo que pertencia a uma boneca. Na base, dava para ver que estava costurado ao corpo do Leão com um ponto cruz malfeito. Esse não era o rabo que nascera com ele. Claro: o Mágico tinha lhe dado um rabo.

Em um movimento rápido e suave, eu o cortei fora. Houve um sibilar agudo, como ar saindo de um balão. O Leão soltou um lamento fraco e idiota.

Eu levantei o rabo no ar, e ele se debateu em minha mão. Estava com raiva. Eu soube que meus instintos estavam certos.

Olhar para o Leão confirmou isso. Ele estava acovardado no chão, cobrindo o rosto com as patas. Sua angústia acabaria em breve. Levantei a faca e me preparei para acabar com ele para sempre.

Pensei em tudo que tinha feito – todas as pessoas inocentes que havia apavorado e torturado como agente da lei de Dorothy. Pensei em todo mundo que ele matou. Gert. Star. Nas pessoas que eu não conhecia – como a família de Nox. Ele fizera tudo isso sem motivo. Só porque gostava. Porque era divertido. Porque Dorothy mandara.

Minha mão estava erguida, e a faca estava explodindo em magia. Percebi que, em algum momento durante a luta, o céu que já estava ficando cinza tinha se coberto com um manto ameaçador de nuvens.

Era como se eu tivesse causado aquilo. Como se minha raiva e minha escuridão tivessem se espalhado para o terreno ao redor.

Naquele momento, não consegui evitar sentir medo de mim mesma.

Mas meu medo não era nada perto do medo do Leão Covarde.

– Por favor, não me machuca – gemeu ele. Agora estava chorando, encolhido em posição fetal e se balançando para frente e para trás no chão, escondendo o rosto.

Vê-lo desse jeito dificultava acreditar que tinha sido capaz de todos os terrores que provocara. Sem sua coragem, ele não era nada. E eu estava com ela agora. Seu rabo se enroscou no meu braço como uma joia. O Leão agora estava menos do que inofensivo. E eu me sentia poderosa. Talvez até corajosa.

Minhas mãos estavam vermelhas de sangue, que também tinha grudado na minha roupa e na pele. Até meu cabelo estava úmido de sangue. Ao longe, ouvi um único pássaro cantar.

Meus ombros relaxaram. Respirei fundo e engoli em seco. Minha faca sumiu e, ao fazer isso, as nuvens se afastaram e o sol voltou a brilhar sobre nós. Meu corpo todo tremia enquanto eu sentia a magia que havia me tomado durante a luta começar a se dissipar.

Por um instante, pensei na minha mãe e em como ela parecia frágil quando voltava de uma de suas bebedeiras. Pensei em todas as vezes em que ela tentou ficar sóbria e em todas as vezes em que tentei ajudá-la. Em como sempre fracassara.

Eu me levantei e me afastei do Leão.

— Vai — falei, apontando para lugar nenhum.

O Leão se ergueu, trêmulo. Ele tropeçou e caiu, depois se levantou de novo e ergueu os olhos, o rosto todo tremendo.

— Obrigado — choramingou ele. — Como posso...

Eu o interrompi.

— Vai logo, antes que eu mude de ideia. — Ele estremeceu e saiu mancando para a floresta, sem olhar para trás, o sangue formando um rastro a cada passo.

*Dois derrotados, só falta um.* Depois disso, Dorothy seria minha, e uma coisa era certa: eu não ia deixá-la escapar com a mesma facilidade com que deixei o Leão.

Então o mundo começou a voltar ao foco. No campo ondulante de flores, Maude e Ollie estavam rígidos como pedra, me encarando como se mal me reconhecessem. Mas Ozma estava com um sorrisinho tímido no rosto. Parecia quase orgulho.

Eu queria dizer algo a eles. *Viram?*, eu queria dizer, *deixei ele ir embora*.

Era verdade. Eu *tinha* deixado. Mesmo assim, sabia que havia uma linha que eu quase atravessara, e eles me viram indo até o limite dela. Abri a boca, mas voltei a fechá-la. Eu não tinha palavras para explicar nada daquilo.

Fiquei parada, ainda me perguntando o que tinha acabado de acontecer, e então vi os outros. Estavam por toda parte. Eu estava tão absorta com o Leão, que não tinha me dado conta da chegada deles. Macacos.

Estavam sentados nos galhos das árvores, ou agachados nos montículos de flores, ou escondidos nos arbustos densos que bloqueavam a floresta. Devia haver uma centena deles, macacos de todas as formas e tamanhos. Pena que nunca prestei muita atenção à aula de ciências; teria sido legal saber o nome de todas as espécies que estavam representadas ali.

Assim como Maude e Ollie, eles apenas me encaravam, sem piscar, apáticos. Assim como Maude e Ollie, todos pareciam estar com medo de mim.

# QUATRO

O Reino dos Ápteros ficava no alto das árvores, pouco abaixo das densas copas que cobriam a Floresta Sombria. Os macacos sabiam de cor o caminho através da selva e impunham respeito suficiente para conseguirmos passar sem ser incomodados pelas outras criaturas que a dividiam com eles, mas, mesmo assim, levamos horas para atravessar o mato denso de cipós e galhos até o coração da floresta, onde ficavam suas casas na árvore. Só paramos uma vez, para eu lavar o sangue do meu corpo em um riacho, antes de chegarmos diante de uma grande árvore.

Olhei para Ollie.

— Por que paramos?

— Esta é a entrada dos humanos. Você não vai conseguir escalar como nós, não é?

Olhei para cima, para onde ele estava apontando. A maioria dos macacos que viajava conosco tinha simplesmente disparado para os galhos mais altos.

Ollie pressionou a palma da mão em uma abertura quase invisível no tronco e uma porta se abriu, deslizando, revelando que a árvore tinha sido equipada com um dispositivo improvisado meio parecido com um elevador para alimentos. Ollie entrou, fez um sinal para o seguirmos e, quando estávamos todos lá dentro, ele, Maude e eu nos revezamos puxando a corda que girava a roldana e erguia a plataforma, subindo, subindo, subindo na escuridão.

Ollie estava completamente sem fôlego, e eu não estava muito melhor quando saímos da passagem para uma plataforma estreita.

A vila dos macacos era como uma mistura da casa na árvore mais legal do mundo e uma festa temática do filme *A cidadela dos Robinson* organizada pela Martha Stewart. Por toda a vila, casas de madeira de muitas formas e tamanhos tinham sido construídas na copa das árvores, todas conectadas por uma rede de passarelas suspensas feitas com tábuas rudemente talhadas e cipós retorcidos. Em todo lado para onde eu olhava, havia macacos usando roupas humanas. Macacos usando ternos elegantes de três peças, macacos usando calças de moletom e camisetas, macacos usando uniformes de enfermeira e até mesmo macacos usando minúsculos vestidos de festa e parecendo estar a caminho do Oscar dos macacos. A maioria não usava as passarelas; em vez disso, os que tinham compromissos se balançavam nos cipós e disparavam pelos galhos, parecendo ignorar totalmente o fato de estarmos a pelo menos cento e cinquenta metros de altura.

Fomos recebidos por uma macaca que não parecia nem um pouco envergonhada por estar usando um uniforme de empregada doméstica francesa.

— Bem-vindo de volta — disse ela a Ollie em uma voz baixa e rouca demais para seu tamanho minúsculo. Ela deu-lhe um tapinha rápido nas costas e um beijo na bochecha antes de se virar para a rainha, mergulhando em uma reverência desajeitada enquanto eu me esforçava para abafar uma risada. — Saudações, Vossa Alteza — disse ela para Ozma. — Sou Iris. Estamos honrados de tê-la em nossa vila. — Depois de olhar para a rainha durante alguns segundos, Iris voltou sua atenção para mim. Seu sorriso desapareceu. Eu estava começando a perceber que esses macacos não confiavam muito em mim.

— Oi — falei, envergonhada. — Sou Amy.

— Sim. A rainha Lulu estava esperando sua chegada. Ollie vai te levar até ela enquanto eu acompanho Vossa Majestade até os aposentos que vão compartilhar. — Com isso, Iris pegou Ozma, que estava com os olhos arregalados, pela mão e a conduziu para longe.

— Acho que seus amigos não gostam muito de mim — falei para Ollie.

Ele apenas deu de ombros.

— Os Ápteros têm um histórico de experiências ruins com bruxas. — Antes que eu pudesse protestar, ele já estava em movimento, disparando por uma ponte de cordas. Eu o segui.

Como a copa das árvores bloqueava quase toda a luz do sol, a vila era iluminada por estranhas lanternas flutuantes que pareciam enormes limões translúcidos. Elas ficavam penduradas no ar, ao longo das passarelas e sobre as casas nas árvores, sua luz brilhante dando à vila a sensação de uma festa de jardim elegante prestes a começar. (Não que eu já tivesse ido a uma festa de jardim elegante, mas, no Kansas, às vezes eu assistia ao canal de arquitetura com minha mãe. Quando estávamos de bem, no caso.)

— Frutassol — explicou Ollie, ao me ver encarando as coisas-lanternas enquanto atravessávamos as passarelas. — Experimenta uma. — Ele pegou uma fruta que estava pendurada e, de maneira experiente, tirou um pedaço da casca fina e macia, revelando uma gosma amarelada e brilhante lá dentro. Ele me deu a fruta.

A frutassol era quente na palma da minha mão e tinha a consistência emborrachada de uma jujuba. Tive um pouco de medo, mas não quis ofender Ollie, então enfiei um dedo, peguei um pouco da gosma e a experimentei.

Eu estava esperando que fosse meio nojento. Não estava preparada para ser a coisa mais deliciosa que já comi. Tinha gosto de dez coisas ao mesmo tempo: caramelos de sal e abacaxis e batidas de fruta com pequenos guarda-sóis. Tinha gosto de verão, e de último dia de aula, e de praia. Fechei os olhos e a saboreei por um segundo, de repente percebendo exatamente quanto tempo fazia desde que eu tinha parado para realmente aproveitar alguma coisa. Ultimamente, distrações como essa eram raras.

Eu poderia passar uma hora inteira tentando separar todos os sabores da frutassol, mas Ollie já estava puxando minha manga.

— Não queremos deixar a rainha Lulu esperando. Ela é uma governante sábia, mas fica frustrada com facilidade. Você não vai querer vê-la com raiva.

Aceitei seu conselho, mas continuei comendo frutassol enquanto andávamos. Alguns minutos depois, chegamos a uma espiral de degraus que tinham sido construídos na parte externa de uma árvore de tronco grosso.

— A rainha vai te receber sozinha – disse Ollie. – Quando terminar, você pode encontrar seus aposentos perto da cachoeira.

— Uma cachoeira? Aqui em cima? Nas árvores?

— Não tem como se perder – disse ele, saltando do caminho e se agarrando a um cipó com o rabo. Ollie se balançou, pendurado de cabeça para baixo, me olhando nos olhos. – Obrigado, Amy – disse ele, e eu sabia que não estava me agradecendo apenas por salvá-lo ou por salvar sua irmã.

Então ele sumiu no meio das folhas.

Respirei fundo e comecei a subir os frágeis degraus de madeira que contornavam a árvore em direção à copa. Dei cada passo trêmulo com cuidado, me mantendo tão colada à árvore quanto possível, tentando não pensar no fato de que eu provavelmente era a primeira humana adulta a usar esse caminho em anos. Seria de se pensar que o dia que eu tinha acabado de viver me curaria do medo de altura, mas não.

Olha, o medo nem sempre é racional, tá? De qualquer maneira, existe uma diferença entre ter medo e ser covarde. Pelo menos, havia uma coisa para me consolar: quem tem medo ainda deve ser um pouco humana.

Quando finalmente atravessei a copa das árvores, descobri que o "palácio" não tinha nada de palácio. Era apenas uma cabana redonda e grande sobre uma plataforma espaçosa acima das folhas.

Lá dentro, a rainha Lulu estava sentada em um grande trono construído com gravetos e galhos no meio de um cômodo nojento, cheio de cascas de banana, roupas e pilhas e mais pilhas de jornais, livros, brinquedos e outras porcarias. Ela estava usando um batom vermelho forte, um tutu rosa e óculos de gatinho cor-de-rosa incrustados com cristais. Observava-me de seu assento, enquanto se abanava com um leque de papel.

— Ora, ora, ora – disse ela com voz aguda, de trás do leque. – Se não é a famosa Amy Gumm. Bem-vinda ao meu reino.

Então ela não era uma Kate Middleton. Mesmo assim, eu não sabia o que esperar enquanto me aproximava do trono e imaginei que até mesmo uma rainha usando tutu espera certo respeito. Fiz uma reverência.

— É uma honra conhecê-la, Vossa Alteza.

— Encantada, tenho certeza — disse a rainha Lulu. Sua voz era aguda, mas também durona. — Ouvi dizer que você é do tipo heroína, daquelas de verdade. Você e seus resgates ousados! Ah, claro que já ouvimos falar disso por aqui.

— Hum, obrigada. Não sei. Eu só estava fazendo o que qualquer pessoa faria, acho.

— Bem, que menina incrível — disse Lulu. Ela deixou o leque de lado e coçou casualmente a axila. — Podemos considerar nossa dívida totalmente quitada, então?

— Dívida?

— Sim, dívida. Você salvou Ollie e Maude, eles te salvaram. Tudo igual. Acabou o lance com os macacos.

— Ah — falei, surpresa. — Quero dizer, tudo bem. Eu não estava contando, na verdade.

A rainha Lulu baixou os óculos escuros e olhou por cima deles.

— Vamos direto ao assunto — disse ela. — Você parece uma garota legal, mas quero deixar as coisas claras aqui. Permiti que Ollie e Maude te ajudassem dessa vez, mas nós, os Ápteros, não vamos nos envolver na maluquice que está se criando em Oz ultimamente. O que Dorothy e os outros fazem lá embaixo? Não é da nossa conta. Temos algo ótimo rolando aqui em cima nas árvores.

Cruzei os braços.

— Era isso que você queria me falar? Que vocês vão ficar de fora?

— Você entendeu, queridinha. Conheço seu tipo. Você aparece, faz uma confusão e, num piscar de olhos, todos os meus macacos querem uma guerra na Cidade das Esmeraldas. Obrigada, mas dispenso. Você tem sorte de eu ter te deixado vir até aqui, pra começo de conversa.

Hum, eu obviamente não tinha vindo até aqui para levar os macacos para a guerra. Pensando bem, nem tinha pedido para ser trazida até aqui. Sério, tudo que eu queria no mundo era um cochilo. Um cochilo muito, muito, muito longo. E um banho. E, talvez, um pouco de sorvete e um programa ruim de TV.

Mesmo assim, a atitude da rainha Lulu estava me deixando seriamente irritada. Sem perceber, coloquei as mãos nos quadris, indignada.

— Sério? Como você pode agir como se Dorothy não fosse problema seu? Vocês podem ficar escondidos aqui em cima por enquanto, mas ela vai queimar este lugar assim que alcançá-lo. Vocês não preferem viver num lugar onde não precisem se esconder? Onde não precisem cortar as próprias asas?

Lulu pegou uma banana de um cacho que estava sobre uma mesa ao lado do trono e a descascou. Realeza ou não, ela mastigava com a boca aberta.

— Para com isso — bufou ela. — Nós, macacos, somos a base da pirâmide desde que Oz é Oz. Posso ser a chefona agora, mas já carreguei várias bruxas de um lado pro outro, como uma chofer. Dorothy, o Mágico, Mombi e sua Ordem idiota... todos são iguais pra mim.

— A Ordem quer liberdade pra todo mundo.

Fiquei surpresa com a intensidade do meu sentimento. A verdade era que eu mesma nunca confiara totalmente na Ordem. Porque, claro, Dorothy era malvada, mas quem poderia dizer que elas não eram *mais*? Afinal, tinham sido bruxas malvadas. Quem poderia dizer que tinham mudado?

Mas olha. Temos que ser leais a *alguma coisa*, certo? Posso ter minhas dúvidas em relação a Mombi e às outras, mas apostara nelas e precisava apoiar minhas escolhas.

A rainha Lulu estava me lançando um olhar desconfiado, tipo *tô te sacando*.

— Não me venha com essa história de bebê-na-floresta, bebê — disse ela. — Digamos que você e seus amiguinhos malvados *consigam* matar Dorothy. Acha que serei eu a sentar minha bunda peluda naquele trono de esmeralda brilhante? Sem chance. Já passei por muita coisa pra saber que vai continuar igual a como sempre foi. Talvez pior. Conheça a nova bruxa, igual à antiga.

A rainha Lulu entrara em um frenesi enquanto falava; agora estava em pé e mostrava os dentes, com os óculos escuros tortos.

Eu sabia que devia simplesmente assentir com a cabeça e concordar com ela. Eu não ia mudar seu pensamento, e a rainha parecia estar a uma palavra errada de me atacar e rolar comigo no chão. Mas eu sempre fui muito ruim nessa coisa de calar a boca e sorrir. Pensando bem, talvez por isso eu tivesse acabado nesta situação, para começo de conversa.

— E Ozma? — perguntei. — As coisas eram boas quando ela estava no comando, certo? Nem todos os líderes são iguais.

Lulu gargalhou bem alto. Ela riu até estar ofegante e, quando cansou, caiu de novo no assento e jogou as pernas para cima.

— Claro. Ozma era uma fofa antigamente. Mas nós sabemos que aquela mocinha está muito longe da primeira classe hoje em dia. Ela é ótima se você quiser ouvir um monte de bobagens, mas não está preparada para governar, não é?

Ok, tudo bem, ela estava certa. Mas isso não mudava meu argumento.

— E daí? Devemos simplesmente seguir o nosso caminho, então?

— Ah, não fica chateada. Você e a srta. Princesa podem ficar o tempo que quiserem. Afinal, tenho princípios e, de qualquer maneira, meu coração é mole. Mas não quero confusão, e isso significa nada de magia enquanto estiver por aqui, entendeu? Não gostamos dessas coisas. E eu sei o tipo de magia que você faz.

— Tudo bem. Nada de magia.

A rainha Lulu não parecia nem um pouco convencida.

— Me mostra suas mãos.

— Minhas mãos?

— Você acha que eu nasci ontem? Você pode muito bem estar cruzando os dedos nas costas. Não pense que pode fazer gracinhas comigo.

Eu a encarei. Agora só faltava ela bater duas vezes na madeira do trono e dizer *um, dois, três. Isola!* Mas, por mais ridículo que parecesse, dava para ver, pelo modo como me olhava furiosa, que estava falando sério.

Obedeci e estendi as mãos para mostrar que eu não estava cruzando os dedos. Lulu pigarreou, tipo, *estou esperando*.

Suspirei.

— Prometo não usar magia enquanto estiver na vila...

— *Reino.*

— No Reino dos Ápteros. *Um, dois, três. Isola!* — Acrescentei como um extra.

Com isso, a rainha assentiu de um jeito orgulhoso e pegou o leque outra vez, abanando-o na frente do rosto.

— Muito bem – disse ela. – Agora, se me der licença, tenho que me encontrar com meu alto conselho. Sou uma majestade muito ocupada, sabe.

Virei-me para sair e, com a mão na porta, pensei em uma coisa e girei nos calcanhares.

— Você ouviu alguma coisa sobre a Ordem?

— Nem uma fofoquinha – disse ela, me dispensando. – Provavelmente estão todos comendo capim pela raiz. Agora, se manda daqui.

— Você deve ter ouvido *alguma coisa* – apelei. – Mombi me disse que nada acontece em Oz sem que os Ápteros saibam. – Na hora da necessidade, joguei pesado.

Era mentira, claro. Mombi nunca tinha falado da rainha Lulu. Mas membros da realeza nunca resistem a uma bajulação. Os olhos de Lulu se suavizaram.

— Bem – refletiu ela. – É verdade que eu tento me manter atualizada com as notícias. A Ordem não é a única que tem espiões. Mesmo aqui em cima, compensa saber dos furos... e eu *sou* a rainha.

— Por favor – insisti. – Eu só queria saber... eu *preciso* saber onde eles estão.

Lulu apenas suspirou.

— Desculpa, queridinha. A única coisa que sei é que sua bruxa Mombi fez um abracadabra e sumiu no meio da fumaça. E levou os amigos. Puf! Desde então, não soube nadica de nada.

— E... – comecei.

Ela levantou a mão para me interromper e olhou para um relógio imaginário no pulso.

— Está quase na hora da minha próxima reunião – disse ela, irritada. – Agora, xô. Sou uma monarca muito ocupada. Se quiser alguém com quem possa sentar e bater papo, eu tentaria a Duquesa do Povo das Árvores. Ela é a maior fofoqueira que você vai conhecer na vida.

Quando continuei parada e não saí, a paciência de Lulu finalmente chegou ao limite.

— Some daqui! — gritou ela, pegando uma banana e atirando-a pelo cômodo como um bumerangue, mirando no meu rosto. Eu me abaixei bem a tempo.

Já estava bom. Eu tinha ouvido falar das coisas que os macacos gostavam de atirar, e tinha certeza de que estava escapando fácil com apenas uma banana. Essa era a minha deixa para ir embora.

Mas, enquanto estava saindo noite adentro, pronta para descer de novo para a selva, ouvi um farfalhar nas árvores e o sussurro baixo de vozes de macacos. O conselho da rainha. Não dava para escutar o que estavam dizendo, mas, pelo tom dos sussurros, parecia importante.

Eu sabia que tinha prometido, mas não consegui me conter. Foi tão fácil desta vez, que mal pensei no que estava fazendo: me senti afundando nas sombras. Quando quatro macacos se aproximaram dos aposentos da rainha, eu me esgueirei atrás deles. Deixaram a porta bater com força ao entrar e nem perceberam quando passei direto por ela.

Tudo era diferente no meu mundo de sombras – onde quer que fosse. Era meio que como lá em casa, quando tentávamos roubar a TV a cabo do trailer vizinho e tudo ficava meio com estática e misturado e às vezes de cabeça para baixo, mas dava para entender se você semicerrasse os olhos e ficasse bem perto da tela.

A sala do trono da rainha piscava e ondulava, mas eu vi quatro macacos agrupados aos pés dela. No início, parecia que eles estavam falando em outro idioma, mas, quanto mais eu escutava, mais era capaz de captar trechos da conversa, até que finalmente consegui dar algum sentido a ela.

— Ela não pode ficar aqui – dizia um macaco usando macacão verde de veludo e um chapéu com hélice. — Você não a viu...

Lulu o calou.

— Queria ter visto. Quer saber a verdade? Eu queria que ela tivesse acabado com ele. O Leão pode apodrecer. Acha que eu me importo?

— Você não entende. Ela estava... ela não era humana. Alguma coisa a tomou... uma escuridão diferente de tudo que já vi.

Levei um choque. Estavam falando de mim. Apesar de eu ter alguma ideia do meu estado, quando lutei contra o Leão, não gostei de ouvir aquela descrição.

Mas era verdade. Eu tinha tocado a escuridão, e gostado. E, por mais que eu quisesse pensar que tinha apenas me deixado levar pela briga, não era tão simples. Como poderia ser, quando eu os estava observando através desse véu frio e assustador de sombras?

— Devo concordar, rainha Lulu — disse um macaco de peruca vermelha e cacheada. — A princesa Ozma é uma coisa, mas a presença da outra coloca todos nós em perigo.

— Ela é uma...

— Chega! — soltou Lulu. — Sou a chefe, moleque, e a chefe já tomou uma decisão. A bruxinha fica. A princesa fica. Tenho meus motivos. Agora me contem o que vocês ouviram sobre o resto de Oz. Dorothy foi encontrada?

Uma macaca usando um conjunto de veludo cor-de-rosa se levantou.

— Acreditamos que a princesa Dorothy tenha fugido da cidade, junto com o Espantalho e o Homem de Lata. Ninguém os vê desde a noite passada.

— Glinda?

— Glinda foi gravemente ferida na batalha e parece que voltou para sua fortaleza.

— Ah, é claro — fungou Lulu. — Aquela bruxa fala muito, mas não conseguiria ser mais bunda-mole nem se tirasse a calcinha cor-de-rosa e se sentasse numa gelatina. E o resto das bruxas... e a Ordem?

Prendi a respiração, depois percebi que não tinha respiração para prender. Quando eu era sombra, não tinha corpo.

O conselho dos macacos trocou olhares.

— Nós... — começou a que usava um conjunto de veludo. — Nós não sabemos. Elas podem estar mortas. Ou podem estar vivas. Nós simplesmente...

Lulu gritou e rangeu os dentes, abanando o leque com vigor.

— Se eu quisesse um monte de besteiras, teria pedido uma tábua de frios! – gritou ela. – Algum de vocês vai me falar alguma coisa útil?

Finalmente, a menor macaca, um mico minúsculo usando um fez e um bolero vermelho, que até então estivera em silêncio, falou.

— Coisas engraçadas têm acontecido por toda parte, Vossa Alteza – disse ela com cuidado.

A rainha Lulu ergueu uma sobrancelha, e isso era estranho, porque, até aquele momento, eu nem tinha percebido que tinha sobrancelhas.

— Engraçado... *ha-ha*? – perguntou ela, esperançosa.

— Não exatamente. Engraçado estranho. Como suspeitávamos, a magia que Glinda e Dorothy estavam sugando parece estar voltando... acreditamos que tenha a ver com as ações da Ordem. Eles devem ter destruído algum mecanismo que estava canalizando a magia pra cidade. Temos visto uns efeitos esquisitos. Precisamos ficar atentos pro caso de provocar alguma ruptura em nosso lar.

— Mais magia. – A rainha Lulu suspirou. – Uhul. Exatamente do que precisamos.

Mas meus ouvidos ficaram atentos. Esta era a primeira vez em que eu ouvia falar disso. Pensei que o objetivo da noite passada fosse apenas matar Dorothy. Ninguém tinha me contado nenhum plano além desse.

— Tem mais uma coisa – disse a macaca de bolero. – Com Dorothy e seus aliados desaparecidos, não se sabe quem está ocupando o palácio... mas alguma coisa está acontecendo lá.

— Direto ao assunto, por favor – respondeu Lulu. – Não sei o que significa "alguma coisa". *O que* está acontecendo no palácio?

A macaca parecia nervosa.

— Bem... Pra começar, ele parece estar crescendo.

# CINCO

*Realmente havia* uma cachoeira gigantesca ali em cima, nas árvores. Foi fácil de achar; eu só tive que seguir uma série de placas que me guiaram pelo labirinto de passarelas até ouvir o som da água corrente ao longe. Ollie não estava brincando. Apesar de estarmos tão no alto, que fosse difícil imaginar que houvesse alguma coisa acima de nós, um rio azul e brilhante descia enfurecido do céu.

Ele saía de algum lugar sobre a copa das árvores e caía por uma abertura em uma série de bacias do tamanho de piscinas, construídas nos troncos das árvores como degraus. A água caía em cascata por sobre a borda, de uma para a outra, transbordando e escorrendo para a imensidão enquanto continuava seu curso irreversível em direção ao solo da selva.

Nas piscinas, grupos de macacos estavam fazendo travessuras alegremente, se esfregando e brincando, gritando e dando cambalhotas. Estavam se divertindo.

Daquele ponto de vista, Oz não parecia tão ruim assim, e eu fiquei parada ali por um minuto, só observando enquanto eles brincavam. Levei alguns segundos para perceber por que parecia tão estranho: esta era a primeira vez, desde que cheguei a Oz, em que eu realmente me sentia no local que conhecia dos livros e filmes. Um lugar com bruxas e monstros, sim, mas um lugar mágico e alegre e, no fim das contas, lindo. Um lugar feliz.

Era a primeira vez, desde que cheguei aqui, em que eu realmente via alguém se divertindo.

Foi aí que entendi o que a rainha Lulu estava me dizendo. Era por isso que ela queria ficar de fora, por que queria que os macacos simplesmente ficassem isolados e deixassem o resto de Oz lutar por poder. Os macacos tinham criado um local para si mesmos e queriam curti-lo.

*Seria tão ruim ficar aqui em cima?*, eu me perguntei. Apenas dizer *dane-se* para as promessas que eu tinha feito – para a guerra que estava acontecendo abaixo de nós – e nunca mais descer para lutar, matar e talvez morrer?

Mas não importava. Eu não podia ficar. Não por eu ser uma pessoa boa, mas porque sabia que essa sensação de alegria não ia durar. Não se pode simplesmente cobrir os olhos e fingir que coisas terríveis não estão acontecendo só porque não se quer vê-las, mesmo que isso pareça uma boa ideia para um macaco.

O mal sempre nos alcança. Por isso temos que atacá-lo primeiro.

Virei-me de costas e percebi que estava na entrada de uma casa na árvore com as palavras "Suíte da Princesa" queimadas na porta em uma letra cursiva elaborada, mas desleixada.

*Suíte da Princesa*. Tinha que ser o meu quarto. Eu esperava que correspondesse ao nome. Depois do que dia que tive, estava preparada para um tratamento de realeza.

O interior da suposta Suíte da Princesa não era luxuoso – tenho quase certeza de que meus aposentos de serviçal no Palácio das Esmeraldas eram quase do mesmo tamanho – e, com um ambiente apenas, não era exatamente uma suíte. Mas era aconchegante e acolhedor, e bem iluminado. Em cantos opostos do quarto, situadas sob cortinas parecidas com mosquiteiros que podiam ser fechadas para dar privacidade, havia redes trançadas com folhas de palmeiras. Ozma estava sentada em uma delas e se iluminou e acenou quando me viu.

— Oi – falei. Ozma sorriu, piscou os cílios e balançou o cabelo.

Não era surpresa eu estar cansada. Claro que eu estava cansada. A parte surpreendente era que eu só estava sentindo isso agora. Tirei o vestido de serviçal que usara para a grande festa de Dorothy, agora esfarrapado e encrustado de sangue pela luta contra o Leão, e me afundei pesadamente na rede livre em frente à que Ozma estava usando para se balançar alegremente, enroscando um cacho de cabelo no dedo.

Quando me deitei, percebi por que ela parecia tão contente: a rede se ajustava ao meu corpo com perfeição, e talvez fosse porque qualquer coisa pareceria agradável naquele momento, mas ela quase parecia massagear meus músculos doloridos. Era como uma daquelas poltronas vibratórias das lojas de engenhocas no shopping, só que melhor, porque não fazia minha bunda ficar dormente.

Fechei os olhos. Eu tinha um plano, e esse plano era dormir.

Não ia pensar em nada. Não ia analisar nada do que tinha acontecido nem me preocupar com o que aconteceria a seguir. Eu ia simplesmente me esquecer do mundo.

Eu tinha problemas para dormir quando era pequena. Sempre ficava me preocupando com as coisas, e minha mãe me ensinou um truque para limpar a mente que eu uso desde então. Você fecha os olhos, relaxa e tenta manter a respiração constante, e todas as vezes em que um pensamento perdido entra na sua cabeça, você o imagina dentro de uma bolha de sabão. Aí você sopra essa bolha para longe, e em pouco tempo você a apaga como se fosse uma luz. Funciona sempre.

Era uma habilidade que estava sendo útil por aqui. Quando não se sabe como será o dia de amanhã, é importante dormir sempre que se pode – porque vai saber quando se terá um travesseiro decente de novo. Ou qualquer travesseiro, aliás.

Naquela noite, eu tinha mais pensamentos do que nunca para afastar. Na verdade, era apenas um pensamento que ficava voltando com teimosia, não importava quantas vezes eu o afastasse, sobre a fantasia que tive enquanto lutava contra o Leão, não só de matá-lo, mas de cortá-lo em pedaços. Da satisfação que eu sentira ao causar dor nele e do modo como eu quis gargalhar quando o machuquei.

Os macacos estavam todos apavorados comigo – até Ollie parecia assustado. Eu estava com um pouco de medo de *mim mesma*, para falar a verdade.

Mas também tinha gostado. Mesmo agora, parte de mim desejava que Ozma não tivesse me interrompido, que eu tivesse feito com o Leão todas aquelas coisas que eu queria.

Eu ainda sentia a emoção que perpassara meu corpo quando olhei para baixo e vi a magia sombria se prolongando da minha faca para meu corpo e já sentia falta dela. Eu sabia que não devia, mas não consegui evitar. Queria sentir aquilo de novo.

E eu nem tive certeza de que adormeci ou não. O que veio a seguir poderia ter sido um sonho, mas não parecia. Também não parecia a vida real. Era como se eu tivesse virado a esquina errada em algum ponto a caminho de um sonho e me perdido, ficado presa entre o mundo desperto e o mundo dos sonhos.

Era noite, e eu estava andando por uma floresta densa, com árvores retorcidas e finas. Por algum motivo, não estava usando sapatos, e o limo escorregadio fazia barulho sob meus pés descalços. Eu tinha que chegar a algum lugar, por isso estava me movimentando com rapidez, seguindo uma trilha que eu sabia de cor, apesar de estar escuro demais para enxergar.

Eu não fazia ideia do que estava procurando, mas tinha a sensação torturante de que havia algo naquele bosque que eu tinha perdido – algo que eu precisava alcançar.

Assim, me movimentei através de arbustos, folhagens e cipós, sentindo as folhas arranhando meu rosto, contornando com facilidade os galhos e raízes sem nem pensar. Eu estava atenta ao perigo, mas nem um pouco assustada. Senti uma brisa suave no rosto, e era agradável.

Ao longe, ouvi uma coruja piando, seu grito ficando mais alto a cada passo que eu dava, enquanto as árvores ficavam mais retas, mais altas e mais próximas. Eu poderia ter usado magia para iluminar o caminho, mas não me importava com a escuridão, por isso continuei seguindo até chegar a uma clareira pequena e perfeitamente circular. A lua cheia estava tão grande quanto uma panqueca no céu, parecendo assustadora e falsa ao mesmo tempo, iluminando a clareira com uma luz prateada fantasmagórica.

No meio da clareira havia uma silhueta escura. Havia algo estranho nela: era ao mesmo tempo nítida e indistinta, sólida e real, mas difusa. Não dava para analisar a forma e o tamanho. Era um tipo de animal ferido? Ou algo mais esquisito?

O que quer que fosse, havia algo errado ali – talvez até maligno. Só de olhar eu me sentia um pouco tonta, com os pelos do braço arrepiados.

Mas também me sentia um pouco empolgada. E, em vez de fugir ou até mesmo hesitar, dei um passo em direção a ela. Ao fazer isso, quatro cabeças se viraram para mim.

Porque o que achei que era um único animal eram, na verdade, quatro figuras encapuzadas e agachadas, tão próximas, que pareciam ter se fundido em um único ser. Quando ergueram os olhos, o luar atingiu os rostos retorcidos e putrefatos, cada um de um tom diferente de verde, e vi que estavam usando chapéus pontudos e esfarrapados.

Ao mesmo tempo, as quatro figuras abriram a boca e começaram a sibilar.

Bruxas.

Dei mais um passo à frente, depois outro, me sentindo mais confiante conforme me aproximava, até ser tomada por uma sensação que parecia alegria. O silvo ficou mais exaltado e agudo, e aí, quando eu tinha quase as alcançado, elas começaram a desaparecer, se derretendo como velas pretas no chão. Elas sumiram, e eu sabia que tinha encontrado o que estava procurando. No chão, no local onde estiveram amontoadas, havia uma pequena piscina que borbulhava. Uma fonte com água tão preta, que parecia sombra líquida.

Eu me ajoelhei para examiná-la, mas, antes que pudesse colocar o dedo, algo começou a sair da água; uma figura mais nova e mais escura que começou a tomar forma lentamente. Da massa escura e reluzente de sombras, uma menina surgiu. Ali, parada na minha frente, estava Ozma.

Era a mesma Ozma que eu conhecia, só que não era. Tinha os mesmos olhos verde-esmeralda e papoulas vermelhas no cabelo, a mesma silhueta delicada. Mas a pele brilhava, e o cabelo se agitava ao redor do rosto em mechas com forma de cordas tão grossas quanto cobras. Suas pupilas eram chamas minúsculas.

E, de suas costas, brotavam duas enormes asas de borboleta, com o dobro do tamanho do seu corpo e entalhadas com um elaborado padrão dourado. Ao batê-las delicadamente, elas crepitaram de energia.

Ela estendeu a mão na minha direção.

— Levante-se – disse Ozma. Senti meus pés saírem do chão.

# SEIS

Abri os olhos. Acho. De qualquer maneira, eu estava acordada e de volta ao meu quarto na vila dos macacos. Ozma estava inclinada sobre mim, encarando meu rosto com a mesma expressão de intensidade do sonho. Em algum lugar por trás de suas pupilas, vi as brasas reluzentes do que pouco antes eram chamas. A luz entrava pelas janelas, quase transformando-a em uma sombra.

Ela estendeu a mão para mim.

— Levante-se.

Essa palavra me assustou tanto, que quase caí da rede. Mas aí a princesa mostrou a língua e me jogou uma framboesa. E, quando ela começou a rir, senti meu coração voltando ao ritmo normal.

Eu estava imaginando coisas. Tinha sido só um sonho. Certo? Segurei a mão de Ozma e a deixei me ajudar a me levantar, tentando aquietar minha mente. *Foi só um sonho*, repeti para mim mesma.

Mas e se tivesse sido algo mais? E o que significava? O mais importante: por que eu me sentia quase decepcionada por ele ter acabado? O que isso dizia sobre mim, já que eu tinha sentido que estava me aproximando de algo verdadeiramente maligno e, apesar de todas as oportunidades de recuar, eu tinha dado um passo à frente e depois outro?

Parte de mim até desejara aquilo. Talvez. Decidi, por enquanto, simplesmente não pensar nisso.

Ao me levantar, ainda estava um pouco cambaleante, por causa do dia anterior, mas o sono me fizera bem, e a dor nos braços e pernas tinha quase sumido.

Na noite passada, eu estava cansada demais para analisar bem os nossos aposentos, mas agora tinha a chance de olhar ao redor. Não havia muita coisa: percebi um biombo no canto, do tipo que as pessoas nos filmes antigos usavam, cheias de timidez, para trocar de roupa. Uma grande tigela de madeira ficava sobre um pedestal também de madeira perto da janela. Estava cheia de água borbulhante e algumas grandes flores cor-de-rosa flutuavam na superfície. Fui até lá e joguei água no rosto, agradecida. A água fez cócegas na minha pele, de maneira agradável, antes de evaporar.

Fiquei feliz por não haver espelhos aqui; eu não queria ver como estava horrível. Claro, eu tinha dado um mergulho rápido em um riacho ontem, enquanto nos arrastávamos pela floresta com os macacos, só para tirar o sangue do Leão do corpo, mas tinha a sensação de que ainda estava um desastre total. Como poderia não estar? Antes da noite passada, eu não dormia direito desde a noite anterior à grande festa de Dorothy.

Mesmo assim, a água era refrescante, com um cheiro levemente perfumado, e foi bom me lavar. Peguei mais um punhado e o joguei no cabelo, sentindo dias de sujeira e gordura saindo nas minhas mãos.

— Então, o que é que a gente faz agora? — eu me vi perguntando em voz alta. Nem sabia se estava falando com Ozma ou comigo mesma. Não esperava que Ozma estivesse prestando atenção ou sequer compreendesse, mas pelo menos era alguém com quem conversar. Olha, eu tinha crescido com uma mãe que estava em outro planeta a maior parte do tempo, então estava acostumada a conversar com pessoas que não escutavam de verdade. Não era nada de mais.

De qualquer maneira, depois de tudo por que Ozma e eu passáramos juntas, estava começando a me sentir estranhamente próxima dela. Sim, Ozma estava longe de ser a amiga perfeita, mas já era alguma coisa. E, com Star morta e Nox desaparecido, amigos eram raridade.

— Não podemos ficar aqui pra sempre — falei, aproveitando sua disposição de pelo menos fingir que estava ouvindo. — Mas também não sei pra onde ir agora. Voltamos pra cidade? Procuramos Dorothy? Tento encontrar o Espantalho pra poder arrancar seu cérebro? – Estremeci um pouco ao pensar a respeito. Eu sabia que teria que fazer isso em algum momento, mas *realmente* não estava com vontade. – Por todo canto, tem alguém me dizendo pra fazer uma coisa diferente; toda vez que eu paro pra pensar, tem mais um mistério que não consigo resolver. Me sinto presa.

Ozma me encarava com expectativa, e, de repente, me vi falando aquilo que eu não tinha admitido nem para mim mesma.

– Tenho que encontrar Nox. Sei que não faz sentido... ele é a última pessoa com quem eu devia me preocupar. Mas é a única pessoa em quem confio.

Esse é o problema de conversar com alguém que você não tem certeza de que está ouvindo de verdade. Às vezes você acaba falando coisas que não sabe que quer falar até que escapam.

Mas Ozma não pareceu surpresa. Em vez disso, ela me deu uma piscadela travessa.

– Nox, Nox! – disse Ozma.

Alguma coisa no modo como disse isso chamou minha atenção. E, no fim das contas, eu estava começando a pensar que talvez a estivesse subestimando. Ela dera a impressão de saber que a magia estava voltando a Oz. Ela sabia que o Leão estava vindo nos pegar. Por baixo de toda a falação idiota, estava ficando claro que Ozma tinha uma profundidade oculta.

– O que tem ele? – perguntei. Ela simplesmente revirou os olhos e me encarou seriamente, como se eu fosse a pessoa mais burra do mundo.

– Quem está *aí*? – questionou ela, frustrada.

Meus ombros caíram, e eu soltei um gemido, de repente percebendo toda a minha esperança de que ela estivesse prestes a dizer algo útil de verdade.

– Deixa pra lá. – Peguei do chão o vestido imundo que eu tinha descartado na noite anterior e estava prestes a vesti-lo quando percebi que os macacos tinham me deixado uma roupa limpa, dobrada com cuidado sobre uma mesa perto da porta. Talvez a rainha Lulu gostasse mais de mim do que dava a entender, mas o mais provável era que ela não quisesse me ver andando por sua vila como uma mendiga.

Por sorte, considerando a moda dos macacos, eles tinham me deixado uma roupa razoavelmente discreta. Claro, quando falo discreta, estou sendo boazinha. Conforme eu vasculhava a pilha ao lado da cama, descobri que eles tinham decidido me vestir com uma camiseta cor-de-rosa desbotada que dizia *Beija meus pés!* em letras verde-amareladas sobre o peito e um short jeans curto e desfiado. Ok, não era exatamente meu estilo, mas pelo menos meus anfitriões não tinham decidido que eu ficaria linda usando um hábito de freira ou um macacão de bebê enorme e uma chupeta.

O simples fato de ter uma camiseta limpa era quase bom demais, só não era a melhor parte. Quando cheguei à base da pilha, quase dei pulinhos de alegria. De todas as coisas maravilhosas que eu tinha encontrado em Oz, esta talvez fosse a mais milagrosa de todas: uma calcinha limpa. Eu nem me importei de ser uma calcinha de vó com estampa de leopardo — eu me sentia como se tivesse ganhado na loteria quando fui para trás do biombo vesti-la.

— Eu sou tão idiota! — pensei em voz alta enquanto trocava de roupa. Ainda estava pensando em Nox. — Como é possível eu estar no meio de uma guerra mágica, supostamente salvando o mundo, ou o reino ou seja lá o que for, e só conseguir pensar num garoto imbecil? Procurar por ele deveria ser a última coisa em minha mente.

Saí de trás do biombo e encontrei Ozma me olhando de um jeito divertido.

— O que foi? — perguntei, indignada. — Não gostou da minha roupa? Olha, nem todo mundo consegue ficar tão bem quanto você usando uma camisola e uma tiara, tá bom?

Ozma fez uma pequena pirueta, rodopiando a camisola branca, e eu dei uma risadinha. A menina era doida, sem dúvida, mas eu tinha que admitir que ela estava me conquistando.

— Ei — falei, de repente curiosa. — Por acaso você não tem um par gigantesco de asas escondido em algum lugar aí embaixo, tem?

Ela bateu os braços para cima e para baixo e pulou num pé só, mas nenhuma asa apareceu.

Essa ideia não funcionou.

— Valia a pena tentar, certo? — Dei de ombros, depois voltei ao meu assunto. Porque, sério, o que restava? — O negócio é que eu nem *gosto* de verdade dele. Só acho que ele poderia ser capaz de... — Deixei a voz morrer sem terminar a frase, de repente envergonhada por estar tentando escapar com uma mentira tão descarada. *Claro* que eu gostava dele. Eu não queria encontrá-lo porque ele podia ajudar; queria encontrá-lo porque estava a fim dele. Pronto, falei.

Eu sei, eu sei. Eu sou tão idiota.

Pelo modo como Ozma estava me olhando naquele momento, parecia que ela também não estava acreditando no que eu dizia. Ela me encarava com uma gentileza profunda e pensativa que também era um pouco cética, e tive que me perguntar, mais uma vez, se de repente ela entendia tudo. Eu me aproximei.

— O que *você tem*? — perguntei.

Ela respondeu, inclinando o pescoço e girando o dedo na têmpora.

Talvez fosse por causa do meu sonho, mas, desta vez, sua atuação de olha-como-eu-sou-doida não me convenceu. Era isso que o sonho estava tentando me dizer? Que Ozma e seus segredos eram a chave de tudo? Ou, pelo menos, a chave de *alguma coisa*?

Observei-a de cima a baixo, com atenção, tentando achar uma pista. Desta vez, encontrei uma.

A princípio, foi só um vislumbre de alguma coisa sobreposta à realidade. Era como uma visão dupla, outra imagem que mal estava ali, flutuando ao redor do corpo da princesa. A imagem me lembrou do que eu vira, por um instante, quando derrotei o Leão, pouco antes de pegar o rabo dele. Quando aquilo aconteceu, não tive tempo de pensar de verdade no assunto; estava agindo totalmente por instinto. Desta vez, tentei me concentrar no que estava vendo.

Mais uma vez, tive que me perguntar como toda aquela magia estava vindo com tanta facilidade. Será que o fato de Oz estar recuperando sua magia simplesmente facilitava tudo ou eu realmente encontrara meu próprio poder? E, se fosse isso, era bom ou ruim?

Enquanto eu me deixava distrair pelas perguntas, senti a magia escapar das minhas mãos. Fechei os punhos e tentei com mais intensidade, mas ela sumiu totalmente. No entanto, dava para ver que algo estava acontecendo comigo – afinal, o instinto que tive em relação ao rabo do Leão estivera certo. Não ia desistir agora. Estreitei os olhos e tentei de novo.

Uma das primeiras lições que Gert me ensinara sobre magia, na longa série de ensinamentos meio falidos que ela me dera antes de morrer, fora de que a magia é difícil de segurar. A magia é traiçoeira; ela faz o que quer, mas não gosta de ser comandada. Você tem que pedir com delicadeza. Tem que pensar que é ideia da magia, e não sua. Mais ou menos como Sandie Charlemagne, minha antiga gerente no Dusty's Diner, no Kansas.

Era uma conexão engraçada, mas pensar em Sandie me remeteu a areia movediça e a como, quanto mais você se debate, mais rápido afunda, e isso me recordou aquelas armadilhas de dedos chinesas que você ganha quando é criança – aquelas das quais você só escapa quando para de tentar. Depois, pensei no truque da bolha de sabão da minha mãe, que me ajudou a dormir na noite passada.

Decidi deixar todos os pensamentos de lado e, conforme minha mente clareava, a aura brilhante ao redor de Ozma ficou mais forte e mais nítida, e a princesa em si, mais e mais vaga.

E não era só com Ozma. Tudo no quarto estava indo e vindo, como quando se está dirigindo e a recepção do rádio muda dependendo de se está subindo ou descendo uma colina. *Por que não tentar ajustar o dial?*, pensei. E funcionou.

Quando virei minha atenção em uma direção, o brilho ficou mais forte enquanto todo o resto desaparecia. Tudo que tinha estado no quarto ainda estava lá, só que era feito de um fio estranho e reluzente. O biombo, a bacia de água, as redes para dormir, Ozma. Até meu próprio corpo. Tudo era apenas energia, e tudo estava interconectado.

Em algum nível, eu sabia que o que estava vendo era a *verdadeira* Oz. Eu tinha puxado a cortina e entrado, mas, em vez de encontrar um mágico trapaceiro, encontrara os controles de toda a operação – e aparentemente a operação era feita de um fio mágico idiota.

Bem, isso soou meio bobo. Mas não era. Era literalmente a coisa mais linda que eu já vira. Tão linda, que tive que tentar tocar nela: estendi a mão e tentei segurar um dos filamentos soltos que flutuavam aleatoriamente no ar. Ele balançou um pouco, mas não se mexeu de verdade, e meus dedos o atravessaram. Quando tentei pegar um punhado deles, voltei de mãos vazias. Mas descobri que, se eu apenas roçasse os dedos neles, os filamentos reagiam ao meu toque, desde que eu não pressionasse demais. E, se eu tivesse paciência suficiente, conseguia movimentá-los.

Era estranho e muito legal, mas não entendi a utilidade real daquilo até perceber que os fios de magia que pareciam estar flutuando aleatoriamente no ar – aqueles com os quais eu estava brincando – na verdade estavam gravitando lentamente ao redor de alguma coisa. E essa coisa era Ozma.

Eles meio que estavam flutuando para dentro dela, mas também giravam ao redor de seu corpo, que era a coisa mais brilhante no cômodo. Quando olhei com atenção, vi que ela era apenas um grande nó de magia.

E o que você faz com nós? Dã. Você os desata.

Eu não queria machucá-la. Só queria ver o que ia acontecer. Então passei os dedos ao redor de Ozma, tentando ver se conseguia fazer as linhas embaralhadas de magia se desembolarem.

No início, parecia que nada estava acontecendo, mas, depois de alguns minutos, percebi que um fio minúsculo agora estava se desenrolando do seu cotovelo e consegui pegá-lo com o dedo e puxá-lo, sentindo que cedia levemente.

Mordi o lábio para me concentrar, com cuidado para não puxar com força demais. E, exatamente como se eu estivesse puxando um fio solto de um suéter velho em um brechó, Ozma começou a se desenrolar.

Não... não era exatamente ela que estava se desenrolando. Era mais como se eu estivesse desenrolando algum tipo de feitiço. Enquanto isso, Ozma estava mudando de forma. Estava ficando maior. Mais alta. Seus ombros se alargaram e ficaram parecidos com os de um homem. Bem, de um rapaz, acho. E dava para ver, pelo jeito desengonçado e pela inclinação da cabeça, que era um rapaz que eu conhecia.

— Pete — murmurei baixinho.

Assim que falei, tudo se desfez. Eu estava de volta ao mundo real, Ozma tinha sumido e Pete estava bem na minha frente, com os olhos arregalados de surpresa. Ele deu um passo para trás, em direção à porta, e levantou as mãos, parecendo tão culpado e envergonhado quanto alguém que acabou de ser pego com a mão no pote de biscoitos.

— Hum, oi – disse ele. — Então, hum, isso foi bem esquisito, né? – Ele me analisou de cima a baixo. — Bela roupa – comentou, sorrindo.

Eu não fazia ideia do que pensar. Tudo que eu sabia era que Pete já tinha me enganado muitas vezes, mesmo que eu não soubesse o motivo, e não ia deixá-lo fazer isso de novo.

Mesmo assim, não consegui evitar de ficar um pouco feliz de vê-lo. Porque era Pete, que tinha salvado a minha vida uns cinco minutos depois de eu ter chegado a Oz. Pete, que me impedira de enlouquecer quando fiquei presa na masmorra de Dorothy. Pete, a única pessoa com quem eu podia conversar quando estava me passando por serviçal no Palácio das Esmeraldas.

— Esquece a roupa — falei de maneira sucinta. Dei um passo para trás e senti um chiado de calor na palma da mão quando minha faca apareceu sem eu tê-la chamado. — Acho que está na hora de você falar um pouco.

Ele tirou o cabelo escuro da frente dos olhos verdes. Os mesmos olhos que pertenciam a Ozma. Ele desviou o olhar e respirou fundo. Quando nossos olhares se encontraram de novo, de repente vi uma tristeza nele que eu reconhecia de algum lugar.

— É meio que uma longa história – disse ele. — Não temos coisas melhores pra conversar?

— Cara — falei. Dei um passo na direção de Pete e o vi olhar de relance para minha faca. Eu não queria lutar contra ele, mas lutaria se fosse necessário. — Você é a pessoa que eu conheço há mais tempo em todo este mundo encantado e bagunçado e, mesmo assim, não te conheço nem um pouco. Tudo que você fez foi mentir pra mim. Então, é, eu gosto de você. Acho. Mas é melhor começar a me dar algumas explicações.

Pete fez que sim com a cabeça, em uma compreensão resignada. Ele respirou fundo e se apoiou na parede, cruzando os braços definidos e magros.

– Está bem – disse ele. – Mas é melhor você se sentar, porque eu não estava brincando quando disse que era uma longa história. E eu nem sei ela toda.

Considerei a ideia e me sentei na rede onde tinha dormido, deixando os pés descalços firmes no chão para me manter parada. Por enquanto, continuei com a faca na mão. Não achava que ia precisar dela, mas por aqui proteção nunca era demais.

– Vamos ouvir a história – falei. – Me conte tudo que você sabe.

– Por onde devo começar?

– Pelo começo.

E Pete começou pelo começo.

– Era uma vez...

# SETE

— Era uma vez — começou Pete — uma garotinha... uma fada, na verdade, mas quem sabe o que é uma fada? Eu sempre achei isso complicado. Enfim. Ela era uma princesa. Ou, bem, na verdade, ela não era princesa coisa nenhuma, porque não tinha pais, então, tecnicamente, ela era a rainha. Mas todo mundo achava idiotice chamá-la de rainha, porque ela era apenas uma bebê. Quero dizer, ela nem sabia andar. Por isso, eles a chamavam de princesa Ozma.

— Como é que uma bebê pode ser rainha? — perguntei. — Ela engatinhava pelo palácio sozinha? Quem cuidava dela? E, tipo, quem governava Oz?

— Tinha uma babá — explicou Pete. — Uma macaca alada chamada Lulu, cuja família tinha trabalhado pra família real durante séculos. Ela cuidava de Ozma e, depois de um tempo, Lulu começou a considerar Ozma sua filha.

Fiquei incrédula.

— Espera um instante. A *rainha* Lulu?

— Acho que é assim que ela se chama hoje em dia — disse Pete com um sorriso triste. — Todo mundo, até as babás, arruma uma coroa nesse mundo encantado idiota, não é?

— Na verdade, a rainha Lulu usa um tutu e óculos escuros de gatinho — observei.

Pete deu uma risadinha.

— Quero dizer, tipo, uma coroa metafórica. Porque, olha, uma coisa sobre Oz que você tem que entender é que só existe uma rainha de verdade. Não importa se Ozma era bebê ou não. Ela é a única descendente viva da fada Lurline, e isso faz com que ela esteja no comando. É tipo a lei ou coisa assim. Eles chamam de Velha Magia. Olha, eu também não entendo totalmente, mas nem preciso. Tudo meio que depende disso, sabe?

— Na verdade, não. Mas continua. Talvez eu entenda depois.

— A questão é que, basicamente, ninguém estava no comando. Então, quando o Mágico apareceu sabe Deus de onde, bem... digamos que o povo de Oz estivesse pronto pra uma liderança de verdade. Nem importava o fato de ele não ser um mágico de verdade. Aí, ele se instalou no palácio, pegou a bebê Ozma, a vendeu pra Mombi e...

— Espera aí — interrompi. Essa história estava ficando mais confusa a cada segundo. — Ele simplesmente *pegou* a bebê?

Pete ergueu as sobrancelhas, consternado.

— Se eu tiver que te dar todos os pequenos detalhes, isso vai levar o dia todo.

— Mas e Lulu? — perguntei. — Se ela cuidava de Ozma, por que não impediu?

Pete balançou a cabeça, triste.

— Ele descobriu esse negócio do chapéu mágico. Se você tem o chapéu, controla os macacos. Isso foi há muito tempo, lembre-se... Dorothy ainda deve ter o chapéu guardado em algum lugar. De qualquer maneira, o Mágico deu o chapéu mágico pra Bruxa Má do Oeste em troca da ajuda dela, e ela transformou todos os macacos em seus escravos. Isso o livrou da Lulu, e o Mágico pôde fazer o que queria.

— Nunca percebi que o Mágico era tão babaca — falei. — Se bem que, a esta altura, acho que eu deveria ter desconfiado.

Pete apenas me lançou um olhar irritado.

Eu me recostei na rede e me obriguei a calar a boca. E fiquei meio feliz com isso, porque era uma boa história. Maluca, mas boa. Eis o que ele me disse:

Era uma vez, muito tempo atrás (mas não tanto), na terra que agora talvez você conheça, uma princesa fada que, como qualquer rainha fada antes dela, tinha nascido de uma flor que crescia no centro de uma antiga fonte, que ficava no meio de um labirinto onde a magia do mundo era mais forte. Devido a certos princípios inflexíveis dessa magia, era dever da menina proteger e governar o reino.

Ela se chamava Ozma, e o fato era que ela era pequena demais para ser uma líder.

Apesar desse problema, a princesa era amada por todos, e mais ainda por sua fiel babá, uma macaca voadora chamada Lulu. Lulu adorava Ozma e cuidava dela com fervor na ausência dos pais, governando Oz como representante de Ozma até o dia em que a princesinha tivesse idade suficiente para assumir o cargo.

Lulu era pragmática e justa e, apesar de não estar tudo perfeito, devia estar pelo menos indo bem. Mas não estava, porque havia outras forças em ação. Sim, havia bruxas envolvidas; se houver algum assunto em que se envolver, pode ter certeza de que as bruxas sempre estarão espreitando. Mas, neste caso, as bruxas não eram o verdadeiro problema. O problema era um recém-chegado ao reino, que pousara em uma máquina voadora estranha e colorida e se apresentara falsamente como mágico.

No início, esse falso Mágico passou despercebido enquanto viajava pelo maravilhoso reino, explorando seus costumes, suas províncias e, naturalmente, sua magia. Quando ele decidiu que era a hora certa, viajou até uma cidade feita de esmeraldas para tentar uma audiência com a rainha.

Só quando ele viu Ozma é que percebeu que ela não era exatamente uma rainha. Ele tinha ouvido falar que ela era jovem, mas aquilo era ridículo, pensou o Mágico.

Ele percebeu que Oz estava precisando desesperadamente de um líder de verdade. Sem ninguém para cuidar do reino, exceto uma macaca e uma criança, ele tinha certeza de que o lugar seria rapidamente destroçado. Assim, considerou que era seu dever solene – talvez seu destino? – salvar este mundo encantado, estranho e lindo de si mesmo.

*Por que não deveria ser rei?*, ele se perguntou. (Sem se importar que, em toda a sua história, Oz só tivesse tido rainhas. O Mágico vinha de um lugar chamado América e, para ele, uma governante feminina era uma ideia estranha e perturbadora.) Além das bruxas, que estavam ocupadas demais brigando umas com as outras para comandar qualquer coisa, ninguém parecia muito interessado na liderança, muito menos a bebê Ozma.

Assim, o Mágico armou um esquema.

Antes de falarmos desse esquema, vamos voltar, por um instante, às bruxas. Havia quatro delas. Duas eram más, duas eram boas (supostamente), e todas eram bobas e mesquinhas, apesar de apavorantes. A mais malvada de todas, a Bruxa do Oeste, também era um pouco menos boba que as outras, por isso o Mágico a escolheu para sua conspiração. No seu plano, o Mágico roubou a princesa Ozma da macaca Lulu e recrutou a pobrezinha, junto com seus irmãos e irmãs alados, para serem escravos da Bruxa do Oeste.

Então, como o Mágico sabia que o povo de Oz nunca o aceitaria como rei enquanto acreditasse que a princesa estava viva e, como a Velha Magia que percorre tudo neste mundo não permitiria que ele matasse a princesa, ele a mandou para o norte, para a bruxa Mombi, que tinha os próprios motivos para querer a bebê. Para garantir que Ozma ficaria escondida em segurança, foi decidido que a velha Mombi encantaria a criança e a manteria longe dos olhos do mundo.

E muitos anos se passaram. Enquanto isso, havia mudanças acontecendo em Oz, mais uma vez provocadas por uma visitante do Outro Lugar: não o Mágico, mas uma caipira corajosa e objetiva chamada Dorothy Gale. Poucas semanas depois de sua chegada, Dorothy conseguiu matar duas bruxas e, finalmente, expor o Mágico e bani-lo.

Com o Mágico deposto, Dorothy poderia ter ficado com a coroa. Mas, sendo sentimental e um espírito verdadeiramente generoso, Dorothy acreditava que não há lugar como o nosso lar. Assim, ela preferiu abrir mão de um assento no trono de esmeraldas para voltar ao lugar que vocês chamam de Kansas. Mais uma vez, houve um vácuo no poder.

*Desta vez, ele foi preenchido pelo companheiro de Dorothy, o Espantalho –, que, mesmo tendo sido abençoado pelo Mágico com um cérebro artificial, era pouco mais do que um monte de feno e não fazia jus ao cargo de rei. O caos se espalhou.*

*Durante todos esses acontecimentos, Tippetarius, a princesa antes conhecida como Ozma, que agora era conhecida apenas como Tip, estava no Condado dos Gillikins, longe do tumulto e da intriga da Cidade das Esmeraldas.*

*Tip estava cansado da sua sorte na vida. Foi aí que ele deixou Mombi e saiu em busca do seu destino.*

*Lembre-se disto: a Velha Magia é intensa. Ela encontra um jeito de prevalecer. Talvez tenha sido a Velha Magia que impulsionou Tip a deixar o único lar que ele conhecia. De qualquer maneira, Tip seguiu seu caminho por uma trilha estranha e traiçoeira em Oz, sobrevivendo a um teste após o outro, até finalmente chegar à Cidade das Esmeraldas.*

*Lá, Tip ficou cara a cara com a feiticeira Glinda, que conseguiu ver com facilidade através do encantamento barato de Mombi. Tippetarius foi revelado como Ozma e, com isso, a rainha legítima voltou ao trono e, pela primeira vez em muitos anos, Oz foi um local verdadeiramente feliz.*

*Mas, com toda a confusão no mundo, o poder de Glinda estava diminuindo, e ela havia pensado que a jovem e inexperiente Ozma seria um peão adequado. Ela estava enganada. Então, sem conseguir se livrar da princesa, Glinda planejou o retorno de Dorothy.*

*A princípio, o reino ficou muito feliz por ter sua amada heroína de volta, e Ozma recebeu a menina no palácio. Mas, em pouco tempo, a princesa descobriu que Dorothy não era mais a menina bondosa e de olhos brilhantes que fora na primeira viagem. Alguma coisa tinha mudado. Assim como o Mágico, ela desejava poder, fama e, acima de tudo, magia. Em pouco tempo, Ozma decidiu que seria melhor para todos se Dorothy voltasse para o Kansas.*

*Isso desagradou muito Dorothy. Na verdade, isso a levou a uma fúria selvagem. Em um surto de raiva, Dorothy – que tinha muito poder, mas pouca experiência com magia – lançou um feitiço violento e imprevisível sobre Ozma que deixou a princesa no estado de estupidez em que se encontra hoje. E Dorothy conseguiu o que mais desejava: Oz.*

*Isso, é claro, nos leva ao momento na história de Oz em que você se encontra, exceto por um detalhe final que poucas pessoas sabem, incluindo a própria Dorothy. E é aqui que as coisas ficam bizarras:*

*Quando Mombi transformou a bebê Ozma em Tippetarius, meteu os pés pelas mãos. Lembre-se de que isso foi há muitos anos. Mombi era uma feiticeira de segunda linha naquela época e nem era competente o suficiente para ser chamada de bruxa de verdade. Ela queria apenas disfarçar a forma física de Ozma. Em vez disso, ao criar Tip, ela dividiu a alma da princesa. Tippetarius não era apenas um novo nome para uma Ozma reformulada. Ele era uma pessoa totalmente diferente, com os próprios pensamentos, sentimentos e personalidade. E, apesar de o feitiço de Dorothy ter apagado a mente de Ozma – ou, pelo menos, tê-la desligado –, não tinha apagado a de Tip.*

*E era por isso que, em certos momentos, Tip, que estava em algum lugar de Ozma o tempo todo, conseguia aparecer, tanto em corpo quanto em espírito. Nesses momentos, Tip conseguia invocar um tipo de meia-vida para si mesmo. Agora que finalmente sabia quem era, ele entendia tudo que não era... tudo que tinha sido tirado dele e tudo que nunca teve permissão para ser.*

*Ele não se sentia mais como Tip. Foi aí que ele decidiu se chamar Pete.*

Com isso, Pete olhou para mim, o cabelo escuro e bagunçado caindo nos olhos e um meio sorriso envergonhado nos lábios. Naquele momento, ele parecia vulnerável e inseguro. Eu queria me levantar e dar um abraço nele ou algo assim, mas não sabia se isso seria estranho. Eu tinha um milhão de perguntas – minha cabeça estava girando com elas –, mas parecia que agora não era o momento certo. Por isso, não falei nada por um minuto.

E aí, quando o silêncio começou a ficar constrangedor, eu disse:

— Vamos dar uma volta. Acho que preciso de um pouco de ar.

Pete pareceu aliviado.

— Se acha que *você* precisa de um pouco de ar fresco, imagina *eu*. — Ele riu. — Estou preso num cantinho minúsculo do cérebro de uma princesa fada há Deus sabe quanto tempo. — Ele fez uma pausa. — Quanto tempo eu *fiquei* preso lá dentro desta vez?

— Não muito, na verdade. Só alguns dias. Mas parece muito mais.

— Bem, estamos em Oz — disse ele. — O conceito de tempo perdeu seu significado há séculos.

— E eu não sei? Agora vamos. Acho que conheço um bom lugar. — Então Pete pegou minha mão, me levantou, e nós saímos para o sol.

Estava um dia perfeito lá fora, e o mundo todo parecia pintado de verde-dourado. Havia macacos para todo lado, passeando, pulando de galho em galho e brincando nas piscinas sob a cachoeira, só curtindo o clima.

— Uau — disse Pete, vendo os macacos brincando. — Pelo menos *alguém* em Oz está se divertindo.

— É. Sorte deles.

Pete me deu uma olhada travessa.

— Sabe, nós também podíamos tirar uma hora de folga. Quer nadar um pouco?

Levei um segundo para concordar, mas, no fim, era tentador demais para resistir.

— Parece um bom plano.

Assim, atravessamos uma ponte de cordas e descemos um lance de degraus de madeira até a entrada das piscinas dos macacos. Dali, elas pareciam ainda mais impressionantes: era como o mais exótico parque aquático do mundo, completo, com um tobogã gigantesco que começava na piscina de cima e descia para a de baixo em espiral, numa série de voltas mortais e curvas fechadas que me fizeram estremecer.

Encontramos uma piscina pequena que ficava meio escondida pelas folhas, mas ainda recebia luz do sol suficiente para ser quentinha. Pete tirou a camisa e a calça larga, depois pulou na água só de roupa de baixo.

Alguns segundos depois, ele surgiu, sorrindo. Pete subiu para a beira da piscina e se balançou como um cachorro, flexionando todos os músculos do tronco branco e esguio. Tentei não ficar encarando.

— Você tem que entrar — disse ele. — A água está incrível.

— Não tenho maiô — falei. De repente, me senti envergonhada.

Pete me lançou um olhar de *e daí?*.

— Quem se importa? De qualquer maneira, você não pode trocar de roupa com magia? Achei que já fosse uma bruxa completa.

— O campo de treinamento da Ordem não é exatamente uma escola de moda. Mas, se precisar que eu incinere alguém, é só falar. — Foi aí que eu pensei numa coisa. — Ei — falei, com um olhar travesso de esguelha, esperando não tocar num assunto delicado. — E *você*? Você não é uma fada ou coisa assim?

Pete fez uma careta como se eu tivesse acabado de insultá-lo.

— Hum, não — respondeu ele. Depois se corrigiu, mais calmo. — Quero dizer, não exatamente. — Pete fez uma pausa e olhou para o chão. — Bem, talvez, acho. Talvez tecnicamente? Mas não consigo fazer magia. Nem um simples feitiço. Não sei exatamente por quê. Eu queria poder.

Desta vez, quando ele mergulhou, fez uma bola de canhão enorme, me molhando de propósito.

— Vem. Não vou olhar. Eu prometo. De qualquer maneira, desculpa dizer, mas já te vi de roupa de baixo.

— O quê? Quando?

— Hum, hoje de manhã? — disse Pete. Depois, fez uma careta e começou a falar numa voz aguda. — Eu *tenho* que encontrar Nox. Ele é a *única* pessoa em quem confio.

Levei um instante para perceber que ele estava me imitando.

— Você ouviu isso? — perguntei, meu estômago afundando quando percebi exatamente o que ele estava dizendo. Tentei me lembrar de tudo que eu dissera e fizera perto de Ozma sem a menor ideia de que havia um público por trás da princesa catatônica. — O que mais você ouviu? — perguntei, sem ter certeza de que queria saber a resposta.

— Não sei. — Ele deu de ombros. — Não tudo. Quando Ozma está no comando, as coisas ficam meio confusas. Às vezes eu perco um dia inteiro; às vezes é como se eu visse através dos olhos dela. Mas não se preocupe... tento ser cavalheiro nesse assunto. De qualquer maneira, agora estamos quites. Você já me viu de roupa de baixo e sabe todos os meus segredos. Além do mais, não me importo com seu interesse em Nox. Deveria ser uma surpresa? Quem consegue resistir a um tipo rebelde, raivoso e atormentado? Especialmente quando ele é... você sabe... muito atraente.

Ele mergulhou de novo, sem esperar minha resposta, e eu observei sua figura pálida desaparecer enquanto Pete afundava cada vez mais. Eu estava basicamente morrendo de vontade de entrar na água.

*Dane-se*, pensei. Eu não conseguia me lembrar da última vez em que tinha nadado de verdade. Seria um desperdício total abrir mão dessa oportunidade agora. Então, sem pensar mais no assunto, tirei a roupa, fiquei só com o sutiã e a calcinha de estampa de leopardo e mergulhei.

A água estava mais gostosa do que eu imaginava ser possível. Era fria, mas não congelante, e havia alguma coisa nela que dava à minha pele um frescor mentolado. Fiquei embaixo d'água o tempo que consegui, me deixando absorvê-la.

Por fim, tive que emergir para respirar e, quando fiz isso, Pete estava esperando. Ele me pegou pela cintura e me levantou, nós dois rindo, depois me jogou do outro lado da piscina.

— Você é terrível! — gritei para ele depois que me recuperei. Pete ainda estava rindo, mas sua risada parou, e seu sorriso se transformou em algo mais sério.

— Vou te contar mais uma coisa que eu vi — disse ele. Seu tom não era maldoso, apenas preocupado. — Vi você lutando contra o Leão. Fico feliz por você ter feito o que fez, mas...

Ele não parecia capaz de colocar os pensamentos em palavras. E nem precisava. Eu estava tentando tirar isso da cabeça desde que acontecera.

— Eu sei — foi tudo que eu disse.

Ele não deixou o assunto morrer com essa facilidade.

— É só que... Dorothy também foi boa por um tempo, sabe? Não só boa. Ela era a *melhor*. Até a magia dominá-la.

— Eu sei — falei. Pete não desviou o olhar. — Eu sei.

— Você sabe o que isso significa, certo?

Mas, antes que eu pudesse responder, houve um baque, uma explosão de fumaça roxa, e Mombi surgiu em uma plataforma de bambu perto da água, entre o local onde Pete estava de pé e o local onde eu estava sentada.

Seu rosto estava machucado e inchado. Sua capa estava esfarrapada.

Ela olhou de mim para Pete e de novo para mim.

— Bem — disse ela numa voz exausta. — Estou feliz de ver que vocês dois estão se entendendo.

Em seguida, seus olhos se reviraram, e ela desabou no chão.

# OITO

Mais tarde naquele dia, me encontrei mais uma vez nos aposentos da rainha Lulu, que os macacos tinham transformado em um tribunal improvisado. Mombi estava sendo julgada.

Além de ser rainha dos macacos, parecia que Lulu também era chefe de justiça da suprema corte deles e estava presidindo em uma túnica preta e comprida e uma peruca branca e torta de juiz, segurando um enorme martelo com a pata. Por todo o cômodo, os membros do conselho dos macacos estavam empoleirados nos lugares que encontraram, todos vestidos com roupas sóbrias de tribunal, no estilo dos macacos.

As horas que se seguiram à chegada surpresa de Mombi tinham sido um borrão. Não tínhamos ideia de onde ela estivera nem de como nos encontrara. Poucos segundos depois de ela desmaiar, um séquito de macacos usando uniformes da guarda da realeza tinha aparecido — aparentemente, seu feitiço de teletransporte ativara os alarmes. Os Ápteros não ficaram felizes de ver mais uma bruxa e, enquanto rebocavam o corpo inerte de Mombi para a prisão dos macacos, não dava para saber nem se ela ainda estava viva.

Se ela *estivesse* morta, dava para saber menos ainda como eu me sentia em relação a isso. De todos os membros da Ordem que eu conhecera, Mombi era em quem eu menos confiava. Ela havia mentido para mim mais de uma vez e sempre me pareceu mais merecedora do título de *malvada*.

Mas, para o bem ou para o mal, eu tinha me comprometido com ela de várias maneiras. E, acima de tudo, tinha perguntas a fazer.

A rainha Lulu declarou que o julgamento seria realizado assim que Mombi acordasse. *Se* ela acordasse. E, embora Pete – que Lulu, estranhamente, não ficou surpresa de ver no lugar de Ozma – tivesse sido impedido de entrar nos aposentos da rainha, *eu* fora escolhida para atuar como advogada de Mombi, por motivos que não compreendia.

Agora, ali estávamos. Eu já tinha ouvido falar de tribunais de cangurus e julgamentos de macacos, mas aquilo era outro nível. Não que isso importasse muito, de qualquer maneira – eu estava em Oz havia tempo suficiente para saber que os procedimentos de tribunal aqui não tinham muito a ver com o que eu havia aprendido nos programas de TV. Em Oz – na minha experiência, pelo menos –, não havia devido processo, não se podia invocar a Quinta Emenda e, se os juízes fossem petulantes, não era de um jeito bom, tipo moralista. Era tipo petulante psicótico.

Pelo bem de Mombi, eu só podia esperar que Lulu fosse uma juíza mais justa do que Dorothy tinha sido quando *eu* fui levada a julgamento.

– Ordem no tribunal! – gritou Lulu da tribuna, que, na verdade, era apenas seu trono. – A velha encarquilhada desprezível conhecida como Mombi é acusada de alta magia, desonestidade brutal, incontáveis crimes contra os macacos, invasão ultrajante e desagrado geral. Além disso, ela é extremamente feia. Srta. Amy, você fala pela bruxa?

Eu estava atrás de uma mesa de madeira comprida que tinha sido colocada no meio dos aposentos.

– Hum, não sou exatamente uma advogada – falei, me dirigindo a Lulu e aos outros macacos. – Mas vocês realmente acham que ela está em condições de ser colocada em julgamento? Olhem para ela: mal consegue ficar em pé.

Era verdade. Em seus melhores dias, Mombi era magra e fraca, mas bastava passar um minuto ou dois com ela para perceber que era durona, apesar da idade avançada. Aquela era a primeira vez em que ela realmente parecia frágil. Havia algo de perturbador nisso, e eu me lembrei da primeira vez em que realmente entendi que, quando minha mãe estava "relaxando", ela estava alta como uma pipa, e não apenas tirando um cochilo.

Era aquela sensação que se tem quando se percebe que a pessoa de quem você espera proteção não pode ajudar em nada – que é ela, não você, que precisa de cuidados.

Mombi estava apoiada pesadamente na mesa, encurvada, os ombros tremendo enquanto respirava em arfadas. Não era segredo para ninguém ali que ela estava com muita dor. Havia um banquinho ao lado dela, se quisesse se sentar, mas estava de pé. Era preciso dar crédito a ela pela pose.

Eu tinha que sair dali e cuidar dela, no mínimo porque ela era minha melhor chance de descobrir o que estava acontecendo. Sem falar que era minha maior esperança de encontrar Nox.

— Meritíssima – falei, me dirigindo à rainha do jeito mais educado possível.

— Meritíssima *alteza* – corrigiu Lulu com sua voz anasalada e aguda.

— Me desculpe, meritíssima alteza. Mas acho que precisamos levar Mombi para alguém que possa ajudá-la. É...

— Shhh! – gritou a rainha Lulu, passando os dedos nos lábios. De repente, lembrei com quem ela se parecia: juíza Judy, da TV. E *essa* era uma versão da lei que eu conhecia. Lá em casa, *Judge Judy* era o programa preferido da minha mãe – ela sempre inventava inimigos que queria enfrentar no tribunal da Judy. Sabe, tipo nosso senhorio, a mulher do trailer ao lado com o cachorro irritante, o barman do Paddy O'Hooligan's que se recusava a servir seu terceiro drinque. Ela sempre tinha certeza de que ia ganhar. Mas, que surpresa, ela nunca conseguia preencher todas as fichas de inscrição para fazer a juíza Judy aceitar seus casos.

A boa notícia era que, se aquele tribunal era tipo o da juíza Judy, eu sabia como lidar com a situação. Basicamente, só precisava puxar o saco.

— É uma honra estar diante da meritíssima alteza hoje – falei para Lulu, sorrindo de maneira bajuladora. Ela pareceu gostar da minha deferência e, enquanto mexia em alguns papéis diante de si, eu olhei para Mombi. – Você está bem? – sussurrei.

A ASCENSÃO DO MAL 71

— Vou ficar — murmurou através dos dentes trincados. Mas ela não parecia bem.

— Como devo dizer que você se declara? — perguntei.

Mombi ofegou.

— Culpada! — Ela gargalhou alto, se dobrando com o esforço da risada.

— Srta. Gumm — disse Lulu, séria. Por algum motivo, talvez formalidade, ela estava se recusando a falar com Mombi. — Por favor, lembre à sua amiga bruxa que a sentença para os crimes dela é a *morte*.

— Me desculpe — falei. — Mas pode me lembrar *quais* são exatamente os crimes dela?

Minhas palavras se perderam no pandemônio que tinha se instalado quando Lulu anunciou a penalidade, e o resto dos macacos começou a gritar e a tagarelar e a pular.

— Mata a bruxa! — berrou um macaco, que ontem mesmo estava muito fofo usando um macacão verde.

— Queima a bruxa! — gritou outro macaco menor.

Todos eles estavam gritando ao mesmo tempo:

— Derrete ela com água!

— Faz ela pagar!

— Bruxas são sujas!

A rainha Lulu deixou o pandemônio durar bastante tempo, parecendo extremamente feliz com a cena que tinha criado. Por fim, quando as coisas estavam ameaçando sair totalmente do controle, ela se levantou e acenou os punhos minúsculos e peludos.

— Calem a boca! — berrou ela. Não parecia com raiva de verdade, só empolgada. — Todos vocês! Estou no comando aqui! — O ambiente ficou em silêncio enquanto eu ouvia Mombi pigarrear. Todos os olhos se viraram para ela.

— Macacos do tribunal — disse ela. Sua voz estava controlada e baixa, mas tinha um tom de comando. — Se eu puder falar.

Mombi se recompôs e se ergueu, claramente tentando reunir o máximo de dignidade possível. Sabe, levando em consideração a situação.

— Estou diante de vocês, machucada e ensanguentada — disse ela, se esforçando para pronunciar cada palavra. Se estivéssemos num episódio de *Judge Judy*, eu provavelmente teria pensado que era tudo um espetáculo e que ela estava fazendo o papel de vítima. Mas Mombi parecia estar sentindo dor de verdade. — Meus companheiros, a Ordem Revolucionária dos Malvados, estão perdidos, espalhados pelos quatro cantos de Oz; uma Oz cujo futuro nunca esteve tão incerto. Minhas habilidades mágicas estão quase completamente drenadas. Em resumo, sou uma sombra de mim mesma. Por quê? Porque estou lutando em uma guerra há muitos anos. Não fiz isso por poder nem por glória, mas sim por Oz. Lutei não só por mim, mas pelos Munchkins e pelos Nomos e, sim, pelos macacos, pelos alados e pelos ápteros. Vocês me perguntam como me declaro. Se estou sendo acusada de lutar pelos indefesos, eu me recuso a dizer qualquer coisa além da verdade. Desse crime, sou culpada.

Enquanto ela falava e reunia o pouco de energia que lhe restava para fazer sua alegação de defesa, pude ter um vislumbre apavorante da Mombi que eu conhecia voltando. Ela estava ficando mais forte.

— Mas o que dizer daqueles que podem lutar e preferem não fazê-lo? Ápteros, enquanto vocês pulam despreocupados pelas árvores, longe dos problemas lá embaixo, seus irmãos e irmãs estão acorrentados, obrigados a realizar os caprichos cruéis da patroa. Vocês os rejeitam simplesmente por acharem que não são tão corajosos quanto vocês. Preciso lembrar como estão suas costas agora? Vocês se desfiguraram, pagaram o preço máximo, só pra poder cobrir os olhos e ouvidos pra verdade? *Isso* é coragem?

Ela acenou a mão trêmula pelo cômodo de um jeito desdenhoso e continuou:

— Mas não sou uma bruxa jovem e sei muito bem que os macacos não aprendem novos truques com facilidade. Então, não estou aqui pedindo pra vocês lutarem. Só estou pedido que me deem um abrigo seguro pra eu poder continuar a batalhar em nome de vocês.

Fiquei impressionada: mesmo depois de todo o tempo que eu tinha passado com ela na sede da Ordem, nunca estive totalmente convencida de que ela *realmente* era a defensora da liberdade que dizia ser. Por mais que Nox jurasse o contrário, eu sempre tive uma suspeita perturbadora de que talvez Mombi fosse apenas uma oportunista, ansiosa para se livrar de Dorothy para assumir o poder.

Agora, ouvindo seu discurso, vi a verdadeira paixão que sentia por suas crenças. Era difícil não admirar.

Todos os macacos do conselho também pareceram convencidos e estavam trocando olhares nervosos e pensativos. A única que não parecia convicta era a rainha Lulu, cujos olhos estavam ardentes de raiva.

— Me poupe dessa história sentimental, irmã — disse Lulu. — Você fala muito bem, mas eu não gritaria bingo ainda. Todos nós sabemos quem você é. Todos nós sabemos o que você fez. Se não fosse por você, Oz talvez não estivesse nessa bagunça, pra começo de conversa. Ou está se esquecendo do pequeno acordo que fez com o Mágico há muito tempo?

Houve murmúrios entre os macacos, mas Mombi os interrompeu:

— O que você quer que eu diga? — disse ela, de repente a voz ganhara força, de tanta raiva. — Que eu não passo de uma bruxa velha, como Glinda, a Supostamente Boa? Quer que eu admita? Sim, eu já fui má e me arrependo dos meus crimes! Você quer mais sangue? Bem, se é sangue que você quer, também vai ter, eu prometo. Só quero que seja o sangue de Dorothy, e o meu, se necessário, em vez do seu sangue e do sangue do seu povo. Não me persigam, Ápteros. Em vez disso, me deixem descansar aqui pra recuperar minhas forças e poder ajudar a destruir sua opressora antes que ela destrua todos nós.

Com isso, Mombi caiu, sem fôlego, no banquinho ao seu lado, e houve silêncio de novo. A rainha Lulu alisou os pelos do queixo em contemplação e depois escalou o encosto do trono. Ela bateu o martelo contra a parede da cabana real com tanta força que a estrutura toda estremeceu.

— A corte tomou sua decisão! — disse ela. Dei um passo para trás, surpresa. Espera, era *só isso*? — Mombi, como nem você mesma se opõe às acusações, foi considerada culpada de todas elas.

Houve um murmúrio pelo ambiente, e prendi a respiração, esperando para ver o que viria a seguir. Será que eu teria que lutar para salvá-la? O Homem de Lata, tudo bem. O Leão, ok. Ambos eram monstros. Mas eu não tinha me alistado para matar macacos. E também não ia deixá-los matar Mombi sem motivo.

Por sorte, não tive que fazer essa escolha. Porque Lulu não tinha terminado:

— No entanto – continuou a rainha. – No meu papel como monarca dos macacos, decidi invalidar a decisão da corte. Não há dúvidas de que Mombi é tão culpada quanto uma freira dançando funk em uma manhã de domingo. Até ela admite. Mas, por enquanto, bruxa, pela bondade do meu coração, vou reduzir sua sentença e colocá-la em prisão domiciliar.

Lulu bateu o martelo de novo. Ela gostava daquele martelo.

— A justiça foi feita! – proclamou. – Srta. Gumm, pode acompanhar a condenada de volta à Suíte da Princesa, onde ela terá permissão pra contemplar seus crimes enquanto se recupera. Mas lembro mais uma vez: *nada de magia. Capisce?*

— *Capisco*, meritíssima alteza – falei.

A corte aplaudiu, e Mombi assentiu de maneira solene. Ela se levantou e começou a mancar devagar em direção à porta. Quando chegou lá, parou e me olhou de cara feia por sobre o ombro.

— Então? – perguntou, impaciente. – Vai me acompanhar ou não?

Olhei para Lulu, que fez que sim com a cabeça, me dispensando, e segui a bruxa. Eu ainda não sabia muito bem o que acabara de acontecer. Só estava feliz de tudo ter terminado.

# NOVE

— Macacos — murmurou Mombi assim que saímos da cabana e estávamos longe dos ouvidos deles. — Alados, ápteros, não faz diferença. *Todos* são um maldito pé no saco. Agora vamos sair daqui antes que eles mudem de ideia. Seria muito bom receber uma massagem nos pés depois de um dia como hoje.

Ela me deu um sorriso travesso, mostrando duas fileiras tortas e nojentas de dentes da cor de Fandangos mofados.

— Você foi ótima lá dentro — falei. — Nunca te ouvi falar daquele jeito. Todo esse tempo, eu nunca tive certeza absoluta de que você realmente se importava.

Mombi respondeu com uma gargalhada que se transformou numa tosse seca.

— Ah, por favor — resmungou quando se recuperava. — Você realmente acreditou naquilo tudo? Duvido que a própria rainha tenha acreditado em uma palavra. Mas, você sabe, Lulu e eu temos muita história. Essa é, pelo menos, a terceira vez que tive que me apresentar à corte dos macacos, e é sempre a mesmíssima coisa. No fundo, ela não passa de uma empregada pomposa. Você tem que fazer com que ela se sinta poderosa, deixar que ela realize o julgamentozinho; derramar algumas lágrimas pra mostrar que você a respeita.

Olhei para ela, incrédula, me odiando por ter sido enganada por suas baboseiras diante da corte dos macacos. Mas será que *era* mentira? Com Mombi, a gente nunca sabia ao certo.

— Mas... — comecei, depois parei. Se Mombi tinha ou não sido sincera era minha menor preocupação agora, e eu não tinha mais paciência para fazer joguinhos. — Só me conta o que está acontecendo. Depois de tudo que eu fiz por você, mereço um pouco de honestidade.

Tínhamos chegado à escada sinuosa e estreita que descia até o resto da vila. Ela respirou fundo quando percebeu que teria que descer.

— Ora, se *isso* não é *ótimo* — disse ela. Mombi pareceu totalmente humilhada quando coloquei o braço em sua cintura para firmá-la. Abracei com força seu corpo frágil, preocupada se ia deixá-la cair ou quebrá-la com o abraço, e descemos devagar e com cuidado pelo meio das árvores.

— Onde você estava? O que aconteceu? — Eu estava desesperada pra saber o que estava acontecendo e, ao mesmo tempo, não tinha certeza de que queria ouvir a resposta. — Depois que eu... — deixei a voz morrer.

O que eu não consegui dizer foi: *depois que eu fracassei*. Depois que abandonei todo mundo. Depois que deixei Dorothy escapar com vida. Eu sabia que não era culpa minha. Nada que eu tivesse feito mudaria alguma coisa. De acordo com o Mágico, o único jeito de matar Dorothy era arrancar o coração do Homem de Lata, roubar o cérebro do Espantalho e pegar a coragem do Leão — algo que Mombi e a Ordem tinham se esquecido de mencionar. Mas não importava o que eu sabia agora. O fato de eu ter recebido uma missão, fracassado e fugido estava me corroendo desde que deixei a Cidade das Esmeraldas.

— Digamos apenas que nada correu exatamente como planejado — disse Mombi. — Mas acho que você já sabe disso.

Ela me olhou com tristeza.

— Estava tudo bem no início. Mais do que bem, na verdade. Enquanto você tentava cuidar de Dorothy e eu tentava armar um campo ao redor do palácio para impedir que ela usasse magia, Glamora e Annabel conduziram vários dos outros membros da Ordem numa missão pra destruir os dispositivos que Glinda tinha espalhado pela cidade pra armazenar e converter a energia mágica que elas estavam extraindo do Condado dos Munchkins. O sucesso deles é o motivo por que você pode ter notado um súbito ressurgimento de encantamentos por todo o reino.

Fiz que sim com a cabeça. Eu já tinha imaginado a maior parte disso, mas queria ter sabido a respeito desde o início.

— E aí?

— E aí? O que você *acha* que aconteceu depois? Você fracassou, e nós fizemos o de sempre. Continuamos lutando pra que você pudesse fugir com uma vantagem sem ninguém te seguir. Queríamos te dar a melhor chance possível de escapar.

— Obrigada – falei simplesmente.

Mombi reagiu revirando os olhos.

— Não fizemos isso pra ser legais. Fizemos porque precisamos de você. Pessoalmente, eu teria te entregado na mesma hora se não soubesse como é importante. Sorte sua. Não foi uma luta divertida nem justa. Eram muitos deles. Glinda, as criaturas do Leão, os Soldados de Lata. Pareceu durar dias, talvez tenha durado. No fim, eu nem sei contra quem estávamos lutando. Algumas pessoas estavam do lado de Dorothy, mas outras... — Ela balançou a cabeça. — Que inferno, talvez estivéssemos lutando uns contra os outros, no fim. Eu simplesmente não sei.

Com isso, ela soltou um suspiro ofegante e derrotado. Senti como se alguém tivesse pisado no meu coração. Mombi ainda não tinha respondido à única pergunta que me importava.

— E os outros? – perguntei.

— Foi um caos. Nox, Glamora e eu fomos separados do resto da Ordem. Estávamos cercados. Encurralados. Eram muitos deles. Você está vendo meu estado agora. Eu não estava melhor lá, e eles, também não. Glamora vai precisar de uma longa visita ao cabeleireiro para ficar limpa e bonita de novo. Nós não íamos conseguir. Simples assim. Então, eu nos teletransportei de lá. Era a única coisa a fazer. Tentei nos levar de volta para a sede. Mas o teletransporte é difícil até em condições ideais, e com mais de uma pessoa? Àquela distância? — Ela deu um assobio longo. — Não era a condição ideal, e eu não estava em forma para fazer feitiços. Não funcionou muito bem.

Não consegui aguentar.

— O que aconteceu com Nox? — perguntei de maneira mais urgente. — Me fala logo.

Mombi me encarou com os olhos estreitos.

— Deixa eu te explicar. Quando eu me teletransporto, viajo através de outro lugar. Um tipo de limbo, acho que se pode chamar assim. Não é muito agradável, mas você passa por ele tão rápido, que mal percebe que esteve ali. Mas não desta vez. Eu perdi meu ponto de ancoragem, a parte do feitiço que nos leva para onde estamos indo. Perdi o contato com os outros também. Antes que eu percebesse, estava presa no limbo, e eles tinham sumido. Eles não sabem fazer teletransporte, na verdade, e não têm jeito pra coisa. Podem estar em qualquer lugar. Pelo que sei, ainda estão no limbo, tentando sair.

Soltei o ar que nem sabia que estava prendendo. Não era uma ótima notícia, mas pelo menos significava que Nox ainda estava vivo. Provavelmente. Talvez.

— Temos que encontrá-los — falei.

Tínhamos finalmente chegado à base da escada na árvore, e Mombi subiu hesitante em uma plataforma. Ela se soltou de mim e me lançou um olhar contundente.

— Você acha que eu não sei? Como propõe que façamos isso?

— Temos que voltar pra lá e pegá-los. Pro limbo, ou sei lá o quê.

— Voltar? Não funciona assim. Não é como passar um fim de semana no campo, você não pode entrar lá sem antes armar um jeito de sair. É *assim* que você acaba presa. E, falando como alguém que ficou presa lá por mais tempo do que quero pensar, não estou disposta a correr esse risco. Ainda mais quando nem sabemos se é lá que eles estão. Também existe a possibilidade de não terem ficado presos, de terem sido cuspidos no instante em que eu os perdi. Podem estar em qualquer lugar de Oz. Não dá pra saber.

Não fiquei feliz com a resposta, mas percebi que Mombi estava certa. Mesmo assim, eu não ia desistir de encontrar Nox. Mas guardei isso para mim. Tinha a impressão de que Mombi não ia gostar das minhas prioridades.

— Como foi que *você* saiu? — perguntei, em vez disso. — E como sabia que tinha que vir pra cá?

— Ora, ora, está *cheia* de perguntas, hein? Não acha que eu também tenho algumas pra fazer a você? — reagiu Mombi, de maneira azeda. Então ela fez uma pausa e suspirou. — A verdade é que eu não sei — disse ela com uma careta, como se sentisse dor por admitir que havia alguma coisa que não sabia. Ou talvez ela simplesmente estivesse sentindo dor de verdade. — Estar naquele lugar é como estar embaixo d'água. Sob lama, na verdade. É escuro, é frio como o adeus de uma fada, e não dá pra enxergar dois dedos à frente. Existem *coisas* lá também, e não estou falando de gatinhos fofos. Coisas malignas e nojentas. Coisas das quais você fugiria mesmo enjauladas num zoológico, não que você consiga vê-las, na verdade. Elas apenas sibilam no seu ouvido, babam em você, se esfregam na sua pele, no escuro. Sou uma bruxa velha e durona, mas até eu tenho limites. Quer saber a verdade? Eu estava prestes a acabar com tudo, simplesmente desligar o interruptor desse velho saco de ossos. Tem um feitiço pra isso, sabe, e eu estava pronta pra lançá-lo. Pra desistir de vez. E foi aí que vi você.

Dei um passo para trás, surpresa.

— Eu?

— Não, só estou brincando. Sim, *você*. Agora, não confunda as coisas, você não é nenhuma queridinha minha, mas te ver por lá, vinda do nada, iluminada como o dia em toda aquela escuridão, foi um alívio. Então eu te segui. Você desapareceu logo, mas aí já não importava: eu tinha encontrado um novo ponto de ancoragem, e era você. Tive que farejar um pouco, mas segui em frente e apareci aqui. Eu preferia um lugar com menos macacos, claro, mas de cavalo dado não se olham os dentes, né?

Tentei entender tudo enquanto andávamos, com Mombi se arrastando atrás de mim. O que significava ela ter me visto? Será que eu tinha mandado um sinal, de algum jeito, sem saber?

Ainda estava pensando na questão de como encontrar Nox e os outros quando finalmente chegamos à nossa cabana. Tinha levado uma eternidade para Mombi arrastar seu corpo surrado pelas pontes de corda e plataformas suspensas da vila dos macacos, e agora o sol estava começando a se pôr. Percebi que o tempo estava passando com uma regularidade surpreendente. Eu me perguntei quem estava girando o Grande Relógio – Dorothy às vezes se esquecia de fazer isso, a ponto de parecer que o mesmo dia tinha durado um ano. Coloquei a mão na porta e parei.

– Me desculpa – falei baixinho.

– Desculpar? Pelo quê?

– Por deixar vocês pra trás. Por fazer tudo errado. Se não fosse por mim...

Mombi revirou os olhos e balançou a cabeça, dispensando minhas desculpas.

– Olhe, você se saiu bem, garota. Não matou Dorothy, mas, pelo que eu soube, ela agora está fugindo, e isso é um começo. Também ouvi sobre o que você fez com o Homem de Lata. Foi bom. Conseguimos restaurar a magia, pelo menos por enquanto, e isso é muita coisa. Também derrubamos a maldita cidade enquanto estávamos cuidando disso, só pra mostrar à Dorothy que podíamos. Tiramos aquela princesa do palácio, espero que pra sempre. E, além do mais – ela mexeu as sobrancelhas –, não fomos os únicos a apanhar. Tive o prazer de arrancar um bom pedaço do rosto bonito de Glinda. Há tempos que eu queria fazer isso. Então, alegre-se, menina. Podia ser pior.

Mombi deu um soquinho de leve no meu braço. Eu sabia que a minha culpa não ia desaparecer completamente até eu ver com meus próprios olhos que Nox estava em segurança – e que ele não me odiava por tê-lo deixado quando deveria ter ficado para lutar –, mas saber que Mombi tinha me perdoado me fez sentir um pouco melhor. Dei um sorriso fraco e abri a porta, querendo contar a Pete tudo que eu tinha descoberto.

Senti uma onda de decepção quando percebi que não ia realizar esse desejo. Pete não estava lá. Em vez dele, Ozma estava sentada de pernas cruzadas no chão, se divertindo com um jogo de cama de gato usando uma corda velha que tinha encontrado em algum lugar. Ela estava tão envolvida com o jogo, que nem percebeu nossa entrada.

— Ah — disse Mombi, amarga. — É *você*. O menino voltou pro esconderijo dele?

Isso chamou a atenção de Ozma. Ela ergueu os olhos e mostrou a língua para Mombi.

— Vai embora, bruxa — disse ela. — Você não é minha mãe.

Eu teria ficado orgulhosa dela, mas estava ocupada demais ficando chateada pela milésima vez por descobrir mais uma coisa que fora escondida de mim.

— Há quanto tempo você sabe sobre ele? — perguntei.

— *Saber* sobre ele? Eu o criei, não foi? Só recentemente eu soube que ele ainda conseguia sair pra brincar, mas não fiquei muito surpresa. Só que não importa muito, no fim das contas, não é?

— Claro que importa. Estou cansada de esconderem tudo de mim. Você devia ter me contado. Poderia ter sido útil saber disso.

Mombi deu uma risadinha.

— Você ainda tem muita coisa pra aprender, né? Em uma guerra, é assim que funciona: nós contamos o que você precisa saber pra cumprir sua missão, e você não faz perguntas. Desse jeito, quando te torturam, você não pode entregar nada importante.

Aproximei meu rosto do de Mombi.

— Isso vai mudar a partir de agora. Se eu vou participar da sua revolução, vai ser como uma igual, não como um peão idiota. De agora em diante, você me conta tudo, e eu decido se escuto ou não.

Mombi me olhou como se não entendesse qual era o problema.

— Claro. Não faltam muitos segredos pra contar, de qualquer maneira, mas, se eu me lembrar de alguma coisa, te aviso imediatamente. Até lá, preciso descansar estes ossos velhos.

Ela se jogou na minha rede e esticou os braços.

— Pelo menos, tenho um lugar agradável pra me curar. Esses macacos podem *dizer* que odeiam magia, mas, se não houver alguma coisa mágica nessas camas, não sou uma bruxa. Mas é uma pena – ela apontou para Ozma –, eu estava ansiosa pra deixar o menino me fazer uma massagem nos pés, como nos velhos tempos. Ele era *tão* bom nisso.

Eu não entendia Mombi. Às vezes ela parecia *quase* humana, e às vezes, como agora, ela... não parecia. Mombi havia praticamente criado Pete. Não. Não *praticamente*. Ela *havia* criado Pete. Talvez tivesse feito isso sob circunstâncias incomuns, mas mesmo assim. Ela era basicamente mãe dele, não o via há anos, e agora, quando quase teve a chance de revê-lo, não parecia se importar nem um pouco por tê-la perdido.

A última vez em que vi minha mãe, ela estava no banco do carona do Camaro vermelho e surrado de Tawny Lingondorff, se afastando da casa que compartilhávamos, sabendo que o ciclone estava prestes a nos atingir. Ela nem olhara para trás.

– Pete era só isso pra você? – perguntei a Mombi, sentindo o rosto esquentar. – Apenas alguém que massageava seus pés? Você não se importa nem um pouco com ele? Devia ter imaginado. Ele me contou como foi crescer a seu lado. Disse que você o tratava como merda.

– Ah, *esse drama* de novo, não – resmungou Mombi. Ela parecia perfeitamente relaxada na rede, os olhos fechados, a cabeça recostada. Isso tornava tudo ainda mais enfurecedor. – Você tenta fazer uma coisa boa pra uma criança necessitada e tudo que recebe em troca são reclamações. Me faz um favor e guarda a crítica pra um dia em que não haja uma revolução acontecendo. – Seus olhos se abriram, e ela me encarou de cima a baixo com cuidado. – Enquanto isso, você e eu temos outras coisas pra conversar. Primeiro, acredito que você esteja de posse de *um certo item*.

Fiz que sim com a cabeça. Eu ainda estava com raiva dela, mas sabia que isso era importante.

Abri a bolsa e peguei meu primeiro troféu: o coração mecânico do Homem de Lata, que ainda batia como um relógio que não sabia que o tempo havia parado.

Mombi o pegou da minha mão e o aninhou no peito. Ela passou os dedos pela superfície e o examinou, com cuidado, de todos os ângulos possíveis.

— Você fez bem em pegar isso — disse ela.

— Não foi *só* isso — respondi. Tentei não deixar meu orgulho transparecer ao pegar o rabo do Leão. — Tive um encontro com o Leão depois que saímos da Cidade das Esmeraldas. Só falta um.

Os olhos de Mombi se arregalaram.

— Acho que nós te treinamos bem — disse ela, enquanto pegava o rabo e comparava os dois itens. Ela esticou o rabo para ver se tinha algum ponto de ruptura e bateu com o coração de metal nos dentes como se quisesse avaliar do que era feito. Fiquei ali de pé, inquieta e ansiosa para recuperar os dois itens.

— Fascinante — refletiu ela. — O Mágico não estava mentindo sobre uma coisa: eles são mágicos mesmo. Mas não consigo ler os feitiços neles e não sinto nenhuma ligação especial com Dorothy. E quem os enfeitiçou? O Mágico não tinha poder pra colocar nenhum feitiço em nada naquela época, ainda mais feitiços tão estranhos quanto esses.

Ela franziu a testa.

— Eu me pergunto se...

— O quê?

— Ah, quem sabe? Que bom que você pegou essas coisas. Demonstra perspicácia.

Estendi a mão, e Mombi ergueu uma sobrancelha, depois me entregou os itens.

— Alguém está muito apegada — disse ela. — Cuidado com isso. Não sabemos o eles fazem, e eu não confio no Mágico nem um pouquinho.

Mal escutei enquanto guardava os objetos de volta na bolsa.

— Agora — disse Mombi —, você tem mais alguma coisa pra pegar?

— Pegar?

— Claro. Pertences. O quê, você achou que ia ficar aqui? A festa na piscina acabou, queridinha. — Ela indicou Ozma com a cabeça. — Não seria muito divertido, agora que seu brinquedinho voltou pra caixa, não é verdade?

Eu não disse que tinha quase certeza de que poderia transformar Ozma em Pete de novo quando quisesse. Uma garota tinha que ter alguns segredos.

— Você não está em condições de viajar — falei.

— Eu? — Mombi riu. — Quem falou alguma coisa sobre mim? Nós duas sabemos que não sirvo pra nada neste momento. Vou ficar bem aqui onde estou até me sentir melhor.

— Não vou simplesmente te deixar aqui desse jeito.

Mombi deu uma risadinha irônica e fraca.

— Ah, vai, sim. E não pense que não vou aproveitar. Eu mereço um pouco de descanso e recuperação, na minha humilde opinião. Mas *você* tem trabalho a fazer. Quero que procure Policroma, a Filha do Arco-Íris. Ela nunca foi muito de participar, mas já ajudou a Ordem antes e vai nos ajudar de novo. Ela quer que Dorothy morra tanto quanto nós e tem poder. Eu não me surpreenderia se outros membros da Ordem também estivessem a caminho pra encontrá-la.

Pensei no assunto. Eu tinha decidido, um tempo atrás, que não ia mais aceitar ordens de Mombi e não tinha certeza de que queria deixar o conforto e a relativa segurança dos macacos ainda. Por outro lado, se Nox estava a caminho de encontrar essa moça do arco-íris, era lá que eu queria estar também.

— Como chego lá? — perguntei, por fim. Eu ainda não tinha decidido, mas ia ouvi-la.

— Ahh, *esse* é o problema. A Cidadela do Arco-Íris não é fácil de encontrar. Em geral, Policroma só abre uma porta quando quer você lá. Infelizmente, não tenho como entrar em contato com ela neste momento. Então você vai ter que encontrar a porta dos fundos.

— Ok, tudo bem. E como eu faço isso?

— Ela muda de lugar — explicou Mombi. — É isso que torna a Cidadela do Arco-Íris tão segura, e é como Policroma consegue manter todo seu poder. A única maneira de entrar sem ser convidado é encontrar a porta dos fundos. E ninguém encontra. Dorothy passou um ano procurando um tempo atrás. Destruiu metade do reino, ofereceu uma recompensa pra quem pudesse dar uma pista, mas nada. Ela acabou desistindo... não valia o incômodo, acho.

— Se Dorothy não conseguiu achar depois disso tudo, como é que *eu* vou conseguir?

— Não vai — disse Mombi. — Mas tenho a sensação de que *ela* consegue.

A bruxa apontou para Ozma.

— Vem pra velha Mombi — cantarolou com doçura. Quando Ozma permaneceu afastada, Mombi revirou os olhos. — Traz a queridinha aqui — disse ela, irritada.

Peguei delicadamente a mão da princesa relutante, olhando preocupada para Mombi. Ozma não parecia feliz, mas não resistiu.

— Você não vai machucá-la, vai?

— Não, não, não. Nós *precisamos* dela — disse Mombi, olhando para Ozma de cima a baixo de um jeito predatório. — Por mais que ela pareça idiota, ainda tem poder aí dentro. Em algum lugar. Ela é uma fada, você sabe. Está conectada à força vital de Oz de um jeito como nenhum de nós jamais estará. Se alguém pode encontrar a Cidadela do Arco-Íris, é ela. É magia, ela é magia, é como essas coisas funcionam. Ela só precisa *querer* encontrar.

— É, boa sorte com isso — falei. — Acho que Ozma não quer nada. Exceto, talvez, brincar.

Mombi me ignorou e colocou as mãos no rosto de Ozma. Ela pareceu que ia fugir, mas a bruxa a segurou com firmeza.

— Não tenha medo. Sou só uma velha. Não machucaria nem uma mosca, não é?

Mombi encarou fundo os olhos de Ozma e mordeu o lábio em uma expressão de concentração. Um pequeno ponto roxo de luz começou a se formar no centro da testa da bruxa. Mombi o removeu como se estivesse tirando um pedaço de sujeira e o colocou na palma da mão, fechando o punho com força.

— Fica paradinha e fecha os olhos, querida. — Ozma obedeceu como se estivesse em transe.

Observei a cena toda com uma leve sensação de enjoo.

— Ozma tem um escudo de proteção contra a maioria das magias — explicou Mombi, casualmente. — Mas, quando se é burra como um tijolo, igual a ela, certos feitiços conseguem ultrapassar esse escudo.

Mombi abriu a mão, revelando que a pitada de energia tinha assumido a forma de uma aranha azul e brilhante do tamanho de uma moeda. Ela pegou a aranha que se debatia e a colocou na têmpora de Ozma, onde ficou por um segundo e depois desceu, passando pela maçã do rosto e subindo no lóbulo da orelha para finalmente entrar no canal auricular e desaparecer.

— Eca. — Estremeci.

— Ah, não seja boba — zombou Mombi. — É só um pequeno feitiço de intenção. Ela nem vai sentir. Não faz quase nada, exceto dar um empurrãozinho na direção certa. Pensa assim: se eu sussurrasse *quero donuts* no seu ouvido enquanto você estivesse dormindo, você ia acordar desejando donuts, não é? Isso não é muito diferente, só que estou velha demais pra ficar acordada a noite toda sussurrando no ouvido de Ozma, ainda mais com aqueles enormes protetores de orelha em forma de flor que ela adora usar. É só esperar: ela vai te guiar até a Cidadela do Arco-Íris agora. É só você a seguir e ficar de olho nela ao longo do caminho. Cuidando pra ela não cair de um penhasco nem atravessar portas de vidro. E, pelo amor de Deus, não deixe ela ser capturada. Ela é mais importante do que parece, sabe.

Cruzei os braços.

— Então, digamos que eu concorde em procurar essa tal de Poli. O que eu faço quando encontrá-la?

— Pede pra ela te ajudar a encontrar Nox e Glamora, além dos outros membros perdidos da Ordem que ela consiga rastrear. Mostra a Policroma essas coisinhas que você tem na bolsa e vê o que ela acha. Pede pra ela te mostrar onde está Dorothy, que, devo lembrar, ainda precisa ser descartada. Pede pra ela devolver o xale que me pediu emprestado na última vez em que me visitou. Ah, e pede pra ela dar uma olhada na princesa Bobona. Policroma conhece um pouco de magia de fada. Agora que finalmente tiramos Ozma das mãos de Dorothy, talvez possamos consertar o feitiço que ela usou pra transformar o cérebro da nossa amada monarca em ovos mexidos reais.

— Ah, *só* isso?

— Preciso te dar uma lista ou você vai lembrar?

Não respondi.

Olhei de Mombi para Ozma e de volta. Analisei minhas opções. Eu podia ficar ali. Podia sair para procurar Nox sozinha. Podia procurar o Espantalho e Dorothy sem nenhuma pista de onde eles estavam. Ou podia tirar um cochilo.

Pode me chamar de teimosa, mas eu realmente não estava a fim de obedecer a Mombi. Por outro lado, e se as *ordens* fossem, neste caso, a coisa certa a fazer?

— Tudo bem – falei. – Eu vou. Mas não estou fazendo isso por você. Estou fazendo por Ozma. – Olhei para a princesa. Se havia uma chance de curá-la, eu queria garanti-la. Estava fazendo isso por Nox também, mas Mombi não precisava saber.

— Não me importa por que você está fazendo – disse Mombi. – Apenas vá! Eu te encontro quando me recuperar.

— Agora? Não podemos esperar até de manhã?

— Claro que não. Saia no meio da noite, e ninguém vai perceber nem fazer perguntas. Discrição, minha pombinha! Mesmo aqui em cima, nunca se sabe quem está observando. De qualquer maneira – Mombi olhou ao redor enfaticamente –, só estou vendo duas redes, e somos três. Onde você pretende dormir?

— Posso, pelo menos, me despedir de Ollie e Maude?

— Não está vendo que estou fraca e cansada demais pra toda essa conversinha? Não fale pra ninguém! E, se você encontrar alguém no caminho, fique de bico calado. Ou, melhor ainda, mate a pessoa.

Eu não estava preparada para isso. Estava ansiosa por mais *uma* noite de sono confortável, no mínimo. Mas Nox estava em algum lugar lá fora, precisando da minha ajuda. E o bicho que Mombi colocara no ouvido de Ozma já devia estar trabalhando, porque ela estava indo em direção à porta.

Eu sabia que não adiantava. Olhei para minhas roupas sujas empilhadas no canto e decidi que era melhor viajar sem elas. Virei-me para Mombi, mas ela já estava dormindo e agora emitia uma combinação desagradável de ronco e gemido.

Era hora de partir. Segui Ozma para fora da Suíte da Princesa. Desta vez, arranquei uma página do livro da minha mãe e não olhei para trás.

# DEZ

Era de madrugada, e Ozma e eu estávamos abrindo caminho pela selva. Mais uma vez, fui lembrada do sonho que não era exatamente um sonho. A sensação de déjà vu era visceral, formigando nos meus poros, fazendo os pelos dos meus braços se arrepiarem. Eu a ignorei e continuei em frente, seguindo Ozma e tentando não me abalar.

Estava segurando uma pequena esfera de fogo na palma da mão, brilhando apenas o suficiente para iluminar nosso caminho. Mas, mesmo assim, a floresta ao redor era escura, e nos movimentávamos com mais rapidez do que imaginei ser possível. Ozma andava na frente com uma estranha determinação, parecendo nem precisar da minha luz para enxergar. Não havia hesitação em seus passos, mas também não parecia estar seguindo uma trilha específica; ela dava voltas e andava em zigue-zague pelo amontoado denso de árvores, às vezes se inclinando, às vezes tateando o ar de um jeito estranho, como se quisesse sentir alguma coisa. Em seu vestido leve, com a pele de marfim reluzindo no brilho da minha chama, ela parecia um fantasma adolescente.

Eu só esperava que ela soubesse o que estava fazendo, porque achava que havia grandes chances de ela estar me fazendo andar em círculos.

A cada passo, eu hesitava. Estava fazendo a coisa certa? Não parecia. Não me lembrava da última vez em que me sentira tão sozinha. Eu queria ter Star. Queria ter Indigo ou Ollie ou qualquer pessoa. Queria ter Nox.

Ozma não contava. No dia seguinte, eu tentaria invocar Pete de volta – pelo menos, seria alguém para conversar –, mas, por enquanto, eu só queria sair da floresta, encontrar um lugar para descansar e analisar as coisas à luz do dia.

Então avancei, deixando Ozma me conduzir. Minha mão segurava a faca com força; ela havia aparecido sem ser invocada, como sempre acontecia quando eu pressentia perigo ou me sentia perdida. A faca estava começando a parecer parte de mim – como uma extensão do meu corpo –, a ponto de ser fácil esquecer que fora Nox a me dá-la, e que ele tinha passado horas esculpindo o punho com formato de pássaro, não só porque queria que eu fosse capaz de me proteger, mas porque queria que eu tivesse algo feito por ele; algo que fosse só meu.

Senti uma pontada de solidão com o pensamento, mas, em vez de ficar triste, tentei usar a sensação, moldar a emoção inútil e transformá-la em algo mais parecido com determinação. Foi como trabalhar com magia: pegando e moldando em algo diferente do que era no início. Em algo que fosse útil de fato.

A questão do Nox era que eu nem o conhecia tão bem. Não mesmo.

Tínhamos nos beijado, o quê... duas vezes? Três? E, na maior parte do tempo em que *não* estávamos nos beijando, nem era óbvio se éramos amigos. Muito menos alguma coisa além disso.

Olha, não importava *o que* éramos um para o outro. Não importava se eu realmente o conhecia ou não. Eu só sabia que queria encontrá-lo.

Mas Nox não era o motivo para eu estar vagando pela floresta escura no meio da noite. Eu também não estava fazendo isso por Mombi nem pela Ordem nem por Ozma, apesar de ter que admitir que estava começando a me sentir meio protetora em relação a ela. Eu não estava fazendo isso por Oz nem por justiça. Algumas dessas coisas faziam parte, mas não eram a razão principal.

Por algum motivo, eu tinha escondido isso de mim mesma, porque me fazia parecer um pouco egoísta, mas as pessoas não têm permissão para ser egoístas às vezes?

A pessoa por quem eu estava fazendo isso era eu.

Antigamente, a Madison Pendleton implicava comigo, minha mãe me explorava e praticamente todas as outras pessoas me ignoravam. Porque eu nunca fui especial. Nunca fui poderosa.

Quando sonhava em fugir do Kansas, o que eu realmente queria era encontrar um lugar onde eu fosse *importante*. Onde eu pudesse ser alguém e ter um objetivo.

Agora, tinha encontrado um lugar ao qual pertencia. Sim, teria sido legal se fosse um mundo encantado com menos problemas – um lugar um pouco menos parecido com um pesadelo –, mas, por outro lado, quanto mais eu entrava nesse pesadelo, mais começava a perceber que a insanidade do local era o que me dava essa sensação de propósito que eu nunca tivera.

Antes de Oz, ninguém além da minha mãe precisava de mim, e nem ela eu conseguia ajudar direito. Mas Oz eu podia tentar consertar e ia fazer isso.

Algumas pessoas passam a vida procurando algo que possam fazer para depois dizer: *eu mudei o mundo*. Eu tinha encontrado. Podia não ser capaz de realizar, mas ia morrer tentando. Então, pode me chamar de egoísta.

Mas isso não significava que eu não sentia medo. Tentei não pensar no que mais existia na floresta, no escuro, para além do brilho lançado pelo meu fogo. A selva podia não ser mais o domínio do Leão, mas ainda havia monstros vivendo ali, e eles não precisavam do Rei dos Animais para lhes dizer que eu daria um petisco delicioso.

Leões, tigres, ursos. Nenhum desses me incomodava de verdade. Era a ideia de coisas que eu nem seria capaz de nomear.

Não era só um medo abstrato de criaturas rastejantes. Desde que saímos da vila dos macacos, no topo das árvores, eu tinha a sensação de que não estávamos sozinhas. Não dava para identificar a sensação nem mostrar evidências que provassem minha suspeita. Mas eu sentia uma presença sorrateira e pesada em algum lugar acima do meu ombro, se esgueirando atrás de mim pelas árvores, quase próxima o suficiente para estender a mão e me pegar.

A princípio, falei para mim mesma que era só imaginação, mas, depois de uma hora andando, ouvi um revelador triturar de galhos e um resmungo fraco e ofegante.

Girei e fiz a chama brilhar para cima e para baixo no escuro, mas o único movimento que vi foi uma aranha gigantesca escalando o tronco de uma árvore para se proteger da luz.

Houve uma época em que apenas *isso* teria sido suficiente para me fazer correr. Agora não era nada.

Mas eu sabia, lá no fundo, que tinha mais alguma coisa. Pode chamar de percepção mágica ou apenas a boa e velha intuição. Havia algo maior, mais maligno, algo perigoso. E estava nos seguindo o tempo todo.

Tentei mudar meu foco, como tinha feito mais cedo, tentando ver se o que estava ali usava magia para se esconder. Mas nada se revelou, exceto o vago brilho de energia que cobria tudo em Oz. E, considerando como eu estava inquieta, não dava nem para ter certeza de que *isso* não passava da minha imaginação hiperativa.

Ozma tinha percebido que eu estava ficando para trás e voltara para se juntar a mim. Ela me observou com curiosidade, depois olhou a floresta.

— Mami — disse ela. Um sorriso lento se espalhou por seu rosto. E então, com mais urgência: — *Mami!*

Entre seu sorriso demente e a luz refletindo em seu rosto, ela parecia uma apavorante e linda abóbora iluminada.

*Mami.* Ela estava falando comigo? Estava tentando dizer *Mombi*? Ou era outra coisa? Nenhuma das opções me tranquilizava. Levei um dedo aos lábios, e Ozma semicerrou os olhos e fez que sim com a cabeça, como se entendesse.

Sem nenhum aviso, deixei a chama na minha mão se extinguir. Tudo ficou preto, e eu virei sombra, afundando sem esforço no limbo que, de alguma forma, tinha aprendido a abrir nos últimos dias. Depois, voltei a ser eu mesma, dez passos atrás do local onde estivera antes.

Eu não podia perder tempo; tinha que agir antes que nosso perseguidor percebesse o que eu estava fazendo. Em um movimento rápido, cravei a faca no ar e a desci em um arco crepitante que iluminou toda a floresta durante uma fração de segundo, como se eu tivesse acendido uma lâmpada.

Mas essa fração de segundo foi suficiente: eu vi. A coisa que tinha nos seguido estava agachada de maneira ameaçadora atrás de uma árvore, seus ombros pesados e musculosos. Ela virou a cabeça na minha direção, e vi seus olhos amarelos me encarando em duas fendas estreitas.

Um calafrio percorreu minha espinha enquanto eu pensava nas figuras encapuzadas que tinha visto no meu sonho na noite passada.

Mas aquelas eram bruxas e, quando essa coisa se levantou nas pernas traseiras, eu soube que não era uma bruxa. Era um monstro.

Uma enorme bola de fogo laranja já estava se lançando da palma da minha mão estendida e, antes que eu pudesse ver minha chama atingir o alvo, estava me teletransportando diretamente para onde o tinha visto escondido.

Quando reapareci, esperei ouvir o grito do monstro queimando. Mas eu tinha ficado arrogante. Quando me materializei, não havia gritos, meu fogo já tinha se extinguido e eu não conseguia ver nada na escuridão.

Eu esperava que isso significasse que ele também não conseguia me ver. Em vez de tentar iluminar as coisas, decidi usar a escuridão a meu favor e murmurei algumas palavras para invocar um simples feitiço de amplificação. Desse modo, mesmo que eu não pudesse ver meu agressor, seria capaz de ouvi-lo.

Prestei atenção, girando em um círculo cuidadoso, tentando perceber os batimentos cardíacos da criatura e sua respiração ofegante.

Não encontrei nada e avancei aos tropeços.

De repente, antes que pudesse recuperar meu equilíbrio, uma bola voadora de músculos me atingiu do nada, como um saco de tijolos. Resmunguei alto e, em vez de cair, rolei para o lado, em uma cambalhota, depois girei e me levantei com facilidade.

Eu era rápida, mas o monstro era mais. Ele havia ricocheteado para longe de mim antes que eu pudesse pôr os olhos nele, voltando para as árvores, onde, mesmo com meus sentidos aumentados por magia, eu mal conseguia distinguir o som que ele fazia enquanto avançava de galho em galho.

Apenas poucos minutos antes, eu estava me sentindo sozinha e um pouco impotente. Em outras palavras, até que ia gostar de lutar.

— Vem me pegar! — gritei, brandindo a faca, sabendo que eu mal precisava dela. Mais uma vez, minha solidão tinha se transformado, como magia, em

fúria. Eu mataria essa coisa com minhas próprias mãos, se fosse necessário.
– Vamos lá, babaca! – gritei, minha voz reverberando pelas árvores. – Não me importa quem você é. Me provoca de novo. Eu te desafio.

Parei, analisando todos os sons ao redor, até ouvir um batimento cardíaco suave, a poucos passos, atrás de uma árvore. Mas, quando ouvi com mais atenção, percebi que não pertencia ao meu perseguidor. Pelo ritmo firme e uniforme, eu sabia que só podia ser de Ozma – ninguém além dela conseguiria continuar tão calma no meio disso tudo.

Então deixei esse som de lado, feliz por ela estar em segurança, e me concentrei em todos os outros.

Vasculhei tudo, deixando de lado os ruídos que não eram relevantes – os grilos e as corujas nas árvores, as cobras rastejando na grama, o vento nas folhas –, construindo uma imagem mental dos arredores. Quando prestava bastante atenção, parecia até que eu estava enxergando de novo.

Levei apenas um minuto para encontrá-lo. *Tum. Tum. Tum.*

O ruído não vinha de nenhum lugar perto de onde eu estava procurando, mas, depois que o encontrei, era inconfundível. O coração da criatura estava disparado com a adrenalina; sua respiração estava pesada e faminta.

Mas eu não queria usar o mesmo truque duas vezes, então, em vez de jogar outra bola de fogo, decidi tentar algo novo. Invoquei do céu um raio para fritar meu agressor misterioso e pegá-lo desprevenido.

Houve um chiado e o cheiro elétrico de ozônio, enquanto um raio azul caía em zigue-zague através das folhagens, atingindo o local onde eu achava que meu alvo estava se escondendo. A criatura soltou um grito agudo quando meu feitiço a atingiu.

Mas, se eu achava que isso seria suficiente para matar meu inimigo, estava errada. Houve um som de assobio de um cipó atravessando o ar, e a criatura pulou sobre mim, suas pernas entrelaçadas na minha cintura enquanto ela arranhava meu rosto com mãos gigantescas e quase humanas.

Senti suas garras arrancando sangue, mas girei nos calcanhares, usando o impulso da coisa contra ela, jogando-a no chão da selva. Caímos juntas, eu por cima, e pressionei meu antebraço em seu peito, prendendo o monstro – o que quer que fosse – ao chão.

— O jogo acabou – falei. Tinha sido mais fácil do que eu esperava, e me vi quase decepcionada porque meu exercício tinha sido interrompido. Eu estava ficando muito boa nisso.

Levantei a faca para matar. Eu nem me importava com o *que* estava matando, só queria acabar com a luta.

Mas aí ela falou numa voz que eu reconheci. Uma voz surpreendentemente *aguda*.

— Não! Tio! Tio! Eu desisto!

Não podia ser. Mas quem mais tinha aquela voz?

Desejei que minha faca brilhasse, iluminando meu inimigo agora subjugado.

— Você! – exclamei. Olhando para mim, numa derrota envergonhada e patética, estava ninguém menos do que a rainha Lulu dos Ápteros. Um segundo atrás, eu estava pronta e ansiosa para matar. Agora não sabia o que fazer.

Olhei para Ozma, que estava apoiada em uma árvore a poucos passos de distância, observando a cena toda com uma calma meio idiota. Depois de uma pausa, ela deu um aceno sutil e triste para a macaca.

Embaixo de mim, Lulu ficou pálida ao ver Ozma.

— O que você quer? – exigi devagar, pensando se devia guardar a faca ou não. – Por que estava nos seguindo? Não mente pra mim.

— Não quis te assustar... – gemeu minha prisioneira. – Eu não ia machucar ninguém. Eu só queria vê-la. Eu não... – Ela se interrompeu, aparentemente tomada por algo que não podia expressar.

— *Vê-la?* Você podia tê-la visto quando quisesses. Nem a deixou entrar no seu salão do trono. Agora você espera que eu acredite que só queria *ver* Ozma? Acha que eu sou idiota? E por que você se importa?

Ela se debateu sob meu peso, tentando inclinar o pescoço na direção de onde a princesa estava. Lulu piscou. Dava até para pensar que ela estava lutando contra as lágrimas, se não soubesse que ela não era do tipo sentimental.

— Tive medo que ela lembrasse – disse Lulu finalmente.

— Lembrasse *o quê*?

— Ela era tão pequena quando aconteceu... com as fadas, nunca se sabe. E se ela lembrasse? — Lulu soava quase desesperada.

Olhei para ela, examinando-a. Eu não tinha ideia do que Lulu estava falando. Depois lembrei e, com um tremor, de repente entendi o que Ozma quisera dizer com *Mami*.

— Ela era minha. Eu devia protegê-la. Eu era tudo que tinha, e ela era feliz de qualquer maneira. Ela me amava. Confiava em mim. Eu a deixei, entende? Eu a deixei sozinha. Quando ela chegou à vila... Eu não consegui olhar nos olhos dela, não depois de tudo que tinha feito. Como poderia? Mas eu também não queria que ela fosse embora desse jeito. Mal ficou lá um dia. E nem uma despedida? — A rainha Lulu mordeu o lábio e trincou os dentes. — Meus espiões me disseram que vocês estavam tentando cair fora, e eu sabia que tinha que me despedir. Eu tinha que vê-la. Apenas uma vez, só isso. Eu não ia machucar ninguém.

Lulu ficou quieta, mas estava quase em pânico, muito diferente da dama esnobe de fala rápida que tinha lidado com seus seguidores de maneira arrogante no julgamento de Mombi. Sua petulância atrevida tinha desaparecido sob a luz forte e abrasadora das próprias lembranças, deixando apenas o arrependimento.

Talvez eu estivesse sendo burra – fraca, ingênua –, mas acreditei nela. Saí de cima da rainha macaca e me levantei, agora segurando a faca apenas pela luz que ela irradiava.

Lulu respirou fundo, aliviada.

— Obrigada – disse. Mas não se levantou; em vez disso, avançou agachada, encolhida, olhando Ozma de cima a baixo.

Agora que a atenção da macaca estava nela, a atitude calma de Ozma sumira, e ela começou a balançar a cabeça como louca. Ela fechou os punhos e os levou às têmporas, puxando furiosamente os próprios cabelos.

— Não, não, não – cantarolava para si mesma. Mas não recuou.

Lulu mal prestava atenção ao modo como Ozma estava surtando. Era como se esperasse aquilo.

— Ela está tão diferente agora — murmurou a rainha macaca, meio para si mesma e meio para mim. — Você devia tê-la visto antes, menina bruxa. Quando ela nasceu, era tão miúda, que eu conseguia segurá-la na palma da mão. Agora, olha só pra ela, toda crescida e linda como uma moeda recém--cunhada. Poderosa, também. Foi o que ouvi dizer.

— Ela é — falei. Talvez fosse mentira. Talvez não.

— E ela foi uma boa rainha quando teve que ser. Eu queria ter ido visitá--la, mas não sabia o que dizer. Mesmo assim, tive certeza. Ela era uma das melhores. Sou uma boa rainha, por isso eu sei.

— Você é.

Lulu agora parecia muito distante.

— Eu não esperava nada disso. Não pedi por isso, não quis, simplesmente aconteceu. Eu era só uma macaca. Não sei por que fui escolhida para me meter nisso tudo. Simplesmente fui. Coisas mais estranhas acontecem. — Ela me olhou com vergonha. — Mas não muito mais estranhas.

Lulu baixou a cabeça e não falou mais nada. Seus ombros agora estavam tremendo, e ela tirou os óculos escuros e voltou a colocá-los para esconder o rosto enquanto chorava.

De algum jeito, tudo ficava ainda mais triste por ela ter tanto orgulho de Ozma — a menina que tinha amado como sua filha — e mais triste ainda quando se pensava em tudo que ela não estava dizendo. Sobre o que tinha sido feito com ela, o que tinha sido feito com Ozma. Sobre tudo que pode dar errado mesmo quando se tem as melhores intenções.

Lulu era uma rainha macaca, e eu era uma garota do Kansas, mas éramos iguais em alguns pontos. Eu me perguntei como seria para ela, como se sentia ao ver Ozma de novo em um lugar e um momento tão estranhos quanto estes, com ambas tão mudadas. Eu me perguntei se um dia encontraria a resposta por mim mesma.

Ok, agora eu também estava chorando. Só um pouquinho. Até uma bruxa malvada como eu tem coração, sabe?

A confusa demonstração de emoções deve ter sido o que chamou a atenção de Ozma. Ela agora estava alternando o olhar entre mim e Lulu, pensando sabe Deus o quê.

Lulu ainda estava agachada, mas tinha se recuperado e levantado a cabeça com um orgulho gracioso e teimoso.

Ozma mordia o polegar, nervosa, e seus olhos se cruzaram com os de Lulu pela primeira vez. A rainha fada deu um passo hesitante à frente, parecendo um pouco assustada e um pouco curiosa e, talvez — quero dizer, *talvez* —, alguma coisa estivesse lhe voltando à memória.

Aquele movimento sutil, aquela pequena demonstração de familiaridade, foi suficiente para fazer Lulu se iluminar. Mas, quando ela se levantou e começou a abrir os braços, a princesa deu um pulo e recuou de novo. Lulu pareceu ter entendido.

— Me desculpa, meu docinho — sussurrou Lulu. — Sou só eu. A boa e velha babá Lu. — Com isso, Ozma simplesmente se virou de costas para nós, encarando a escuridão para além do meu anel mágico de luz.

— Lulu... — falei.

— Não — interrompeu ela. — Era o que eu esperava. Eu entendo. — Foi como se estivéssemos fazendo um acordo silencioso de fingir que não tínhamos percebido o que acabara de acontecer. — Sinto muito — disse ela.

Sequei os olhos e balancei a cabeça.

— Não foi culpa sua. Você nem teve escolha. Eles te escravizaram. Isso é loucura.

Ela fez um barulho alto de buzina, como o som de um programa de jogos na TV, quando alguém erra.

— Errado! Eu podia ter feito alguma coisa. Talvez não em relação ao acordo que o Mágico fez com a Bruxa do Oeste, mas poderia ter impedido Dorothy de...

Em vez de terminar o pensamento, Lulu gesticulou com a enorme pata, desanimada. Eu entendia. Era muito difícil falar naquilo.

O silêncio era pesado, mas algo que ela disse chamou minha atenção.

— O *Mágico*. Foi ele que fez o acordo com a bruxa. Ele te vendeu.

— Vendeu mesmo, queridinha. Mas não adianta pensar nisso. É notícia velha, e eu cancelei minha assinatura *desse* jornal há anos.

Eu estava confusa.

— Mas você trabalhou com ele. Foi o Mágico quem deu asas de papel para Ollie e Maude. Achei que ele fosse seu amigo.

— Não, não é amigo, mas também não é inimigo. Não mais. Ele cometeu seus erros há muito tempo. O tempo pode passar devagar por aqui, mas todo o resto muda rapidamente. Não foi culpa dele, de qualquer maneira, não de verdade, e o sr. Mágico pagou o preço. Ele se acertou comigo e com os meus. Nunca posso dizer que sei que diabos está se passando debaixo daqueles chapéus idiotas dele, e você não me veria catando os piolhos dele tão cedo, mas estamos de bem, desde que ele não incomode os macacos de novo. Nem ela.

Lulu apontou o polegar para Ozma.

— Sério? Como você pode perdoá-lo? — Eu não conseguia decidir se admirava sua disposição de deixar o passado para trás ou se a considerava mais fraca por isso.

— Perdoá-lo? Eu não disse que o perdoei. Mas também não disse que não. Essa não é a questão. Não se preocupe *comigo*, querida. Não precisa me defender. Mas quero dizer uma coisa pra *você* e quero que você preste atenção como se eu estivesse falando *muito* baixo. Você precisa cuidar de você mesma. Eu soube o que fez com o Leão. Ouvi dizer que deixou metade dos macacos arrepiados.

— Eu fiz o que tinha que fazer. Ele era um monstro. O Leão tem sorte de eu não ter morrido. Eu provavelmente devia ter matado.

— Não é o que você fez. É como fez. Alguma coisa te dominou. Alguma coisa não muito pura. Você tem que ter cuidado; a magia nem sempre cai bem ao pessoal do Outro Lugar. Você acha que é você que está usando a magia, mas um dia acorda e percebe que ela está usando você.

— Isso não vai acontecer comigo — falei enfaticamente. — Sou cuidadosa.

— A maioria dos macacos não queria deixar você entrar, pra dizer a verdade — continuou Lulu. — Perigosa demais, eles disseram. Alguém como você, imprevisível demais. Exatamente o tipo desagradável de pessoa com quem não queremos nos envolver. Muitas pessoas por aqui pensam que você é igual a *ela*. Conheça a nova bruxa, igual à antiga. Nós, macacos, já passamos por coisas suficientes pra saber. Mas eu vi o que você fez por Ollie e

Maude e tive um pressentimento. Me arrisquei por você. Eu disse: *não, ela é diferente*. Falei: *vamos dar uma chance pra ela*. Só um pressentimento, como eu te disse. Confio nos meus instintos.

— Não sou igual a ela – falei, me empertigando. – Não sou nem um pouco como ela. Eu nunca poderia me tornar ela.

— Prova que estou certa, ok? Se controle. O povo está do seu lado. Espero que você esteja do lado deles.

— Não precisa se preocupar com isso – respondi com firmeza, desejando, enquanto dizia, ter tanta certeza quanto deixava transparecer. – Venha com a gente – falei, em um impulso. – Você conhece essa parte de Oz melhor do que ninguém. Pode nos manter em segurança.

Mas ela já estava balançando a cabeça.

— Nada feito, baby. Querendo ou não, não sou mais uma babá. Sou a rainha, queridinha. Tenho assuntos pra cuidar. Preciso ficar com eles pra enfrentar o que está por vir. De qualquer maneira, a menina está melhor com você do que ficaria comigo. Não sou ninguém, na verdade. Sou corajosa, mas sou só uma macaca. Não é muita coisa, a menos que você precise de alguém pra descascar uma banana com os pés. Você? Você é diferente, só que é cedo demais pra dizer *como*. Mas eu sei que você vai mantê-la em segurança. Porque você *quer*.

Lulu enfiou a mão no bustiê preto, que parecia ser usado como apetrecho de disfarce entre os macacos, e pegou um lenço rosa de renda. Achei que ela ia usá-lo para secar as lágrimas que ainda escorriam, mas, em vez disso, ela o dobrou com cuidado, formando um quadrado, e me deu.

— Aqui – disse ela, ríspida. – Pegue.

Peguei o tecido da mão dela e o olhei.

— Hum... Obrigada? – Eu estava meio confusa em relação ao motivo para ela me dar um lenço. Quero dizer, eu tinha chorado, mas, se alguém precisava de um lenço, era ela.

— A magia é contra as leis dos Ápteros – explicou Lulu –, mas, quando você é a rainha, tem que ter *alguns* truques na manga, não acha? Peguei esse "emprestado" de Glinda, muito tempo atrás. Às vezes é útil. Jogue no chão quando precisar descansar. Vai manter você em segurança, escondida. – Ela fez uma pausa. – Bem, *praticamente* escondida. E confortável, também. Glinda viaja com estilo.

Não fiz nenhuma pergunta. Não me pareceu o momento certo para isso.

– Obrigada – repeti.

Lulu fez menção de se virar para ir embora, mas depois parou. Ozma ainda estava de costas para nós, mas Lulu decidiu falar com ela de qualquer maneira.

– Sei que você não entende totalmente o que está acontecendo, querida. É bem provável que nem entenda o que eu estou dizendo. Talvez seja melhor não entender. Se você entendesse, se pudesse, provavelmente me daria uma bronca. E nem te conheço de verdade, não é? A época em que você usava fraldas não conta. Eu queria ter tido a chance de ver você crescer. Descobrir como você é. Primeiro, eu te deixei ser sequestrada, depois, quando você estava de volta ao lugar ao qual pertencia, eu perdi a oportunidade. Podia ter voltado pra te visitar quando você estava morando no palácio, se eu não fosse tão orgulhosa. Talvez isso faça sentido pra você um dia.

Devagar, Ozma se virou para nos encarar, baixando os olhos. Dava para ver a rainha Lulu relutando; dava para ver que tudo que ela queria era estender as mãos e abraçar a menina que um dia considerara uma filha. Mas ela se controlou.

– Em algum lugar aí dentro, espero que saiba quem você é. Espero que saiba o que você é. Espero que saiba que é poderosa. Precisamos de você.

Ozma ergueu o olhar.

– E quero que você saiba que eu te amo, mesmo que eu não tenha me esforçado muito pra demonstrar isso. Em algum lugar aí dentro, espero que você consiga me escutar.

Os ombros de Ozma estremeceram. Será que ela estava ouvindo? Será que ela entendia o que Lulu estava dizendo?

Lulu se virou para mim.

– Proteja-a. Não me importa como. É o mínimo que você pode fazer, bonequinha. Ajude-a a melhorar. Ajude todos nós.

Com isso, Vossa Alteza Rainha Lulu dos Macacos, babá real e protetora fiel da rainha legítima da Terra de Oz, nascida empregada e pária, agora uma sábia e apenas levemente boba governante, se agarrou a um cipó grosso e subiu para o mundo selvagem, vasto e desconhecido, e desapareceu.

Bem quando eu estava me perguntando se um dia voltaria a vê-la, ouvi sua voz de desenho animado ecoando de algum lugar bem acima de nós:

— Lembre-se: não seja malvada. A menos que realmente tenha que ser! — Palavras de despedida, acho. Era um bom conselho. Prometi a mim mesma que ia tentar segui-lo.

# ONZE

Sorri para mim mesma e olhei de soslaio para Ozma. Através da penumbra, dava para ver que ela também estava me encarando. Estávamos sozinhas de novo.

Ficamos paradas ali por um minuto, recuperando o fôlego. De alguma forma, eu sabia que ela havia escutado tudo que Lulu dissera. De alguma forma, também percebi que aquilo tinha feito diferença. Que, de um jeitinho, Ozma agora estava diferente do que era ontem.

Deixei a faca de lado e invoquei uma chama para iluminar a escuridão.

— Você está bem? — perguntei. Não necessariamente porque achava que Ozma fosse responder, mas só porque me parecia importante perguntar.

Mas ela respondeu:

— Não, obrigada.

Entendi a indireta: Ozma não queria falar no assunto.

Ela começou a andar de novo. Desta vez, seguia em uma linha reta, sem desvios, empurrando distraidamente tudo que estivesse no caminho. Eu a segui, e logo ela começou a correr, atravessando a selva a toda.

Também corri. Depois de todo o treinamento com a Ordem, estava em boa forma. Quando se passam vários meses em um treinamento vinte e quatro horas para se tornar uma bruxa assassina, é difícil não entrar em forma. Eu não me canso com facilidade, mas, depois de alguns minutos tentando acompanhar Ozma, meus pés voando por cima de tudo no caminho, fiquei cansada. Enquanto isso, Ozma parecia ter se esquecido totalmente de mim e avançava cada vez mais, o vestido branco flutuando atrás de si. Ela ia tão rápido, que eu estava começando a perdê-la de vista.

Não podia deixá-la sumir. Eu estava ofegando e suando, e minhas pernas pareciam que iam ceder a qualquer momento. Queria parar e recuperar o fôlego, mas não podia. Eu não tinha escolha, a não ser me jogar.

Então me joguei. Afastei a dor e a exaustão e apenas continuei movimentando as pernas o mais rápido possível, e depois mais rápido ainda. Nem estava tentando usar magia. Meio que só aconteceu. Meu corpo começou a formigar com um calor agora familiar, e as árvores foram passando em um borrão, cada vez mais rápidas, até parecer que nem estavam ali. A única coisa que continuava em foco era Ozma à frente, as flores vermelhas radiantes que ela sempre usava nas têmporas reluzindo no escuro e deixando um rastro vermelho borrado atrás.

Nós corremos, e tudo desapareceu: a dor nas pernas, a dor no peito. Minha casa, Oz e o resto do mundo. Até a tristeza e a solidão que me acompanhavam desde sempre – não só desde que eu tinha vindo para Oz, mas antes também, durante a maior parte da minha vida. Tudo tinha desaparecido. Só restava o vento no meu rosto e cabelo, meus pés batendo na terra, a magia correndo pelas minhas veias.

Eu me sentia mais um animal do que uma pessoa. Como um cachorro correndo atrás de uma bola em um campo, ou um cavalo selvagem que corre sem motivo algum, só porque pode. Entendi por que Ozma tinha começado. Porque era um alívio.

Eu não tinha ideia do quanto corremos, mas, quando finalmente saímos de debaixo das árvores, eu parei.

O sol estava subindo no horizonte, espiando por sobre uma cadeia de montanhas distante e nebulosa. Eu estava parada no limite de um campo roxo, e Ozma estava sozinha no meio dele, os braços cruzados, encarando o céu.

Tínhamos saído da floresta.

Eu não me importava de, tecnicamente, já estar de manhã, ou de talvez haver pessoas ali perto. Lulu tinha me falado que o lenço nos protegeria enquanto descansássemos, e descanso era exatamente do que eu precisava.

Eu o joguei no gramado diante de mim, como me mandou fazer, e esperei pra ver. Diante dos meus olhos, ele começou a se desenrolar e se transformar em um enorme lençol que flutuou no ar, o material fino engrossando, mudando de cor e assumindo uma forma.

Um minuto depois, eu estava ao lado de uma modesta barraca de acampamento de um cor-de-rosa vistoso com listras brancas. No alto, uma bandeira em miniatura com a insígnia real de Oz – um z dourado ornamentado dentro de um o maior – flutuava na brisa.

Depois de passar um tempo em um reino encantado, não é difícil ficar um pouco cansada de toda essa coisa de magia, especialmente quando a maioria das pessoas, incluindo você, está basicamente usando-a para matar uns aos outros. Mas aí ela te impressiona quando você menos espera. E, quando me abaixei para entrar, me lembrei, surpresa, de que as aparências em Oz costumavam enganar.

Do lado de fora, a tenda parecia uma barraca de acampamento normal, com tamanho suficiente apenas para duas pessoas em sacos de dormir, e só se elas não se importassem de dormir juntinhas. Mas o interior era facilmente duas vezes maior que os quartos do Best Western onde minha mãe e eu às vezes nos hospedávamos quando viajávamos nas férias – na época em que ainda fazíamos isso.

Várias lanternas pendiam do teto pontudo, queimando com chamas cor-de-rosa suaves e iluminando o espaço com um brilho rosado e caseiro. Em cada lado do quarto, havia uma cama impecavelmente arrumada que parecia ter saído direto de uma vitrine de loja; no canto, uma pequena área de estar com uma poltrona e um divã decorados em brocado rosa e dourado. No meio do cômodo, uma mesa com uma toalha branca limpa, velas votivas e um arranjo de rosas cor-de-rosa tinha sido posta para nós com uma refeição abundante e duas taças borbulhantes de champanhe. O resto da garrafa estava esfriando em um balde de gelo com pedestal ao lado da mesa.

Bem, Lulu *tinha* mencionado que pegou o lenço "emprestado" de Glinda. E *fazia sentido* que Glinda não dormisse no chão em um saco velho e esfarrapado.

Ozma tinha entrado atrás de mim e foi direto para o champanhe, que bebeu num gole só antes de pegar um pouco de queijo.

A refeição de aparência deliciosa era tentadora, mas as camas eram ainda mais. Apaguei antes mesmo de conseguir me enfiar debaixo das cobertas.

Acordei com o cheiro de bacon frito. E... espera. Isso era café? Minha mãe devia estar em um humor maravilhoso. Talvez ela tivesse ganhado no bingo, com Tawny, no bar. Não, parecia mais que eu estava sonhando.

Virei-me de lado, esfreguei os olhos, e aí lembrei: eu não estava mais no Kansas. Estava em uma cama luxuosa em uma tenda mágica na Terra de Oz. Pisquei para acordar e afastei o sentimento súbito e brutal no meu peito de acreditar por meio segundo que minha mãe poderia ter feito café da manhã para mim. Foi aí que vi que a mesa com a qual Ozma e eu fôramos recebidas na noite anterior, cheia de comidas deliciosas e champanhe, agora estava transbordando com um banquete verdadeiramente suntuoso de café da manhã. Bacon, ovos mexidos, frutas frescas, garrafas de vidro com suco e água com gás – durante todo o tempo em que estive em Oz, praticamente não tive uma refeição decente e agora estava olhando para um café da manhã de vencedores.

Eu tinha visto muitas coisas incríveis em Oz, mas isso superou tudo. Fiquei boquiaberta.

Quando estava prestes a pular da cama e devorar tudo, vi um pequeno movimento pelo canto do olho, na área de estar da tenda. Eu me virei, esperando ver Ozma já acordada e andando de um lado para outro, como sempre fazia.

Não era Ozma.

Em vez disso, sentada na poltrona estava ninguém menos que a coconspiradora e braço direito de Dorothy: Glinda, a Boa.

# DOZE

— Ora, temos uma dorminhoca por aqui — disse Glinda de maneira animada. Por uma fração de segundo, eu me perguntei se poderia ser Glamora, irmã gêmea de Glinda. Mas não: eu tinha passado tempo suficiente com Glamora quando estava em treinamento com a Ordem para saber que não era ela. As diferenças eram sutis e óbvias ao mesmo tempo. O coque apertado, o tom do batom, o modo como tirava as sobrancelhas até quase desaparecerem. A dureza no olhar e os músculos pulsando no maxilar trincado.

Mas também era o fato de ela ter uma cicatriz grossa e irregular que se estendia do queixo até a ponte do nariz — o pedaço que Mombi dissera ter arrancado do rosto dela fora costurado, mas a evidência estava ali para sempre.

Dei um pulo e me sentei, sentindo minha faca se materializar na mão, que estava sob as cobertas e fora de visão.

Minha cabeça estava girando, ainda entorpecida e pesada de sono. Era demais pedir para esperar até *depois* de eu tomar minha primeira xícara de café para lidar com uma feiticeira psicótica? Recuei um pouco na cama enquanto tentava analisar a situação.

— Ah, querida, *relaxa* — disse ela. — Vim em paz. De verdade. — Ela levantou as mãos perfeitamente manicuradas, como se dissesse: *viu?*

Usando um terninho de linho rosa-claro com um grande pingente de diamante no decote quase indecente, ela parecia renovada, elegante e totalmente casual, a imagem perfeita de bondade, equilíbrio e sofisticação. Tirando a cicatriz. Eu esperava que ela sentisse vergonha da cicatriz.

Mesmo agora, depois de tudo que eu sabia em relação a ela, tinha que me lembrar de que *esta* Glinda não tinha nada a ver com a feiticeira boa e generosa sobre a qual eu passara a vida lendo. *Esta* Glinda era uma psicopata fria e calculista que provavelmente comia bebês no jantar. A única coisa que tinha em comum com a outra era uma verdadeira paixão por cor-de-rosa.

Era tentador tentar atacá-la ali mesmo – pular e acabar com ela de uma vez por todas. Mas eu tinha que fazer isso com cuidado. Com alguém como o Leão, eu podia esfaquear primeiro e fazer perguntas depois. Glinda era esperta demais para isso. Ela não ia simplesmente entrar aqui esperando que eu *não* a atacasse e, por mais que parecesse casual e vulnerável, devia estar preparada para uma briga.

Ah, ela ia conseguir uma briga. Mas eu não cairia direto nas mãos dela. Tinha que ser sorrateira. Decidi ganhar tempo até ter um plano de verdade.

A menos que ela atacasse primeiro. Aí eu ia lutar contra ela com tudo que tinha.

– Espero não ter te acordado – disse ela com leveza. – Você parecia tão tranquila dormindo. As camas são sensacionais, não é? Fiz um pedido especial a um grupo de Nomos, em Ev, que faz camas há séculos. O melhor sono que você vai conseguir fora da Cidade das Esmeraldas. Até Dorothy tem inveja. Mas ouso dizer que você devia estar muito cansada, dormiu a manhã, a tarde e a noite toda de novo. Não que eu te culpe, depois de tudo por que você passou.

Olhei em seus olhos azuis e luminosos.

– O que você quer? – perguntei com frieza.

– Ah, eu só queria ver como você estava. Talvez esclarecer algumas coisas. Você e eu começamos com o pé esquerdo, e eu tinha esperança de que você, Sua Alteza e eu pudéssemos tentar começar de novo. Não faz sentido brigar, não é?

*Merda*, pensei. *Ozma*. Eu estava tão surpresa com a aparição súbita e inesperada da feiticeira, que tinha me esquecido da princesa. Olhei de relance para a cama dela, na esperança de Ozma estar em segurança, e vi que estava vazia. *Dupla merda.*

Glinda balançou a cabeça com um sorriso, lendo minha mente. Quero dizer, talvez ela *realmente* estivesse lendo a minha mente. Se Gert conseguia fazer isso, por que não Glinda?

— Não se preocupe, ela já acordou há horas — disse Glinda, apontando para o canto mais distante, onde Ozma estava encostada na parede, meio escondida por uma enorme samambaia em um vaso. Ela estava pálida e em silêncio, nos observando. — Tivemos uma conversa longa, muito boa. Claro que eu falei muito mais. Ela *é* meio calada, não é? Uma pena, na verdade, Ozma costumava ter tanto vigor! Tudo culpa de Dorothy, claro. — Ela suspirou. — Não sei o que eu estava pensando quando trouxe aquela garotinha mimada de volta do Kansas. O que posso dizer? — Glinda deu de ombros. — Pareceu uma boa ideia, na época. Quem diria que uma simples caipira pudesse criar uma confusão tão grande?

Eu mal escutava o que ela estava dizendo — estava ocupada demais calculando minhas opções. Não podia evitar ficar irritada por ter sido designada para proteger uma princesa fada que provavelmente tinha mais poder mágico bruto no dedo mindinho do que eu jamais conseguiria reunir, mesmo com anos de prática, mas não sabia como usá-la. Ozma teria sido uma aliada valiosa, mas ela realmente não era útil no estado atual. Mesmo Pete — que não sabia usar nada de magia — teria sido de *alguma* ajuda.

Assim que pensei nele, tive uma ideia. Pete. Eu esperava que, onde quer que estivesse, ele prestasse atenção neste momento. Esperava que ele estivesse preparado para ser sagaz.

Deixei minha faca desaparecer e me levantei, só para ver como Glinda ia reagir. Senti seus olhos me seguindo, me analisando enquanto eu andava casualmente até a mesa de café da manhã. Ela não saiu da poltrona.

Demorei me servindo de uma xícara de café e tomei um gole. Não vou mentir: mesmo nessas circunstâncias, o sabor era incrível.

— Viu? — disse Glinda, registrando meu evidente prazer. — Não está se sentindo melhor agora? O melhor café de toda Oz.

Até que ponto essa bruxa achava que eu era burra? Ela realmente achava que ia me conquistar com um pouco de café e essa atuação de Miss Simpatia? Ela estava *tentando* me conquistar ou estava apenas brincando comigo? Por mais maluco que parecesse, tive a sensação de que ela achava que era muito mais esperta do que realmente era – que ela estava tão acostumada com as pessoas caindo nas suas mentiras, que pensava seriamente que eu também cairia.

Guardei isso como um potencial ponto fraco que um dia poderia usar contra ela.

Por enquanto, eu só tinha que mantê-la falando.

– Como foi que você me encontrou? – perguntei. Eu já sabia a resposta para essa pergunta, mas achei que Glinda não saberia disso.

A mulher deu uma risada melódica.

– Ah, Amy – disse ela. – Esta tenda pertence a *mim*. Posso não saber exatamente onde ela está, mesmo agora, mas sei quando é usada. Aquela macaca tola que a roubou de mim não tem ideia de que consigo ver tudo que acontece aqui dentro. E, pode acreditar, ela *tem* uns hábitos pessoais bem horríveis. Mesmo assim, tento verificar quando vejo que tem alguém aqui dentro, e assim que senti que você e a srta. Ozma tinham armado o acampamento, achei que já era hora de fazer uma visita às duas. Pareceu uma boa ideia conversarmos de mulher pra mulher, longe dos ouvidos de Dorothy. Ela consegue ser *muito* intrometida, você sabe.

Glinda continuou tagarelando enquanto eu me ocupava sintonizando minha consciência à rede mágica que reluzia pouco abaixo da superfície da realidade. Agora isso era fácil, e eu percebi que, neste estado, nem precisava estar de frente para Ozma para vê-la. Eu só tinha que mudar minha perspectiva mental até encontrar o ponto onde ela estava, atrás da planta.

Quando olhei com cuidado, também vi a forma energética de Pete, flutuando logo atrás dela. Tive uma ideia do que fazer.

– Dá pra acreditar nela? – Glinda estava tagarelando, encantada pelo som da própria voz. – Falei: "Minha querida, você simplesmente *tem* que ter uma reunião com o Rei dos Nomos. É adequado." Mas ela me escuta? Claro que não. Ela... – *Ah, cala a boca*, pensei, ignorando-a e voltando a me concentrar na teia de magia ao meu redor.

Sem perder mais tempo, estendi uma mão mágica em direção a Ozma e a puxei com força; em uma explosão rápida, Pete surgiu do corpo da princesa como uma cobra trocando de pele. Eu estava ficando boa nisso.

O pescoço de Glinda se virou para ele como o de uma coruja, parecendo desconectado do corpo. Suas sobrancelhas se ergueram, arqueando em confusão; seus lábios formaram um *pequeno* o. Pete não perdeu tempo. Ele lidou com a situação com tanta perfeição quanto se tivéssemos planejado juntos, e eu soube que dera sorte – enquanto Ozma estava parada ali, meio catatônica, ele devia estar prestando atenção. Sabia exatamente o que fazer.

Sem a menor hesitação, ele disparou para a frente, pegou uma garrafa de vidro do café da manhã e a bateu na borda da mesa, fazendo um estalo. A garrafa se estilhaçou, a água se espalhando para todo lado, e Pete girou com mais ódio nos olhos do que eu estava preparada para ver. Ele saltou para cima de Glinda, que não tinha saído da cadeira.

Eu só tive uma fração de segundo para agir enquanto ele a distraía. Chamei minha faca de volta, pisquei e reapareci atrás de Glinda. E, enquanto Pete vinha disparado brandindo um estilhaço gigantesco de vidro, passei minha lâmina – agora tomada pela magia mais sombria – pela garganta dela.

Em vez de rasgar sua garganta, tudo que fiz foi estragar o estofamento da cadeira. Minha faca atravessou a bruxa como se ela simplesmente não estivesse ali.

Uma expressão de surpresa atravessou o rosto de Pete, e ele arremessou o vidro quebrado pelo cômodo. O vidro girou no ar em direção ao rosto de Glinda, no que devia ser um golpe perfeito para atingir seu olho esquerdo.

Nada. O vidro quicou nas costas da cadeira enquanto ela continuava sentada ali, completamente ilesa.

– Ah, vocês *dois* – disse ela numa voz de reprovação. – Não tem necessidade de tanto estresse. Amy, preciso dizer que estou surpresa com você. Todo esse tempo naquela pequena academia de bruxas que Mombi administra, e eles nem te ensinaram a reconhecer uma projeção astral?

Contornei devagar a cadeira para encará-la. Glinda ergueu uma sobrancelha e levou a mão ao rosto, fingindo surpresa.

— Você *sabe* o que é uma projeção astral, não sabe?

Não respondi à pergunta. Eu me senti burra por não saber do que ela estava falando e burra em dobro por ter dado a ela a oportunidade de me dar uma lição, como se eu fosse uma pupila decepcionante, em vez de me tratar como sua inimiga mais temida.

— Não creio. Bem, eu simplesmente não sei por onde começar. Não, meu corpo físico não está com você agora. Neste momento, minha forma corpórea está confortável no Condado dos Quadlings, mergulhada em um transe místico na minha própria adorável cama de dossel, onde estou sendo cuidadosamente protegida pelo meu guarda-costas mais confiável. *Você*, por outro lado, está falando com a minha forma espiritual. Em outras palavras — ela me lançou um olhar de desaprovação incrédula enquanto balançava a mão para demonstrar que seus dedos conseguiam atravessar seu crânio —, guarde essa faca, Amy. Ela não vai te ajudar em nada.

Eu tinha quase certeza de que ela estava falando a verdade, para variar, mas deixei a faca na mão de qualquer maneira, só para irritá-la.

Glinda revirou os olhos.

— Ah, pelo amor dos céus, Amy, não seja *infantil*. Vim aqui pra te dar uma mensagem simples. Uma mensagem *agradável*. Não quero ser sua inimiga. Cansei de Dorothy. Acredito que os seus objetivos e os meus são mais parecidos do que você possa imaginar e que podemos trabalhar juntas. No mínimo, talvez eu possa te ensinar feitiçaria de verdade, em vez desse hoodoo barato que Mombi aparentemente está te ensinando.

— Ela estava ocupada me ensinando outras coisas. Tipo como matar bruxas.

— Ora, mas quanta violência! E *você* — ela apontou para Pete —, qual é seu nome mesmo?

— Não é da sua conta — falei ao mesmo tempo que Pete respondeu "Pete".

— Sim, é claro. Pete. Imagina a minha surpresa quando vi o Mágico te transformar na outra noite. Passei umas boas horas intrigada com aquilo.

Um verdadeiro quebra-cabeça. Dei uma boa risada quando entendi tudo. Como foi que eu me esqueci de que tinha te conhecido antes, quando você era só um garotinho encantado com uma princesinha aí dentro, *louca* pra sair? Claro que pensei que tinha me livrado de você quando te desencantei, tantos anos atrás. Não imaginei que você fosse ficar por aqui desse jeito. – Ela balançou o cabelo. – Ninguém é perfeito, nem mesmo eu. Acho que todos podemos concordar com uma coisa, pelo menos: erros foram cometidos.

– Vai direto ao assunto, Glinda – falei. Ela não me deu atenção.

– E agora, *Pete*, olha só pra você. Um jovem bonito e viril, muito promissor, obrigado a viver seus dias preso no crânio denso de uma princesa paspalha, enquanto, a cada momento que passa, a delicada flor da sua juventude está perdendo as pétalas, uma por uma. É simplesmente trágico. Crescer sem nunca poder *viver*?

"Mas tenho certeza de que, agora que as amigas bruxas de Amy se lembraram de sua existência, elas não vão permitir que continue assim por muito tempo. Confia em mim. Elas vão querer dar um jeito em você o mais rápido possível, e isso não seria uma pena para todos?"

– As bruxas nunca machucariam Pete – falei. – Mombi o *criou*.

– Pode continuar pensando assim, Amy – disse Glinda. – É fofo, de verdade, o modo como você confia nelas. Nunca perca essa inocência, querida, porque *é* um charme. – Ela se levantou e alisou o terninho. – De qualquer maneira, percebo que não estou chegando a lugar nenhum com vocês. Mas minha oferta de paz continua de pé. Se algum de vocês sentir saudade de conversar comigo no futuro, mesmo que estejam apenas desejando uma companhia e uma xícara de café, sabem onde me encontrar.

Seu corpo – sua "forma astral", acho – piscou e ficou transparente, depois ela desapareceu.

Pete e eu ficamos parados ali. Olhamos um para o outro. Era óbvio que estávamos pensando a mesma coisa: *que merda foi essa?*

# TREZE

— Ela está ficando mais poderosa — disse Pete.

Estávamos sentados na grama do campo, ao lado da tenda de Glinda, devorando ovos mexidos e bacon. Com a chance de ela escutar tudo que disséssemos na tenda, parecia mais seguro comer do lado de fora. Assim, estávamos fazendo um belo piquenique enquanto todo o resto do mundo acabava.

— Quem? Glinda? Ela sempre foi já bem poderosa. Não percebi nada diferente hoje.

— Não a Glinda — disse Pete, com amargura. — *Ela*. Ozma.

Fiz uma pausa. De que vale todo o talento mágico do mundo se não se pode — ou não se vai — usá-lo de fato? Até agora, eu não tinha visto muitas evidências do suposto poder de Ozma. Mas, pela expressão no rosto de Pete, dava para ver que, não importava o significado daquilo, ele não estava feliz.

— O que você quer dizer? — perguntei.

Pete engoliu o último pedaço de bacon e colocou o prato de lado na grama. Assim que fez isso, o prato desapareceu em uma nuvem de glitter.

— Quero dizer que, tipo, não vou poder ficar por aqui durante muito tempo — disse ele. Pete se levantou e encarou com tristeza a cadeia de montanhas ao longe. — Antigamente, quando eu assumia o controle de Ozma, tinha pelo menos umas boas seis horas. Às vezes até mais, antes de ela voltar. Eu nunca soube por que algumas vezes demorava mais que outras, mas acho que tinha a ver com Dorothy. Ela nunca soube de mim, mas, por algum motivo, quando estava distraída ou longe, as coisas ficavam mais fáceis. Mas agora Dorothy sumiu, e Ozma parece mais forte do que nunca. Não faz muito sentido.

Não disse nada, mas para mim fazia muito sentido. Se Oz estava ficando mais forte desde que as bruxas quebraram os canos que estavam sugando a magia da terra, fazia sentido Ozma também estar se fortalecendo. Isso explicaria por que, ultimamente, ela também parecia mais presente.

— Eu queria que não tivéssemos que nos preocupar com ela — falei, tentando aliviar a tensão. — Você não é tão pentelho quanto ela. Além do mais, você é útil em uma briga. Ozma meio que não faz nada, sabe?

O que não falei foi que provavelmente era melhor que Ozma voltasse logo. Na verdade, se ela *não voltasse*, eu provavelmente teria que fazer isso acontecer por conta própria, gostando ou não. Era Ozma, e não Pete, que supostamente estava presa ao feitiço que Mombi criara e ia me levar a Policroma.

Era de Ozma que eu precisava, não dele. Mas aquilo era legal. Eu podia esperar alguns minutos.

— Você acha que Glinda estava certa? — perguntou Pete. — Que a Ordem quer restaurar Ozma ao seu eu verdadeiro? Acho que consigo entender por que elas fariam isso. Ozma é a rainha; colocá-la de volta no poder é um passo para se livrar de Dorothy. Mas o que vai acontecer comigo quando Ozma melhorar? Isso significa que vou ficar preso lá dentro pra sempre, como eu estava antes de Dorothy voltar? E se, desta vez, eu simplesmente deixar de existir?

— Não! É a Glinda, lembra? Você não pode confiar em uma palavra do que ela diz. Ela só está tentando te confundir. Quer que você vá correndo até ela pra poder te mandar de volta pra Dorothy.

— Pode ser... — disse ele, mas pareceu em dúvida. — Mas como você tem tanta certeza?

— Porque ela mente. É isso que ela faz.

Enquanto eu falava, me perguntei se estava sendo sincera de verdade. Com Pete, comigo mesma. Quero dizer, sim, eu sabia que estava certa em relação a Glinda — ela era maldosa e manipuladora, disposta a usar qualquer insegurança detectável para se aproximar sorrateiramente. Por outro lado, isso *nem sempre* significava que ela estava mentindo, e, até aquele momento, eu não tinha considerado nenhuma das perguntas que Pete estava fazendo. Era difícil não questionar se o que ele estava dizendo fazia sentido.

— Vai dar tudo certo. — disse, tranquilizando-o, tentando não me sentir culpada.

— Mas você não vai deixar elas fazerem isso, certo? Você vai cuidar de mim? — Pete me analisou como se pudesse sentir cada uma das minhas dúvidas.

— Claro — falei. Queria que fosse verdade.

— Olha, eu sei que Glinda é mentirosa, mas parte do que ela disse era verdade, sabe? Sobre ser um desperdício, e ser um saco. Eu já perdi tanta coisa. Você não tem ideia de como sua vida é fácil.

— Ah, claro. Tenho *muita* sorte. Olha só pra mim, levando uma vida fácil.

Sentimos uma brisa suave e quente que esvoaçou o cabelo de Pete. Ele me lançou um olhar triste, com um milhão de respostas. Entre elas: *fala sério* e *você realmente não tem ideia*.

— Nunca deixo de apreciar isso — disse ele, inclinando o queixo para o sol e fechando os olhos para absorvê-lo. — O simples fato de poder estar aqui fora desse jeito e respirar esse ar. Você também devia lembrar. Pense em todas as coisas que já fez; todas as coisas que ainda vai fazer. Ok, talvez as coisas pudessem ser melhores. Mas você tem essa *vida* que está simplesmente aí, esperando você vivê-la. Podia ser pior.

Percebi, tarde demais, que devia parecer muito egoísta.

— Você está certo — falei, me levantando também. — Me desculpe.

Quando deixei meu prato de lado e o observei desaparecer como o de Pete, me ocorreu pensar em para onde ele havia desaparecido. Será que tinha ido para uma dimensão mágica de lavagem de louça, para ser limpo, ou tinha simplesmente deixado de existir? Quanto mais eu aprendia sobre magia, mais tinha perguntas. Só que, por enquanto, deixei todas de lado. Peguei a mão de Pete.

Ficamos parados ali, olhando para tudo que Oz tinha a oferecer. Para todo o mal que fazia parte deste lugar, também havia muita coisa boa. Apesar de tudo, Oz era um lugar de luz e magia, e nós tínhamos encontrado o caminho até o centro.

Não sei de onde veio o que se seguiu. Acho que foi apenas algo nas flores silvestres ao nosso redor, na campina e nas montanhas ao longe. A brisa, o sol, a sensação irracional e inesperada de que tudo ia dar certo. Talvez tivesse sido o que Pete falou sobre apreciar o que se tinha no momento em que se tinha, ou talvez o fato de que eu não fazia ideia de para onde o futuro ia nos levar. O que eu estava esperando? Por que tinha esperado alguma coisa?

Ok, talvez eu só estivesse energizada pela primeira dose de cafeína que tomava em meses. O que quer que fosse, era só algo tipo: *ah, dane-se*.

Então eu o beijei. Por que não?

A pele de Pete cheirava a sândalo e sabonete. Seus lábios eram macios. Seus olhos se arregalaram de surpresa quando ele se afastou.

Meu rosto começou a ficar vermelho. *Droga*.

— Me desculpe — falei, recuando, envergonhada.

— Não, tudo bem — disse ele. — É só que... — Do nada, ele começou a rir.

— Eu... Eu só estava pensando... — gaguejei. — Quero dizer, hum, acho que eu só pensei, você sabe... já que você disse que nunca...

— Amy — disse ele. Então se sentou de novo na grama, tirou o cabelo do rosto com um sorriso surpreso, como se não conseguisse acreditar naquilo. Quando ele riu de novo, comecei a me sentir meio ofendida:

— Bem, não acho que tenha sido *tão* ridículo.

Ele simplesmente riu ainda mais.

— Não, não é isso. Seria muito legal beijar alguém. Seria muito legal beijar *você*, se as coisas fossem diferentes. Mas não quero beijar alguém só por beijar, sabe? Eu provavelmente não vou ter muitas chances, entende? É tipo, quando eu fizer isso, quero que seja importante. Pensei que você soubesse.

— Espere. Soubesse do quê?

— Escute. Eu a entendo. Você é *problemática*. Se eu gostasse de garotas, ia gostar muito de você. Mas não gosto. Nem de garotas maneiras como você.

— Você quer dizer... — Tenho quase certeza de que as engrenagens estavam girando visivelmente na minha cabeça.

Pete deu de ombros.

— Acho que sim — disse ele. — Quero dizer, não sei, mas basicamente...

— Ah.

Ok, agora eu estava meio chocada. Nunca considerara a ideia de Pete ser gay.

— Não sei por que achei que você sabia. Quero dizer, eu não falei nem nada. Não tinha motivo pra você saber.

Eu realmente nunca tinha pensado no assunto. Mas, assim que ele falou, fez todo sentido. Pete era bem bonito e passáramos bastante tempo juntos, mas sempre tinha algo faltando — uma distância entre nós que sempre foi difícil de identificar. Agora eu sabia o que era.

— E mesmo que eu não fosse, faria diferença? — disse ele. — De qualquer maneira, eu meio que tenho a impressão de que você está a fim de outra pessoa. Então, provavelmente é melhor assim, certo?

— Acho que sim. Só me faz um favor, tá?

— Claro — disse ele. — O quê?

— Quando estiver lá dentro... fica de olho em mim. Quando você puder me ver, no caso.

Ele inclinou a cabeça, e o cabelo caiu no rosto.

— O que quer dizer?

— Quero dizer... — Fiz uma pausa, sem querer admitir do que eu realmente tinha medo. — Quero dizer, se você achar que estou prestes a fazer alguma coisa, você sabe... Assustadora... Se você estiver lá dentro e achar que não estou sendo eu mesma. Tente me dar um sinal. Ou me impedir. Ou qualquer coisa.

Pete fez que sim, entendendo.

— Tudo bem. Se eu puder, faço isso. Mas você também tem que cuidar de mim. Não deixe eles fazerem nada comigo.

— Eu prometo. — Eu esperava que essa fosse uma promessa que eu pudesse realmente cumprir.

Eu tinha muito mais coisa para perguntar a ele, mas era tarde demais. O corpo de Pete começou a estremecer. Ele se encolheu de dor e jogou a cabeça para trás, depois engoliu em seco.

— Eu te falei – disse ele. – Ela quer o controle de novo. Lá vou eu. Espero te rever em breve. Teremos muita coisa pra conversar. Mas não sei. Não tenho certeza de que vai ser tão fácil depois disso. Ela está diferente agora. Vai lutar com força daqui pra frente. Dá pra perceber.

Como se fosse uma deixa, seu rosto começou a mudar. Era como se os dois estivessem lutando um contra o outro para ocupar o mesmo metro quadrado. A pele de Pete ondulava enquanto a princesa se esforçava para sair; os braços e as pernas dele se esticavam e se contraíam. Seu rosto estava alternando entre o dele e o de Ozma e algo no meio.

Pete gritou e segurou a cabeça. Aí ele sumiu, e Ozma surgiu em seu lugar, parecendo tensa e rígida. Ela me deu uma olhada de cima a baixo, inclinou a cabeça e ergueu as sobrancelhas, os lábios franzidos. Era meio que ameaçador.

Será que ela estava com raiva de mim? Ela me culpava por trazer Pete à tona de novo?

Não importava. Por mais que a pausa da última hora tivesse sido agradável, era o momento de partir. Eu não sabia exatamente como devia embalar a tenda, mas nem precisei me preocupar com isso. Assim que decidi que era hora de seguir em frente, a tenda pareceu entender. Ela desmoronou, como se eu tivesse dado um comando de voz, e se dobrou, formando um quadrado pequeno e bem dobrado que coloquei no bolso. Sabia que era perigoso usá-la de novo, mas não consegui me obrigar a deixá-la para trás.

Ozma deu meia-volta, se orientando, e começou a andar. No mínimo, ela parecia determinada. Aquele feitiço da aranha realmente funcionou.

Ela se movia com cuidado e deliberação, mas devagar. Ela dava alguns passos, recuava um pouco e depois mudava de direção. Finalmente, quando encontrou um ponto na campina a alguns passos de onde tínhamos começado, Ozma parou, andou em círculos como se estivesse analisando algo e se ajoelhou enquanto eu observava de uma distância respeitosa.

De joelhos, a princesa passou as mãos cuidadosamente pela grama, deixando as pontas dos dedos roçarem em cada folha. Em seguida, ela voltou a atenção para as flores e começou a examiná-las.

Eu me aproximei, tentando ver exatamente o que ela estava fazendo. Todas as flores que eu tinha visto no campo eram de um ou outro tom de roxo, mas, conforme Ozma procurava, conseguiu encontrar uma variedade, que passou a arrancar conforme escolhia: primeiro uma vermelha miúda, depois uma flor azul-real estranha, com pétalas minúsculas em espiral, um açafrão roxo e um ranúnculo amarelo, até que, por fim, ela estava segurando um buquê que representava as quatro cores de Oz.

Ela se levantou, segurando as flores junto ao peito, e lambeu o dedo indicador da outra mão, erguendo-o. Ozma se virou no sentido horário, depois no anti-horário, analisando o vento, e parou. Senti um arrepio na nuca quando uma lufada de vento veio por trás de mim, do nada. Enquanto a brisa soprava ao nosso redor, Ozma jogou as flores para o ar e observou a corrente carregá-las, voando, para longe.

Ozma ficou parada. Um segundo depois, um tijolo surgiu na grama aos seus pés. Depois outro, e mais outro, cada um deles aparecendo na frente dela como flores em um vídeo em time-lapse.

Eles surgiram devagar, depois rápido, e, apesar de aparecerem espalhados no início, um padrão começou a se formar. Era uma estrada. E era amarela.

Ozma pisou no caminho para começar a próxima parte da viagem.

— Siga — disse Ozma.

E eu a segui: não Ozma, mas a estrada em si. Agora, a princesa e eu andávamos juntas, lado a lado, em um caminho sinuoso e firme que eu sabia que ia nos levar até as montanhas.

# QUATORZE

Passamos a manhã andando, seguindo a estrada de tijolos amarelos enquanto ela nos guiava por pastos e campinas e um pomar de árvores atarracadas, cujos galhos estavam pesados com ameixas atraentes, mas eu ainda estava cheia demais do café da manhã para comer. A estrada nos levou através de riachos borbulhantes e por cima de colinas ondulantes, para dentro e depois para fora de vales vibrantes e exuberantes.

Algumas vezes, bem ao longe, eu percebia agrupamentos de prédios abobadados que pareciam vilas, mas, sempre que eles surgiam na minha visão periférica, a estrada se desviava na direção oposta. Eu conhecia Oz o suficiente para entender que não era apenas sorte — a estrada sabia que queríamos ficar escondidas e estava nos ajudando.

Será que esta era a mesma estrada que, certa vez, levara Dorothy e eu do Condado dos Munchkins até a Cidade das Esmeraldas? Essa era uma pergunta difícil. Aquela estrada tinha um começo e um fim determinados, mas eu sabia, por experiência, que ela também era conhecida por se mover, dependendo das condições de viagem. Mais de uma vez me disseram que tinha vontade própria. Era possível que Ozma a tivesse invocado com a Velha Magia, e a estrada tivesse saído do seu curso para nos ajudar a encontrar o caminho.

\* \* \*

O sol ainda estava alto, a caminhada era tranquila, e eu estava fazendo algum progresso ensinando Ozma a cantar "Um elefante incomoda muita gente". O único problema era que ela não sabia contar muito bem e ficava misturando os números.

Depois de um tempo, desisti de corrigi-la e simplesmente a deixei continuar a cantar. Apesar de a música não fazer mais o menor sentido, a voz dela era bonita, e eu deixei minha mente vagar.

A conversa daquela manhã com Glinda tinha sido perturbadora, apesar de que poderia ter sido pior, acho. Mas o que ela queria comigo? Por que ela mudara o tom tão drasticamente? Ela estava tentando me enganar... mas por quê?

Eu me lembrei do alerta de Lulu na floresta, dizendo *se controle*. Se Lulu estava preocupada de Oz estar me corrompendo, será que Glinda pensava do mesmo jeito? Será que tinha vindo até mim naquela manhã por achar que conseguiria se aproveitar disso?

Glinda dera a impressão de que, do nada, ela não tinha mais uso para Dorothy. Eu me perguntei o que poderia ter causado uma separação tão grande entre elas nos poucos dias desde a batalha na Cidade das Esmeraldas – a menos que a aliança entre as duas nunca tivesse sido tão sólida quanto parecia. E o que isso significava para mim? Será que Glinda achava que o fato de eu ser do Outro Lugar queria dizer que eu seria capaz de continuar o trabalho, agora que sua déspota preferida tinha perdido sua aprovação?

Era frustrante o fato de todo mundo estar tão convencido de que eu tinha um enorme potencial para ser malvada, quando tudo que fiz foi aparecer, ser jogada na masmorra por Dorothy e depois seguir quase ao pé da letra as instruções da Ordem. Eu lutara pelo que achava certo. Pelo que eu acreditava. E, agora, até pessoas como Lulu – pessoas que deveriam estar do mesmo lado que eu – pareciam suspeitar de mim por causa disso. Tudo parecia um pouco injusto.

De qualquer maneira, eu tinha dificuldade para pensar em mim mesma como uma bomba-relógio esperando para explodir num surto de maldade quando estava com um humor tão bom. Sim, a manhã tinha sido meio imprevisível, mas, desde que Ozma e eu começáramos a andar, o dia estava sendo perfeito.

O tempo todo em que caminhávamos, as montanhas ficaram fixas ao longe. Eram um conjunto irregular de dentes roxos no horizonte, se erguendo cada vez mais enquanto nos aproximávamos. Com base no tom de índigo profundo de tudo ao nosso redor, além do mínimo que eu me lembrava da geografia de Oz, eu tinha quase certeza de que aquelas montanhas eram as Gillikins – a traiçoeira e gigantesca cadeia de montanhas que se estendia por todo o território norte de Oz, separando o *selvagem* do *mais selvagem*.

Não tínhamos visto monstros desde que saíramos da floresta – sem contar Glinda –, então eu achava que ainda estávamos em território civilizado, por enquanto. Mas a paisagem estava mudando aos poucos, e, mesmo sem atravessar as Gillikins, eu não tinha certeza de que íamos continuar em território civilizado por muito mais tempo. Quando a manhã virou tarde – de um jeito que pareceu bem normal para os padrões de Oz –, os campos ensolarados e bosques arborizados deram lugar a um pantanal enlameado pontilhado com arbustos intermitentes, serralha e ocasionais árvores atrofiadas de aparência cansada. O sol tinha desaparecido atrás de uma densa cobertura de nuvens em movimento, deixando tudo ao redor em um cinza sombrio com um levíssimo tom de lavanda desbotado. Tudo dava a impressão de ter tido a vida sugada. O mundo tinha perdido as cores.

O ar também mudara. Tinha ficado mais denso, pegajoso e frio, até eu me sentir enrolada em uma toalha usada e bolorenta, como as que minha mãe adorava deixar espalhadas pelo nosso trailer.

Ozma tinha parado de cantar.

Só o caminho por onde andávamos proporcionava alguma alegria à paisagem. A estrada tinha se iluminado, em contraste, e agora cortava uma faixa sinuosa ao longe, não mais amarela, mas de um dourado brilhante e pulsante.

Então até a estrada começou a perder um pouco da luta contra a penumbra. Naquela manhã, ela era uma avenida larga e desimpedida, mas, conforme o terreno ficara rochoso, a estrada se estreitou e se enroscou para abrir caminho pelos obstáculos que tinham começado a surgir.

Enquanto isso, apesar de não parecer que estávamos subindo, o céu parecia cada vez mais próximo. As nuvens agora estavam tão baixas sobre a nossa cabeça, que eu praticamente podia estender a mão e tocá-las. Logo depois, nem precisava mais estender a mão: a estrada fez uma curva fechada, nos levando a um corredor de rochas que mal tinha largura suficiente para andarmos de braços abertos, e eu vi as nuvens roçando os tijolos pouco adiante, engolindo o caminho.

Sentada nos limites da névoa, havia uma figura solitária: era uma mulher usando uma capa comprida e com capuz de penas azul-marinho com ponta dourada. Sua pele era macia e sem rugas, mas também havia uma sabedoria clara em seus olhos. Parecia, ao mesmo tempo, muito jovem e muito velha. Quando nos viu chegando, a mulher emitiu um uivo comprido e balbuciante que ricocheteou nas rochas, ecoando num coro, como se houvesse vinte delas, e não só uma. Então a mulher começou a mudar. Ela abriu os braços, e sua capa se tornou um par de asas enormes; o nariz e a boca se juntaram em um bico comprido e fino. Por fim, a criatura que bloqueava nosso caminho não era mais uma mulher, e sim um pássaro gigante.

Dei um passo para trás. Aquela coisa – o que quer que fosse – não parecia que ia atacar, mas havia algo fantasmagórico nela, e minha experiência anterior com pássaros gigantes não tinha sido exatamente divertida.

— Amy Gumm — disse o pássaro numa voz aguda e assobiada, suave, mas com um toque de ferocidade. — Esperei muitos meses pelo dia em que você passaria por aqui. Estou vendo que sua transformação já começou. Mas apenas começou. Eu me pergunto: quando você reivindicar seu nome, qual será?

Alguma coisa naquelas palavras refrescou um ponto muito profundo na minha memória, e de repente reconheci a criatura. Não era uma roca. Era o mesmo pássaro que Nox tinha esculpido no punho da minha faca, o pássaro que o fazia se lembrar de mim, por causa do modo como se transformava. O mesmo pássaro que eu carregava comigo em todas as lutas.

— Sim — disse o pássaro, rindo baixinho do meu reconhecimento. — Sou o Magril. Estou vendo que você me conhece. Assim como eu te conheço. Assim como sempre te conheci, desde muito antes de você chegar a este lugar.

Meus ombros ficaram tensos.

— Como... — comecei a perguntar.

— Meus semelhantes não se preocupam com o *como* — disse o Magril. — Somos criaturas de magia e transformação. Só pedimos para encontrar a forma que é nossa. Eu encontrei a minha. Você ainda precisa encontrar a sua. Mas está no caminho.

Minha cabeça estava girando com tantas perguntas, que eu nem sabia por onde começar. Não conseguia encontrar o jeito certo de fazer nenhuma delas.

— Eu entendo — disse o pássaro, apesar de eu não ter dito uma palavra. — Mas tome cuidado. Eu protejo a Névoa da Dúvida. Pense bem antes de entrar. Apenas aqueles que têm uma fé inabalável podem passar. Muitos fracassaram. Você não precisa. Eu lhe dou uma escolha: se preferir voltar, a mando pra casa.

— Pra casa? — perguntei.

— Tenho poder pra isso, sim.

— Mas... — comecei. Eu não sabia onde era minha casa. Será que *casa* significava o Kansas? Dusty Acres? Nunca pareceu o meu lar quando morava lá e agora parecia tão distante quanto algo saído de um livro de histórias.

O Magril me olhou como se pudesse ver através da minha alma.

— Não posso te dizer onde é sua casa — sussurrou ele. — É você quem tem que descobrir. Só posso oferecer a escolha. Vai continuar? Ou vai voltar pro lugar ao qual pertence?

— Eu... — comecei a dizer. E entendi que não tinha escolha nenhuma. — Este é o lugar ao qual pertenço — falei baixinho. Para o bem ou para o mal, era verdade.

O Magril agitou as penas.

— Como desejar. Preciso deixá-la. Mas te dou um alerta final: pra sobreviver à névoa, precisa estar disposta a se tornar você mesma.

Então, sem esperar uma resposta, o Magril saiu voando, altivo, em direção à extensão branca e vazia acima e além de nós. Olhei para Ozma, que piscou para mim e curvou o lábio de maneira vaga. Peguei sua mão, apertando-a para manter a calma — eu só não tinha certeza de que se era a minha ou a dela.

— Quem é você? — perguntou Ozma. Outra coisa que eu não sabia responder. Mas não precisei, pelo menos por enquanto. Por enquanto, tudo que eu tinha que fazer era dar um passo à frente. Assim, respirei fundo, e Ozma e eu entramos na névoa.

Descobri que a escuridão total não é a coisa mais assustadora do mundo. O *branco*, claro e ofuscante — o tipo de branco que faz você se perguntar se o mundo todo ao redor foi apagado —, pode ser tão assustador quanto.

Foi nisso que entramos. A névoa era tão densa, que, quando estendi a mão, não consegui vê-la. Balancei os dedos só para ter certeza de que ainda estavam ali. Bem, eu conseguia *senti-los*, então isso tinha que servir para alguma coisa. Certo?

Com a outra mão, ainda estava apertando a de Ozma, com mais força do que nunca, mas, quando olhei para ver sua reação a tudo isso, não deu pra saber nem se ela estava mesmo ali.

A única coisa que eu conseguia enxergar era a estrada, e até ela era apenas um contorno desbotado e fantasmagórico, como as marcas que ficam na visão quando encaramos uma lâmpada e depois desviamos o olhar. Mesmo assim, estava ali: pálida e estreita, se estendendo diante de nós em direção ao vazio.

Por trás do véu de névoa densa, era impossível dizer o que havia em cada lado da estrada. Estávamos a trezentos metros de altura, com apenas as nuvens para nos separar de uma queda desoladora? Ou estávamos caminhando por uma campina tranquila, sem nem perceber? Tudo que eu podia fazer era colocar um pé na frente do outro e tentar manter a fé de que conseguiríamos atravessar.

Fé: todo mundo sabe que é algo que a gente deve ter, mas é mais difícil colocar isso em prática quando seus sentidos estão dizendo que toda esperança está perdida.

E o efeito da névoa em mim estava apenas começando. Estávamos andando por provavelmente cinco minutos quando escutei um sussurro baixo e sinistro no meu ouvido, o que me fez dar um pulo de susto. A voz era viscosa e desprezível, nem masculina nem feminina. Estava tão perto, que senti a respiração fazendo cócegas na minha orelha.

– Volte – disse a voz. – Você é fraca. Nunca vai conseguir. Não está pronta. Você nunca foi corajosa nem forte o suficiente. Não devia ter se dado ao trabalho. Você nunca devia ter vindo aqui.

Estremeci e tentei me lembrar do alerta do pássaro gigante. Esta era a Névoa da Dúvida. A coisa falando comigo provavelmente nem era real – apenas um truque mágico brincando com meus medos e inseguranças. Se eu fosse deixar uma irritaçãozinha fantasmagórica me atingir, não tinha nem o direito de estar ali, para começo de conversa. Eu era mais obstinada do que isso. Só tinha que ignorá-la.

A próxima voz que escutei foi reconhecível, apesar de não ser a que eu esperava. Era Madison Pendleton, que tinha transformado minha vida num inferno desde que meu pai nos deixara, que tinha virado todos os meus amigos contra mim só por diversão, e que tinha conseguido que eu fosse expulsa da escola – no mesmo dia em que fui carregada para Oz por um ciclone.

– Olhe só quem está aqui – disse ela.

Só o som da sua voz já provocava uma sensação que eu achava que nunca mais fosse experimentar, de estar ao mesmo tempo com raiva e impotente. Era a sensação terrível de que, por mais que tentasse, você só estava piorando as coisas para você mesma, e o melhor a fazer era desistir.

– Amy Esmola. Não mudou muito, não é? Continua sendo só lixo de trailer, inútil e idiota. Eu não estraguei sua festa de aniversário. Ninguém ia à festa mesmo. E o *que é isso* que você está vestindo?

– Vá pro inferno, Madison – murmurei. Não estava muito impressionada. Sinceramente, Madison costumava ser mais sarcástica na vida real. Agora só estava me fazendo perceber o quanto eu tinha mudado desde a época em que ela conseguia estragar meu dia apenas com seu desprezo.

Eu não era mais aquela garota. Não era mais uma vítima. Mas, assim que a dispensei, sua voz se transformou direto na de Nox.

– E aí, ouvi dizer que você está a fim de mim, né? Fala sério. Olha, nós nos beijamos, ok, mas espero que você não confunda as coisas. Eu reconheço uma garota problema de longe, e não perco meu tempo com isso.

Outra voz surgiu sobre a dele. Era a de minha mãe.

— Crianças são como vampiros, sugam sua vida. Se eu não tivesse você, Amy, talvez nunca tivesse começado a beber. Você me levou a isso. Você fez seu pai me deixar. Você me levou praquela tempestade. Você destruiu a minha vida, depois simplesmente foi embora. Pelo menos pensou no que me fez passar?

E uma voz de muito tempo atrás, que fiquei surpresa de soar tão familiar. Masculina.

— A melhor coisa que eu fiz foi ir embora — disse meu pai. Diferentemente das outras vozes, a dele não parecia vingativa nem com raiva. Era exatamente como eu lembrava: gentil e calma. — Agora estou feliz, sabe? Tenho uma nova vida. Uma nova família. Melhorei as coisas pra mim.

— Não! — gritei. — Você está mentindo!

Mas eu não ouvia minha própria voz, porque de repente havia tantas outras gritando comigo, que fui abafada. Tantas, que eu não conseguia distinguir todas. Glinda, Mombi, Lulu, Indigo, todas me lembrando de como eu tinha feito besteira e, pior, de todas as falhas que nunca pude consertar. Era como aquele velho programa de reality show, *This Is Your Life*, "esta é sua vida", só que essa versão se chamava *Esta é sua vida de merda*.

— Calem a boca! — gritei, soltando a mão de Ozma para cobrir as orelhas e parando de andar. — Me deixem em paz! Vocês estão mentindo!

Berrei tão alto que minha garganta doeu, mas eu mal me escutei — meus gritos se perderam no nada. Enquanto isso, as outras vozes simplesmente ficaram mais altas, agora num coro indistinguível que estremecia meu crânio.

*Escrota egoísta. Fracassada. Estragada. Mesmo quando ganha, você perde.*

*Ninguém quer ir à sua festa de aniversário. Namorado? Quem poderia te amar? Quem você poderia amar?*

*Tudo que você sabe fazer é matar. E nem conseguiu matá-la. Você fracassou. De novo. Como vai fracassar na próxima vez.*

*Você é fraca. Seu lugar não é aqui, e seu lugar não é lá.*

Meu coração estava disparado; minha respiração, ofegante. Caí de joelhos e respirei fundo algumas vezes, fechando bem os olhos enquanto mordia o lábio, tentando conter minha raiva e meu desespero. Senti gosto de sangue.

*Não é real, não é real*, fiquei repetindo para mim mesma.

Não era. E as vozes estavam erradas. Mesmo que algumas das coisas que dissessem pudessem ser verdade, elas ainda estavam erradas.

Porque eu não me importava com o que Madison Pendleton pensava de mim.

Porque eu sabia o que tinha feito pela minha mãe — todos os sacrifícios que fizera por ela, e que tinha *me* deixado, e não o contrário.

Porque meu pai não era um pai de verdade.

"Quem é você?", perguntara Ozma, pouco antes de entrarmos na névoa. Eu tinha ignorado a pergunta, mas agora sabia que ela estava tentando me ajudar. Não importava o que Nox pensava ou não de mim. Tudo que importava era que eu soubesse quem era.

E eu sabia. Apesar de todas as mudanças pelas quais passei desde que cheguei a Oz, eu ainda era a mesma pessoa do Kansas. Sim, eu podia ser calada e tímida, o tipo de pessoa que fazia o máximo para manter a cabeça baixa e só sobreviver ao dia. Mas, mesmo então, nunca tinha deixado as pessoas pisarem em mim. Mesmo na época em que eu não sabia distinguir um soco de esquerda de um chute de caratê, ainda achava um jeito de lutar pelas coisas em que acreditava.

Nunca fui egoísta nem desleal: eu passava mais tempo pensando na minha mãe do que em mim, me coloquei na linha de fogo de Madison Pendleton mais vezes do que conseguia contar porque a vi implicando com alguém mais fraco. Eu nunca tinha desistido, mesmo quando talvez fosse a coisa mais inteligente a fazer.

Oz não mudara nada disso. Só tinha me deixado mais forte. Agora eu tinha força para vencer qualquer briga. Eu tinha uma faca que conseguia cortar qualquer coisa que eu quisesse. Sabia disso.

Devagar, abri os olhos. As nuvens ao redor pareciam ter se erguido um pouquinho. E eu não tinha certeza de que não era minha imaginação, mas sabia que, num lugar como aquele, a imaginação e a realidade eram quase a mesma coisa.

Mesmo sem segurar a mão de Ozma e sem vê-la, eu sabia que ela estava ao meu lado. Eu sabia que Ozma, do seu jeito idiota e perdido, era quem tinha me ajudado a passar por tudo aquilo. O que a Névoa da Dúvida tinha mostrado a *ela*?

— Quem é o próximo? — gritei para o nada. — Mais algum fantasma por aí?

Quando recebi a resposta, meio que desejei não ter feito a pergunta. A névoa tinha guardado a arma mais poderosa para o final: Dorothy.

E não só sua voz. Ela estava ali em carne e osso, flutuando alguns centímetros acima da estrada, bem no meio do caminho, arrogante e imperiosa, os sapatos vermelhos estalando de magia.

A princípio, ela não pareceu me notar, mas, quando notou, seu rosto se suavizou em uma expressão gentil e tranquilizadora que beirava a simpatia. Em vez de gritar ou me ofender ou me dizer que eu era uma fracassada, ela sorriu.

— Eu sabia que você chegaria logo — disse ela. — O Espantalho não acreditou em mim, mas eu disse que você era inteligente demais pra dar ouvidos aos Espectros. Eles são mentirosos. Produtos da imaginação. Conheço você melhor do que eles, isso é certo. Você e eu somos parecidas, sabe?

— É, as pessoas vivem dizendo isso — falei.

Fui lentamente na direção dela, sem saber o que tinha que fazer a seguir. Dorothy não era diferente dos outros, exceto pelo fato de que eu conseguia vê-la. Mas, se ela era um produto da minha imaginação, será que sumiria se eu a ignorasse ou eu ainda tinha que lutar contra ela?

Ela *era* um produto da minha imaginação, certo?

Dorothy deu de ombros.

— Ah, por favor — disse ela. — Não faça assim. Somos iguais. Duas caipiras, bem longe de casa. Poderíamos praticamente ser irmãs.

— Primeiro — falei, avançando sobre minha inimiga provavelmente imaginária —, não sou caipira, tudo que sei sobre campos e fazendas é que fedem quando passamos por eles na estrada. Em segundo lugar, não tenho irmã. Se tivesse, e ela fosse como você, eu a teria afogado antes de ela aprender a andar.

— Lá em casa, esse tipo de personalidade se chama *perspicaz* — disse Dorothy, apontando uma unha vermelha e chamativa na minha direção. — E eu gosto de garotas perspicazes. Eu *sou* uma garota perspicaz, afinal. Se junte a mim. É solitário no topo, sabe? Além do mais, governar este lugar dá muito trabalho. Mas nós duas juntas poderíamos realmente virar este depósito de lixo de pernas para o ar. Fazer dele um lugar onde realmente valha a pena viver. E podemos nos divertir nesse meio-tempo.

Lancei uma bola de fogo, mirando no centro do peito de Dorothy. A bola a atravessou, como eu achei que faria, mas pelo menos foi suficiente para irritá-la: o sorriso de Dorothy congelou.

— Está bem – disse ela, amarga. – Eu não esperava nada diferente. Tinha esperanças, talvez. Vá em frente, continue lutando, se é isso que você quer. Como se fosse fazer diferença. Se você acha que realmente está fazendo algum bem, pense melhor. Só está improvisando mesmo, não é? Você não tem a menor ideia do que fazer, a menos que alguém lhe dê ordens. Adivinhe só: nenhuma das bruxas que você deixou comandá-la sabe de nada também. Todos as atitudes brilhantes que você toma só me deixam mais forte.

— Ah, é? Talvez devêssemos testar isso – falei, fingindo estar confiante.

— Sabe por quê? Porque você nunca vai me matar e, quanto mais tentar, mais perto vai ficar de ser exatamente *igual* a mim. Em pouco tempo, você vai estar batendo à minha porta, me implorando pra liberar um trono pra você. Você sabe que estou certa. Dá pra ver no seu rosto.

O Magril dissera para eu me tornar eu mesma. De repente, entendi. Dorothy e Glinda achavam que me entendiam. As duas pensavam que eu era o que a própria Dorothy tinha sido: uma garotinha boa, do interior, que não queria nada daquilo, que nunca tinha *sonhado* que ficaria má, mas que só precisava de um empurrãozinho – uma pequena tentação, algumas promessas vazias – para chegar lá.

— Talvez você esteja certa – falei. – Todo mundo parece pensar assim. Mas existe uma diferença grande entre nós.

— Qual? – perguntou Dorothy com doçura.

— Eu sei quem eu sou – falei. Achei que tinha falado baixinho, mas, quando as palavras saíram, foram bem altas. Elas reverberaram como se eu estivesse sussurrando num microfone.

Dorothy deu um passo para trás.

Senti minha faca ansiando para surgir, mas a dispensei, só para provar uma coisa para mim mesma: que eu não precisava dela. Era só uma faca. Claro, tinha alguns macetes mágicos, sem falar de um Magril muito bonito esculpido à mão no punho, mas eu não era poderosa por causa da faca. A faca era poderosa por minha causa.

Então, em vez de invocá-la, eu simplesmente invoquei a mim mesma. Pensei em todas as dúvidas que já tive, em todas as vezes em que tive que engolir as merdas que minha mãe, Madison Pendleton e Dorothy tinham me feito. Esses dias tinham terminado.

– Eu sei quem eu *sou*! – falei, com mais confiança desta vez, e cada palavra trazia à tona um pedacinho do poder, da raiva e, sim, da *maldade* que estavam crescendo dentro de mim desde que eu era bem pequena. – E estou disposta a lutar por isso.

Minhas mãos começaram a vibrar, e eu as fechei em punhos, depois as estiquei e as bati com uma trovoada enquanto um raio preto descia do céu, atravessando a névoa.

Tudo ficou escuro e depois, devagar, a escuridão sumiu. A névoa tinha desaparecido, as vozes tinham desaparecido, Dorothy tinha desaparecido, e eu conseguia enxergar outra vez. Tinha passado no teste.

Ozma e eu estávamos em uma praia estreita e cheia de pedrinhas, em uma enseada nas montanhas para onde a estrada tinha nos levado. Quando me virei, vi a estrada serpenteando para cima por uma abertura estreita em uma cadeia de picos rochosos tão altos, que eu mal conseguia ver o topo quando inclinava o pescoço. Diante de nós, havia um lago amplo e transparente e, depois dele, do outro lado – era impossível dizer a que distância – havia montanhas ainda mais altas do que as que tínhamos atravessado.

Conforme a estrada descia pela margem até a beira da água, ela definhava até só restarem alguns tijolos amarelados espalhados, cobertos de musgo. Escondida nos vãos, havia uma pequena canoa de madeira, tão gasta pela idade, pelo vento e pela chuva, que parecia pronta para desabar ao menor toque. Ao lado, cravada na margem enlameada, havia uma placa escrita à mão:

*Caminho para a Ilha das Coisas Perdidas.*

A Ilha das Coisas Perdidas. Soava pelo menos um pouco melhor do que "Névoa da Dúvida". Na verdade, soava cheia de possibilidades. Chutei a lateral da canoa e descobri que era surpreendentemente robusta e, quando eu e Ozma trocamos um olhar, senti que estávamos pensando a mesma coisa.

Se estávamos indo para a Ilha das Coisas Perdidas, era para achar alguma coisa que tinha se perdido ou isso significava que nós também estávamos perdidas?

Não. Pela primeira vez, senti que tinha me encontrado.

# QUINZE

Remei até meus braços parecerem que iam cair, depois remei mais, enquanto Ozma cochilava a maior parte do tempo, acordando de vez em quando só o suficiente para olhar ao redor, ver que nada tinha mudado e voltar para um cochilo imperturbável.

Eu tinha começado a remar em direção às montanhas do outro lado, supondo que, se eu continuasse na direção por tempo suficiente, acabaria encontrando a ilha. Mas as montanhas, que se assomavam tão altas ao longe, vistas da praia, agora estavam ficando menores à medida que eu me aproximava, afundando na linha do horizonte até desaparecerem.

Mesmo com um remo, parecia que eu ainda estava com problemas. Estava parada no meio de um lago tranquilo, quase imóvel, que refletia o céu a ponto de ser difícil distinguir uma coisa da outra. E nem podia voltar para o ponto de partida: sem ver nada em nenhuma direção, exceto água, era impossível saber de onde eu tinha vindo.

Era como se eu tivesse remado até o fim do mundo e voltado para o início.

A única coisa que eu tinha para me guiar era o sol – não que *ele* parecesse muito confiável no momento. Enquanto as montanhas estavam ocupadas com seu espetáculo de desaparecimento, o movimento do sol no céu estava acelerando, e agora ele nascia e se punha e nascia e se punha repetidas vezes, como uma animação em time-lapse da vida real.

Era possível alguém ter enlouquecido com o Grande Relógio na Cidade das Esmeraldas, mas, por algum motivo, eu achava que não era isso. Quando eu era pequena, e minha mãe me contou sobre a Linha Internacional de Data, eu a imaginei como uma linha de verdade, pintada no meio do mundo, e que, se você ficasse ali com um pé de cada lado e olhasse para o relógio, ele ficaria tão confuso, que os ponteiros começariam a girar, alucinados. Era algo parecido com isso o que estava acontecendo — como se estivéssemos presas num local onde o tempo não soubesse mais para onde ir.

— Achei que *você* devia nos guiar — falei irritada para Ozma, que ainda estava apagada no cochilo, a mão pendurada para fora do barco, os dedos se arrastando na água. — Que tal acordar e me ajudar aqui?

Ela suspirou dormindo e se virou para o outro lado.

Sem ideias, tentei invocar um feitiço de rastreamento, mas, quando conjurei a bola de energia, normalmente confiável, para nos guiar, tudo que ela fez foi flutuar confusa e depois explodir.

Encarei a água, frustrada.

— Pelo menos, ela não está me dizendo que sou uma fracassada — refleti em voz alta. No fundo, eu meio que desejei que isso *acontecesse*, no mínimo para movimentar a situação. Alguns Espectros podiam não ter sido agradáveis, mas seriam alguém com quem conversar, além de mim e da Bela Adormecida ali.

O som da minha voz fez com que eu me sentisse tonta a ponto de quase parecer bêbada, e comecei a rir.

— Acho que eu devia ter imaginado que a Ilha das Coisas Perdidas não seria fácil de achar. Seria quase engraçado, né? Quero dizer, se não estivéssemos total, completa e *absolutamente* perdidas.

E minha risada se transformou em uma gargalhada histérica. Eu não estava rindo da minha piada (que nem era uma piada de verdade), mas de pura alegria. Porque, no exato instante em que as palavras saíram da minha boca, eu vi: em contraste com a moeda cintilante que era o sol rosa-pink se pondo, uma faixa minúscula de terra em forma de lua crescente tinha aparecido de repente. Despertada pela minha comemoração, Ozma bocejou, se espreguiçou e esfregou os olhos, sentando-se e estalando o pescoço de um lado para o outro.

— Achado não é roubado — disse ela, grogue.

Eu estava feliz demais para me irritar com suas bobagens. Agora que tinha avistado a ilha, comecei a remar de novo com vigor, e a terra se aproximou rapidamente, se erguendo da água como uma Atlântida inversa.

Fazia tanto sentido, que eu me senti idiota por não ter pensado nisso antes. *Dã*. Não dava para encontrar a Ilha das Coisas Perdidas até se perder a ponto de não ter esperanças de se achar. Se eu tivesse desistido uma hora, ou um dia, atrás, ela teria aparecido mais rápido. Nada daquele papo de que *quem desiste nunca vence*.

Mas a visão de um destino — qualquer destino! — tinha me energizado, e eu me impulsionei com toda a força possível, ofegando quando percebi que a ilha, apesar de pequena, na verdade, era parecida com uma cidade completa, com uma concentração de arranha-céus altos, quadrados e com jeito totalmente *americano* se erguendo para o céu.

Conforme a ilha se aproximava, percebi todo tipo de detrito flutuando na água. Havia livros velhos e encharcados, papéis soltos, peças de roupa, brinquedos de madeira e outras coisas que não reconheci. Em pouco tempo, havia tanta coisa, que não dava mais para ver a água.

O barco começou a encalhar, e eu saltei por sobre a borda, entrei na sujeira e comecei a puxá-lo, com Ozma ainda dentro, tentando não pensar em por onde estava andando. Logo estava me arrastando pela margem em direção à terra seca, maravilhosa e abençoada.

Quero dizer, devia ter terra em *algum lugar* embaixo de todo aquele lixo espalhado. Aquela praia precisava urgentemente de um cuidador, considerando que toda a orla estava repleta de pilhas e pilhas do que parecia ser lixo. Cheguei a pensar que talvez *não* houvesse terra por baixo. Talvez a ilha fosse apenas um grande depósito de lixo.

Ao inspecionar melhor, percebi que não era exatamente isso. Parte bem que parecia detrito, mas aparentava haver algum método no modo como tudo aquilo era organizado. Havia pilhas de moedas velhas, talheres, roupas sujas e revistas, além de outras coisas que não reconheci, tudo empilhado sobre outras pilhas por toda a costa. A única coisa natural no campo de visão era uma fina barreira de palmeiras que marcava o fim da praia. Atrás delas, os prédios que eu tinha visto da água se assomavam.

Ozma agora já tinha chegado à margem e parecia tão intrigada pela ilha quanto eu. Ela olhou ao redor, seguiu reto até o que parecia uma pilha aleatória de peças metálicas e começou a escavá-la.

Depois de apenas alguns minutos jogando coisas para o lado, ela voltou, segurando, triunfante, um cetro dourado encrustado com joias, quase de sua altura, com a insígnia de Oz no topo. Ela o segurou diante de si, radiante de orgulho, e o bateu no chão como se quisesse me lembrar de que ela *era* a rainha, no fim das contas.

Eu teria ficado mais impressionada se não estivesse distraída com algo que vi pelo canto do olho. Uma coisa pastel em padrão escocês.

Ofeguei ao olhar melhor. Era uma meia. Era *minha* meia; o pé do meu par favorito, perdido havia muito tempo. Como tinha chegado aqui, vindo do Kansas? Será que se soltara de algum jeito quando fui carregada pelo tornado?

Não. Eu tinha certeza absoluta de que a perdera na lavanderia.

Ah, e daí? Não importava de onde tinha vindo. Eu me abaixei e a peguei. Não me ajudou muito porque o outro pé ainda estava no Kansas, em segurança, mas fiquei feliz de vê-la, no mínimo pelo lembrete inesperado de casa. Eu a levei até o rosto e descobri que estava quente do sol e ainda tinha o cheiro do amaciante barato que eu costumava comprar no dispensador que funcionava com moedas.

Ozma ainda estava passeando pelas pilhas, como um pinto no lixo, e eu senti uma alegria irracional ao me juntar a ela na caça por alguma coisa que eu não sabia o que era. Em pouco tempo, tinha encontrado a última página do meu trabalho final do décimo ano sobre o governo estadual, que eu tinha deixado cair em algum lugar entre a entrada da escola e a porta da sala — e recebi um 8 por entregar o trabalho incompleto —, junto com uma chave velha (eu sabia que era minha por causa do chaveiro surrado do Bob Esponja), um livro de francês que tive que gastar quarenta pratas para repor e, o mais surpreendente, a corrente de prata que eu adorava, que minha avó tinha me dado de presente no meu aniversário de dez anos, pouco antes de morrer. Quando percebi que a corrente tinha desaparecido, alguns anos depois, simplesmente achei que minha mãe a tinha penhorado para conseguir dinheiro.

Revirei a corrente na mão, admirando-a, depois a pendurei com cuidado no pescoço. Houve um clique gratificante quando prendi o fecho, e alguma coisa naquele som e na sensação do metal na minha clavícula me deu uma pontada de arrependimento.

As coisas tinham ficado loucas tão rapidamente desde que cheguei a Oz, que nunca tinha realmente parado para pensar no que perdi quando vim para cá. Não as coisas grandes: claro que eu pensava na minha mãe e até sentia saudade do meu quarto no velho trailer, de vez em quando. Eram as outras coisas em que eu não tinha pensado e que estavam me voltando agora. Os livros que eu adorava e nunca mais tinha relido — livros que não tinham nada a ver com Oz —, meu suéter preferido, os cartões de aniversário do meu pai, que eu guardava em uma caixa de sapatos nos fundos do armário.

Até meu antigo eu. Ela era comum, mas era alguém, e agora tinha sumido. Nunca separei um tempo para me despedir dela.

Fiquei tão mergulhada nesse sentimento, que nem percebi que Ozma e eu não estávamos mais sozinhas na praia.

Mas aí tive a sensação de que estava sendo observada e, quando levantei o olhar e vi a figura magricela e desgrenhada que estava me olhando, meu coração quase explodiu de alegria.

Isso tinha que ser coisa do Pete. Quando prometeu tentar ajudar, eu não tinha ousado pensar que ele realmente ia conseguir, mas, pelo visto, eu devia dar mais crédito a ele. Pete tinha me levado exatamente aonde eu pedi que me levasse e fez isso em tempo recorde.

Parado ali, em cima de uma pilha de canetas esferográficas, lindo como sempre, estava Nox.

— Eu estava me perguntando quando você ia chegar — disse ele. — Achei que seria apenas uma questão de tempo, mas, caramba, você sabe muito bem como deixar um cara esperando.

# DEZESSEIS

Pulei para ficar de pé e me joguei nos braços de Nox, praticamente o derrubando.

Se fosse um filme, a câmera teria girado ao nosso redor enquanto a música instrumental aumentava e Nox me pegava nos braços. Jovens amantes, finalmente reunidos, felizes para sempre – você sabe como funciona. Se fosse um filme, os violinos teriam começado a tocar no instante em que nossos lábios se encontrassem num beijo apaixonado do tipo é agora ou nunca.

Mas não era um filme. Em vez disso, ficamos abraçados por alguns segundos antes de nos separar, constrangidos, e ficamos parados ali, quase sem olhar um para o outro.

— Oi – falei.

— Oi – respondeu Nox.

— Então... – falei.

— É – disse ele.

Ao vê-lo de novo, bem quando eu menos esperava, me lembrei de como o conhecia pouco. Lutamos um contra o outro e lutamos no mesmo lado. Quando ele sumiu, senti saudade – disso eu sabia –, mas significava alguma coisa?

— Então – disse Nox. – Acho que temos muita coisa pra conversar.

— Acho que sim – murmurei. – Por onde começamos?

Nox passou a mão pelo cabelo. Ele olhou para o céu, onde o sol estava se pondo de novo.

— Olha, nem sei há quanto tempo estou preso aqui. Tempo suficiente pra pensar numas coisas. E...

Ele fechou os olhos com força, como se estivesse sentindo dor.

— Ah, dane-se — murmurou para si mesmo.

Então é *aqui* que os violinos entram. E, mais importante, o beijo. Não foi um beijo de filme. Foi só um beijo: desleixado, aliviado e um pouco desastrado, enquanto tentávamos nos entender e descobrir exatamente como devíamos nos encaixar, e depois virou algo novo e familiar ao mesmo tempo.

Quando terminou, não rolaram os créditos. Definitivamente não houve um "felizes para sempre". Mas eu me senti feliz mesmo assim.

Nós dois ficamos parados ali, olhando um para o outro, tipo *o que foi isso?*, nenhum de nós sabendo o que falar.

Então todas as perguntas que eu tinha transbordaram num só fôlego.

— Como você chegou aqui? Sabe onde está Glamora? Você está bem? Você também pegou aquele barco idiota?

Nox tentava falar junto comigo, respondendo às minhas perguntas e fazendo as dele, mas não deixei nenhum espaço. Era um alívio grande demais o simples fato de poder falar com ele. Depois de tanto tempo. Eu calaria a boca quando estivesse pronta para isso.

— E a névoa? — perguntei. — O que *você* viu lá dentro?

Nox balançou a cabeça, sem entender. Ele não sabia do que eu estava falando.

— Névoa?

— Você não passou pela Névoa da Dúvida? Pra chegar aqui, quero dizer.

— Eu não sei como cheguei. Eu meio que simplesmente, hum, apareci aqui. Num minuto, Mombi estava nos teletransportando pra fora da Cidade das Esmeraldas, e, no minuto seguinte, as coisas ficaram confusas. E aí eu cheguei aqui. Acho que me perdi.

— Meio que faz sentido — falei, pensando na história. — Quero dizer, mais ou menos. Há quanto tempo você está aqui?

— Não faço ideia. Pelo menos há dias. Semanas? Quem sabe? Acho que o tempo aqui é mais maluco que o normal.

— O que você tem feito?

— Nada, na verdade. Só mexendo nisso tudo, na esperança de encontrar alguma coisa útil. Em geral, estava tentando não enlouquecer. Eu provavelmente teria enlouquecido se não soubesse que você ia aparecer em algum momento.

— Espere. Como você sabia que eu ia chegar? Nem *eu* sabia que ia chegar.

— Eu só tive um pressentimento que me dizia pra esperar. Que você estava a caminho. — Ele balançou os dedos e fez um som falsamente assustador. — Sou vidente, parece.

— Há! — falei, olhando para ele de soslaio.

Ele me devolveu o olhar.

— Não, sério. Eu *sou* um pouco vidente. Você sabia disso, certo?

— Por algum motivo, eu não tinha essa informação. — Ele ergueu as sobrancelhas, surpreso. — Está falando sério?

— Ah. Não é nada de mais. O sexto sentido é útil nas lutas para eu saber o próximo movimento do adversário. Basicamente, quando meus instintos falam, eu escuto. Só que meus instintos têm muito a dizer. É assim desde que eu era bem pequeno. Desde antes de eu aprender magia. O quê, você acha que Mombi me resgatou por bondade?

— É, mais ou menos. Acho que *era* isso que eu pensava, sim.

— Que nada. Quero dizer, ela provavelmente teria me resgatado de qualquer maneira, mas duvido de que me adotasse como fez. Mombi só faz *isso* quando acha que alguém pode ser útil. De qualquer maneira, eu meio que estou brincando. Quero dizer, eu *sou* um pouco vidente, às vezes, mas acho que não foi por isso que eu soube que você ia chegar. Acho que eu simplesmente... — Ele fez uma pausa. — Quero dizer, acho eu não *sabia* que você ia chegar, era mais, tipo, eu *esperava*. Senão, eu realmente teria perdido a cabeça. Estou falando sério.

— Ah — falei, surpresa.

Estava lisonjeada, mas isso era muito mais sinceridade do que eu estava acostumada a ouvir dele. Era mais *conversa* do que eu estava acostumada a ouvir dele. O Nox que eu conhecia não era exatamente um livro aberto. Era mais como um cofre bem trancado.

— Desculpe — disse ele. — Esqueça. E esqueça as perguntas também. Não tenho nenhuma resposta. Estava preso nesta ilha. É você que tem andado pelo mundo. Me conte o que eu perdi.

Então respirei fundo e comecei do início. Nox escutava numa fascinação extasiada.

E aí ele foi em uma direção que eu não esperava.

— Então você conheceu um Magril?

— É. Por quê?

— Por nada. Só que eu nunca conheci ninguém que tenha visto um de verdade. O Magril é mais como uma lenda ou coisa assim. Eu nem sabia que eles eram reais.

Soltei uma risadinha.

— Fala sério. Estamos em Oz. Bruxas são reais. Fadas são reais. Tudo é real aqui.

— É. Tudo, exceto o Magril. Por isso que é meio estranho você ter visto um. Ter conversado com ele. Ainda mais...

Ele deixou a voz morrer, mas eu sabia do que estava falando. Então atraí minha faca do nada e a segurei na palma aberta, para nós dois a olharmos. No punho, do jeito com que Nox tinha esculpido, estava o mesmo pássaro que eu tinha encontrado.

— O que você acha que significa? — perguntei.

Ele balançou a cabeça.

— Alguma coisa. Mas enfim... O que aconteceu depois?

— Ah — falei, percebendo que havia algumas partes da história que eu queria guardar para mim. — Você sabe. Névoa. Dúvida. Um barco muito idiota. E aí eu cheguei aqui.

Nox ergueu uma sobrancelha, mas não me pressionou.

— E aqui estamos nós — disse ele. — Acho que teria sido fácil demais se você aparecesse e me dissesse que Dorothy estava morta, o reino estava restaurado e todos os erros tinham sido consertados, não é?

Dei a ele um olhar tipo *só nos seus sonhos*.

— É. Talvez você *tenha* enlouquecido.

— Talvez — disse ele. E aí algo lhe ocorreu. — Ei — disse Nox, com um toque de empolgação na voz. — Quero te mostrar uma coisa.

Fiz que sim, achando que seria algo útil. Alguma coisa que nos conduzisse aonde tínhamos que ir. Em vez disso, Nox pegou um pedaço de papel no bolso e o desdobrou, alisando cuidadosamente os amassados.

— Vasculhei esta ilha de cima a baixo. Não encontrei nada. Só isso. — Ele me deu o papel com uma expressão boba, que era ao mesmo tempo orgulhosa e tímida.

Era uma fotografia. Nela, uma criança gorducha — na verdade, um bebê — estava sentada entre dois adultos bonitos. À esquerda, o homem tinha a boca séria, mas seus olhos brilhavam como se, por dentro, estivesse rindo de uma piada secreta. A mulher, à direita, era linda, mas tinha um jeito engraçado que era acentuado pelo fato de seu cabelo, assim como o de Nox, estar tão desgrenhado, que ela parecia ter acabado de enfiar o dedo em uma tomada. Enquanto isso, a criança parecia que nunca na vida conseguiria levar nada a sério. Seu rosto estava todo contorcido, como se ele não conseguisse parar de rir por tempo suficiente para o obturador disparar. Se não fosse pelo cabelo tão preto que era quase roxo, eu nunca teria adivinhado.

— É você — falei.

Nox fez que sim, ficando vermelho. Acho que eu nunca tinha visto Nox ficar vermelho. Era meio que adorável.

— São seus pais?

— É — disse ele. — Eu não me lembrava da aparência deles, até encontrar a foto. Deve ter se perdido quando nossa vila foi saqueada.

Olhei para a foto de novo, desta vez tentando imaginar outra vida para Nox. Na imagem, ele era apenas uma criança que não conseguia parar de rir, que tinha pais que o amavam e todas as oportunidades do mundo pela frente.

Meu coração se partiu um pouco ao vê-lo assim, sabendo o que estava por vir – sabendo como a foto seria diferente se tivesse sido tirada alguns anos depois.

Eu me perguntei quem ele teria se tornado se Dorothy nunca tivesse voltado para Oz. Se os pais dele não tivessem sido assassinados quando os soldados dela atacaram sua vila, se ele não tivesse sido resgatado por Mombi e criado para lutar, se ele tivesse tomado as próprias decisões sobre o que queria na vida, em vez de alguém tomá-las por ele.

– As coisas deviam ter sido diferentes pra você – falei baixinho. Eu não tinha certeza de que ele ia saber do que eu estava falando, mas ele sabia.

– Somos iguais nesse sentido. Não é?

Eu nunca tinha pensado por esse ângulo, mas percebi que ele meio que tinha razão. Eu não tinha crescido em Oz nem tive a vida destruída por um monstro como Dorothy Gale, mas não era como se as coisas tivessem saído da melhor maneira na minha vida.

Houve uma época em que minha mãe, meu pai e eu morávamos juntos em uma casa cheia de luz do sol. Nas manhãs de domingo, eu acordava com o cheiro de panquecas e bacon e com a estação de música country no último volume, com George e Tammy fazendo um dueto. E, mesmo quando as coisas não eram perfeitas, sempre parecia um pouco que o mundo estava só esperando por mim.

Isso foi antes de meu pai perder o emprego, antes de ele ir embora, antes de perdermos a casa. Foi antes do acidente da minha mãe e das drogas que a levaram embora também. Antes do tornado que me trouxe para Oz, quisesse eu ou não.

Se essas coisas não tivessem acontecido, será que eu teria me tornado uma pessoa mais feliz e tranquila, sorridente, alguém que pudesse esquecer os problemas com uma risada? Uma pessoa mais bonita, mais popular, alguém que não se sentisse sempre um pouco desconfortável na própria pele?

Será que eu ainda teria essa coisa raivosa sempre encolhida dentro de mim como uma cascavel louca para atacar?

Olhei para Nox.

— Às vezes eu queria que as coisas tivessem sido mais fáceis. Mas, estranhamente, também estou feliz por não terem sido. Porque eu acho que não ia querer ser nada diferente.

— Eu sei — disse ele. — Eu também. — Não precisávamos dizer mais nada. Ele tocou minha mão por alguns segundos.

Do seu jeito peculiar, percebi que a ilha era linda. Como nós.

Era loucura pensar isso, mas parecia que tudo — pelo menos por enquanto — era perfeito.

— Você acha que Glamora também está em algum lugar da ilha?

— Não é provável — respondeu Nox. — Eu meio que já andei por toda parte. Não tem ninguém aqui. A cidade fica logo depois das árvores. É inacreditável, nunca vi nada assim.

— Eu vi os arranha-céus da água. Mas não percebi que havia uma *cidade* inteira. Como será que veio parar aqui? Você não acha que tem alguém se escondendo lá?

— Acho que nunca se sabe, mas, se houver, está bem escondido. Enfim, Glamora deve estar bem. Ela só perde pra Mombi quando se trata de feitiçaria. Às vezes é até melhor. Tenho certeza de que ela encontrou muito bem a saída do limbo. Provavelmente está aproveitando a folga, descansando até recuperar seu poder. Como Mombi.

Eu esperava que ele estivesse certo.

— O que você acha que fazemos agora? — perguntei, passando os olhos pelo terreno, tentando ver para onde Ozma tinha ido. Ela ainda estava escavando as pilhas de objetos perdidos, mas sem rumo, como se tivesse perdido a trilha que estivera seguindo esse tempo todo.

— Bem, provavelmente devemos procurar Policroma, certo? Se é isso que a querida Mombi disse.

— É. — Suspirei. — Acho que sim. Ozma deveria nos guiar, mas, desde que entramos naquele barco, parece que o radar dela quebrou. Alguma coisa neste lugar está mexendo com ela, acho.

— Ou talvez ela não estivesse levando você até Policroma — disse ele. — Talvez ela não seja tão sugestionável quanto Mombi pensa.

Ficamos sentados ali, em silêncio, por um minuto. Quando olhei para ele, percebi que Nox estava me encarando de um jeito intenso e sério.

— O que foi? — perguntei.

Em vez de me responder, ele tocou meu rosto com suavidade.

— Podemos mudar as coisas. Esquecer Mombi, esquecer Glamora, esquecer a Ordem. Não precisamos fazer isso por mais ninguém. Vamos fazer só por nós.

Não entendi muito bem o que ele queria dizer, mas então ficou claro. Nox queria dizer que tínhamos passado por umas merdas terríveis, mas que os créditos ainda não estavam rolando. Ainda havia tempo para escrevermos um final feliz.

Ele se inclinou na minha direção, e eu me inclinei para encontrá-lo no meio do caminho.

O beijo foi diferente do primeiro. Foi mais lento, mais longo e ainda desastrado, mas de um jeito peculiar. Era um beijo que parecia certo.

Se eu não tivesse sentido um puxão insistente na manga, provavelmente teríamos continuado por mais uma hora. Mas o puxão não parava, e eu me afastei para ver o que estava acontecendo. Era Ozma.

— *Fala sério* — resmunguei.

Ela estava apontando para a fileira de árvores, chamando minha atenção para um farfalhar nas folhas enquanto outra figura aparecia.

— Achei que você tinha dito que não havia mais ninguém aqui — falei para Nox.

— Não tinha. Deve ter chegado agora. Está preparada?

— Acho que sim. Quando é que não estou?

Estar ou não preparada não era a questão. Eu estava sempre preparada. Mas, naquele momento, daquela vez, e especialmente depois de um beijo como aquele, eu estava nervosa. Finalmente tinha reencontrado Nox e achava que não ia aguentar perdê-lo de novo.

Por sorte, o desconhecido pareceu amigável enquanto bamboleava na nossa direção. Ou, se não exatamente amigável, pelo menos não seria uma ameaça muito grande, a não ser que te desse uma cotovelada acidental numa roda punk.

— Oi! — gritou ele, parecendo totalmente desconcertado quando nos viu. — Vocês vêm sempre aqui?

Ele era magro, mas ao mesmo tempo musculoso, e estava usando uma calça jeans skinny preta e desbotada com uma camiseta solta, parecida com uma túnica, que revelava seu físico magrelo.

O melhor jeito de descrevê-lo era *lindo*. Ele não era só fofo, nem bonito, nem sexy, apesar de ser todas essas coisas, pensando bem. Mas, principalmente, ele era lindo, com maçãs do rosto destacadas e altas, olhos profundos e claros, e um halo de cachos louro-platinados perfeitamente despenteados emoldurando um rosto anguloso e esculpido. Ele tinha lábios grossos, vermelhos como maçãs, que me fizeram pensar em uma das bonecas chiques e caras de Madison Pendleton. Assim como as bonecas, parecia que o lugar desse cara era numa caixa de vidro.

— Ora, ora, ora — disse ele quando teve a chance de nos analisar de verdade. — Estou vendo que vocês têm uma princesa em mãos. — Ele fez uma reverência na direção de Ozma. Fiquei um pouco surpresa de ele conhecê-la, mas, por outro lado, ela *era* a legítima-alguma-coisa. — Quem são vocês? Isso é, tipo, uma missão diplomática?

— Quem quer saber? — indagou Nox, olhando o cara com desconfiança.

— Hum... Eu quero. Foi por isso que perguntei, sabe?

— Estou aqui há semanas — disse Nox. — A ilha estava totalmente vazia. Quer contar como chegou aqui?

Se o cara percebeu como Nox estava sendo hostil, não se importou muito.

— Do mesmo jeito com que vocês, imagino — disse ele, de maneira afável. — Eu me perdi. Mas estou sempre perdido, na verdade. Até que gosto. Quando você está perdido, não precisa ser responsável por nada. Falando nisso, sou Esperto.

— Sou Amy — falei.

— Prazer em conhecê-la, Amy — disse Esperto. Ele se virou para Nox, que o analisou de cima a baixo com a sobrancelha congelada em um arco desconfiado.

Os dois se analisaram com cuidado, medindo um ao outro daquele jeito como os caras fazem. Eu podia ter falado para eles pararem com aquilo. Eles não iam se entender. Ok. Por que perder tempo oficializando?

— Esperto é seu nome de verdade? – perguntei, só para tentar sair daquela situação. Pergunta totalmente idiota, eu só estava tentando acabar com a tensão.

— *Acho* que não – respondeu Esperto. – Mas quem se lembra? – Ele suspirou. – Meus pais sempre disseram que eu era *esperto* como uma raposa. Mas não posso perguntar a eles. Estão mortos. Dorothy, você sabe. Tanto faz. – Ele fez um aceno casual. Não consegui identificar se estava triste, entediado ou se era apenas muito, muito confuso. Se ele era o tipo de cara que se perdia sempre e não conseguia se lembrar de qual era seu nome verdadeiro, provavelmente era a última opção.

Seus olhos se iluminaram quando ele viu uma coisa no chão.

— Ah! *Aqui* está. Estava procurando isso por toda parte. Eu sabia que devia estar em algum lugar por aqui.

Esperto se ajoelhou e pegou um estojo de cigarros feito de um tipo de metal que não consegui identificar. Nos poucos segundos em que ele demorou para pegá-lo, abri-lo e tirar um cigarro, o estojo deve ter mudado de cor pelo menos umas seis vezes na luz.

Ele o guardou no bolso e acendeu o cigarro com um pesado isqueiro prateado, inspirando profundamente antes de soltar uma baforada de fumaça que eu afastei com a mão, distraída.

Eu não queria ser mal-educada. Era só um hábito adquirido na longa e contínua batalha que travei contra minha mãe em relação a fumar dentro do nosso trailer minúsculo sem abrir a janela.

— Ah, relaxa – disse Esperto. – Nem é tabaco, aquela coisa mata, além de deixar a pessoa fedorenta. Esses são bons.

Ele tragou de novo e, desta vez, quando inspirou, percebi que a fumaça era levemente multicolorida. Também tinha um cheiro muito bom, parecido com o cheiro fresco de asfalto logo depois de uma tempestade.

— O que foi? – perguntou, registrando minha curiosidade. – Você nunca conheceu alguém que fuma arco-íris?

— Ah, *qual é!* – bufou Nox. Eu não sabia se estava feliz ou não pelo fato de a aparição daquele desconhecido ter feito Nox voltar a seu eu antigo, irritadiço.

— São enrolados com as melhores cascas secas de arco-íris que a Cachoeira do Arco-Íris tem a oferecer — disse Esperto. — Difícil de conseguir hoje em dia, agora que não temos muita coisa pra trocar com o continente. Mas ouvi dizer que Dorothy tem um estojo, ou talvez cinquenta, guardado pra ocasiões especiais. Eu só fumo isso. Por sorte, tenho um suprimento constante. Pego direto na fonte.

Uma lâmpada se acendeu na minha cabeça.

— Espere — falei, juntando todas as peças. — Cachoeira do Arco-Íris? Você conhece alguém chamado Policroma?

Os lábios de Esperto se curvaram num sorriso torto e libertino.

— Conhecer? É, acho que nos encontramos uma ou duas vezes — disse ele. — Garota maneira. Louca de pedra, mas existem coisas piores do que ser louca, certo?

— Estamos procurando por ela. Sabe onde podemos encontrá-la?

— Ahh. — Esperto coçou o queixo. — Talvez eu possa ajudar vocês. Tem alguma recompensa?

Nox já estava fervendo de raiva.

— É, a recompensa é salvar o reino de uma tirana maligna e *você* poder continuar fumando seus cigarros de arco-íris sem se preocupar com nada.

— Bem, *isso* é tentador — disse Esperto. — O que mais vocês têm?

Achei que talvez fosse o momento de aliviar a tensão.

— Que tal um livro de francês pra iniciantes? Vale quarenta pratas. — Eu meio que estava brincando, mas, se aquele cara achava que ia levar meu colar ou até mesmo minha meia em padrão escocês, estava sonhando. O que talvez fosse normal para um cara que fumava arco-íris.

— Desculpa — disse Esperto. — Eu já falo francês. *Peut-être vous pouvez m'apprendre à embrasser en français à la place?*

Minha antiga professora de francês, madame Pusalino, teria ficado extremamente decepcionada com a rapidez com que eu tinha perdido a habilidade de conversação. Levei um minuto inteiro para traduzir o que ele dissera e, quando entendi, só consegui inclinar a cabeça e lançar meu olhar mais contundente.

— O que foi que ele disse? — perguntou Nox, estreitando os olhos.

— *Möchtet ihr deutscher Schokoladenkuchen?* — se intrometeu Ozma.

Nós três nos viramos para encará-la. Ela sorriu e deu de ombros.

— Olha — falei, por fim. — Esquece tudo isso. Fala onde a gente pode encontrar Policroma.

Sem falar nada, invoquei um pequeno feitiço. Uma coisa sutil. Meu punho começou a queimar com uma chama laranja ardente.

— Caramba! — disse Esperto, entendendo a dica. — Não precisa ficar esquentadinha. Só estou brincando. Apesar de ter que admitir que não é todo dia que encontro uma garota tão linda quanto você e que sabe fazer *magia*.

Nox fez um movimento para se colocar entre nós.

— Que tal você recuar? — soltou ele, parecendo pronto para socar o cara.

— Calma aí, *mon frère* — disse Esperto, erguendo as mãos em uma demonstração de arrependimento totalmente falsa. — Sou um amante, não um lutador. De qualquer maneira, eu não sabia que a mocinha tinha um protetor a postos. Como cavalheiro, eu me retiro.

— E, como *cavalheira*, eu sei me proteger — falei, olhando, furiosa, para Nox. E depois para Esperto: — Se você acha que eu sou bonita agora, devia me ver quando estou salpicada de sangue e tripas. Sou uma assassina brutal, sabe?

Do nada, Ozma interferiu:

— Leva a gente até ela — disse a princesa, batendo o cetro no chão. Nós três a olhamos, momentaneamente unidos na surpresa, e eu percebi que, com o cetro, ela de repente parecia mais da realeza do que antes. Eu me perguntei se encontrá-lo a tinha deixado mais forte, de algum jeito.

— Muito bem! — disse Esperto. — Eu não sabia que era uma ordem da realeza! Pelo que ouvi, você não estava dando muitas ordens ultimamente, Vossa Alteza. Mas não passo de um súdito fiel. Vou tentar ser útil, se puder.

— É — disse Nox, aparentemente ainda não disposto a admitir que Esperto era inofensivo. — Melhor fazer isso mesmo.

— Ei, calma, camarada. A porta pra cachoeira deve estar em algum lugar por aqui. Quando estou no clima de ir pra casa, nunca está muito longe.

Todo mundo leva um tempão pra encontrar. Enquanto isso, na metade do tempo eu sinto como se ela estivesse *me* seguindo. Quero dizer, quando não estou perdido. Vai entender.

Ele começou a bambolear em direção às árvores, acho que esperando que nós o seguíssemos.

— Que babaca — disse Nox bem baixinho. Dei uma cotovelada nas costelas dele como um lembrete amigável para parar com aquilo. Eu não discordava, mas, por enquanto, precisávamos daquele cara.

Depois de atravessar rapidamente as palmeiras, nos encontramos em uma rua de paralelepípedos na fronteira da cidade. Da praia, só dava para ver uma silhueta de prédios em contraste com o céu azul, mas, agora que estávamos *dentro* dela, a cidade era mais estranha e maior do que eu esperava. Parecia algo saído de um conto de fadas — e eu sei que isso é estranho de dizer quando já se está em um conto de fadas, mas Oz era assim mesmo.

Tinha arranha-céus ao lado de cabanas dilapidadas que, por sua vez, se embolavam com casas enormes e estranhas, com cúpulas construídas em cima de pórticos construídos em cima de telhados triangulares e íngremes. Uma faixa de lojas abandonadas e empoeiradas anunciava coisas como dentes de bebês a quilo e uma promoção dois por um de bolas de gude. Tudo era tão embolado que parecia que a cidade toda estava prestes a desabar. E a rua de paralelepípedos estreita e sinuosa seguia seu caminho passando por tudo aquilo.

O sol estava se pondo de novo e começava a mergulhar atrás dos prédios. E, além de mim, Nox, Ozma e Esperto, não havia ninguém à vista.

Nox me encarou e me viu absorvendo tudo aquilo.

— Eu falei que era incrível — disse ele. — O tempo todo que passei perdido, esperei poder te mostrar isso.

Era a coisa mais piegas que eu poderia imaginar que ele dissesse. Foi fofo, mas inesperado.

Ele percebeu minha surpresa e pareceu um pouco envergonhado, mas, antes que Nox pudesse dizer alguma coisa, Esperto interrompeu nosso momento.

— Todo mundo adora a Praia dos Objetos Desaparecidos, é claro — disse Esperto. — Mas a praia é pra turistas. A cidade: isso é o mais legal. É aqui que as coisas *realmente* perdidas vêm parar.

— Como nós — murmurei. Depois de tudo, o fato de termos chegado até ali parecia adequado. Apesar de estarmos procurando a saída, algo no lugar tinha ares de destino final.

— Suas palavras, não minhas — disse Esperto. Ele se apoiou em um poste, acendeu outro cigarro e olhou para as ruas, a fumaça multicolorida flutuando no anoitecer. — Vamos tentar... — Ele deixou o dedo indicador se mover preguiçosamente pelo ar até cair em um ponto aleatório — Por aqui.

— Por que por aí? — perguntou Nox. — O que tem naquela direção?

— Sei não — respondeu Esperto. — Por que não?

Ele já estava se movendo em direção à faixa de lojas viradas para a praia. Ele espiou dentro de uma loja que parecia, pela vitrine, estocar apenas peças de bonecas velhas e quebradas, depois balançou a cabeça.

— Não, não é aqui.

— Quanto tempo você costuma levar? — perguntei. — Pra encontrar a porta.

— Depende. Uma coisa de estar sempre perdido é que você pratica muito isso de encontrar o caminho pra casa. Mas nunca se sabe. Às vezes leva cinco minutos. Às vezes, uma semana. Olha, meu histórico é bem melhor que o da maioria das pessoas. Vocês podiam passar a vida procurando pela porta e nunca achar. Vocês têm sorte de ter me encontrado.

Eu ainda estava pensando nos números.

— Uma *semana*? Não sei se temos esse tempo todo.

— Bem, vamos torcer para que não leve uma semana, então. Estou falando, é imprevisível. Uma vez eu levei tipo um ano pra voltar à cidadela. Poli ficou muito revoltada. Eu fiquei, tipo, cara, ajudaria se você não tornasse seu maldito castelo de vidro tão difícil de achar.

— Um *ano*? — perguntei, sem acreditar.

Ozma, que estava em silêncio desde o surto mais cedo, olhou ao redor e acenou seu cetro recém-encontrado. De repente, percebi uma travessa onde antes ela não existia, apertada entre a loja de bonecas e o local que vendia dentes de bebês. Talvez o feitiço de sugestão que Mombi colocara nela ainda estivesse funcionando.

Esperto notou a travessa ao mesmo tempo que eu.

– Ora, ora, quem diria? – disse ele, arqueando uma sobrancelha para Ozma. – Acho que ter uma rainha no grupo tem suas utilidades.

Ele se virou de lado e se espremeu pela abertura entre os prédios, que era tão estreita, que eu não tinha certeza de que ele conseguiria passar. Mas Esperto conseguiu e, quando me espremi atrás dele, percebi que não era tão apertada quanto parecia. Quando olhei por sobre o ombro, Nox estava logo atrás de mim, com Ozma nos seguindo, o cetro pendurado no ombro.

– Você realmente acha que podemos confiar nesse cara? – sussurrou Nox.

– Que escolha nós temos?

Traçamos nosso caminho pelas travessas escondidas da Cidade Perdida. De vez em quando, Esperto olhava dentro de uma lata de lixo ou socava algumas vezes uma parede, verificando alguma coisa que eu não conseguia identificar.

Achei um pouco estranho Esperto não ter perguntado quem éramos nem por que estávamos procurando Policroma. Seria possível que ele soubesse mais sobre nós do que estava revelando? Afinal, tinha reconhecido Ozma na mesma hora.

Antes que eu pudesse me preocupar mais com isso, ele parou na entrada de um prédio de escritórios genérico. Olhou para cima, analisando as janelas, e mexeu na maçaneta.

– Este aqui, acho. – E a porta se abriu.

O interior do prédio era o oposto total da cidade do lado de fora. Era o tipo de lugar que você encontraria em qualquer péssimo conjunto de prédios comerciais no Kansas, com uma mesa de recepção vazia e um fícus triste no canto. Era limpo, iluminado por luzes fluorescentes e tinha cheiro de aromatizador.

– Como foi que um lugar como este veio parar na Ilha das Coisas Perdidas? – perguntei, curiosa.

— Não faço a menor ideia — respondeu Esperto. — Alguém deve ter perdido, imagino. Hipoteca? — Ele apertou o botão do elevador, que apitou e se abriu, e nós nos amontoamos lá dentro.

Esperto inspecionou os botões dos andares, até seu dedo pousar em um que, em vez de ter um número, estava pulsando colorido, mudando segundo a ordem do arco-íris.

— Aqui vamos nós — disse ele. — Falei que vocês estavam com sorte por terem me encontrado.

Esperto apertou o botão, virou-se para mim e piscou.

— Próxima parada: Cachoeira do Arco-Íris.

Senti que estávamos subindo, primeiro devagar, depois cada vez mais rápido. Por fim, após meus ouvidos estalarem com a altitude, as portas se abriram. Mas não estávamos diante de um corredor vazio nem do grupo de cubículos que se poderia esperar, seguindo a decoração do térreo. Em vez disso, estávamos de frente para um céu azul aberto, onde uma cachoeira vertiginosa e brilhante de arco-íris, correndo como água, caía por milhares de metros em direção ao chão.

Era de tirar o fôlego. Uma daquelas coisas que fazem você lembrar, mesmo no elevador de um prédio de escritórios horrível, que realmente está em um mundo encantado. Tentei imaginar o que meu eu de cinco anos teria pensado se pudesse me ver agora, prestes a entrar num reino de arco-íris.

Supondo que realmente estávamos prestes a entrar nele. Eu meio que não tinha contado a ninguém em Oz sobre meu medo debilitante de altura.

— Hum — falei. — Então...

— O quê? — perguntou Esperto. — Achei que vocês queriam ver Poli. De que outra maneira acham que se chega à Cachoeira do Arco-Íris?

— Temos que *pular*? — perguntei, meu coração começando a disparar. Eu já tinha passado mais tempo do que queria em estado de queda livre emocional, e ali estava eu, tendo que fazer isso mais uma vez, só que literalmente.

Em vez de responder, Esperto balançou as sobrancelhas e pulou.

— Bomba! — gritou ele, antes de se lançar pela porta do elevador.

Nox, que nunca foi de ficar para trás, me deu um sorriso arrogante e determinado e saltou logo atrás dele com um grito alegre, mergulhando num mar enfurecido de cores.

*Garotos*, pensei. *Como gostam de se mostrar.*

Eu sabia que também tinha que pular. E sabia que, não importava como eu me sentia, precisava afastar o medo. Não havia espaço para ele.

Estava tomando coragem para pular quando Ozma me estendeu a mão.

– Venha – disse ela. – Não precisa ter medo.

Alguma coisa no seu tom me deu vontade de mostrar que eu não estava assustada.

Assim, dei uma corridinha para sair do confinamento do elevador e mergulhei nas cores do céu lá embaixo.

# DEZESSETE

Os arco-íris me rodearam. Era como girar em uma versão Willy Wonka de uma máquina de lavar. Uma paleta de cores néon rodopiava ao meu redor enquanto eu caía: rosa-pink, azul-elétrico, vermelho-maçã do amor, roxo-refrigerante de uva e todas as cores imagináveis entre elas, descendo para a infinidade num canal sinuoso que desafiava a morte, me carregando com mais rapidez do que eu imaginava ser possível.

Depois que me acostumei com as cambalhotas nauseantes do meu estômago – e descobri que não ia morrer –, foi menos assustador do que eu esperava. Na verdade, foi meio divertido. E, aí, o mundo ficou de pernas para o ar e, em vez de cair, eu estava voando, subindo em direção a uma luz radiante, as cores ficando cada vez mais fortes até todas se misturarem.

Quando vi o céu azul e claro sobre a cabeça, me senti nadando e percebi que o passeio tinha terminado. Flutuei até a superfície, alguns metros acima, e emergi em uma piscina de luz quente que não era exatamente molhada nem seca. Parecia que toda a claridade do sol tinha sido colocada em um pote pequeno demais para contê-la.

Claro, eu tinha passado horas suficientes estudando com Glamora e Gert para reconhecer um portal mágico.

Esfreguei os olhos, me adaptando, e vi que Nox e Esperto já estavam lá. Da margem da piscina, Nox estendeu a mão para me ajudar, e eu a peguei, subindo para me juntar a ele em uma faixa de terra pequena e gramada, me sentindo como se tivesse acabado de sair de um tobogã num parque de diversões.

— Passeio divertido, né? – perguntou Esperto, mexendo uma sobrancelha.

— Definitivamente, já tive piores. A maioria nesta semana – falei, me sacudindo e esguichando um monte de gotas iridescentes do corpo.

Fiquei boquiaberta com o cenário. Estávamos em uma ilha flutuante, com menos de nove metros de diâmetro, suspensa bem acima das nuvens. O portal do qual eu tinha acabado de sair ocupava quase toda a ilha, se estendendo até a borda, exceto pela área em que estávamos. Sua luz trêmula escapava para o céu como a água em uma daquelas piscinas infinitas que vemos em propagandas de hotéis de luxo. Ozma estava saindo de lá, mas eu permaneci embasbacada com o cenário.

O ar estava salpicado com o que poderiam ser centenas de ilhas flutuantes, algumas enormes, outras tão pequenas quanto meu trailer. Elas flutuavam preguiçosas no ar, como se fossem sopradas por um vento delicado. Conforme flutuavam, uma rede de arcos-íris vibrantes e reluzentes, em constante mudança, aparecia e desaparecia entre elas, conectando momentaneamente uma à outra antes de desaparecer.

Na maior e mais alta das ilhas, havia um palácio de cristal com linhas angulosas bem definidas, refletindo e refratando a luz em um milhão de ângulos diferentes, como um diamante. Um trio de torres cintilantes se erguia tão alto, que parecia que podiam arranhar a fronteira do espaço sideral.

— Vamos – disse Esperto, apontando para o palácio. — Poli já deve saber que estamos aqui.

Como se soubesse nossas exatas intenções, um arco-íris apareceu onde estávamos, subindo até a cidadela, formando uma ponte comprida e íngreme.

— Não se preocupem, eles são totalmente sólidos – disse Esperto, subindo no arco-íris –, mas cuidado de qualquer maneira, porque são muito escorregadios.

Fui atrás dele, me preparando, e, apesar de estar esperando uma caminhada longa e tensa até o castelo, a única coisa que eu tive que fazer foi manter o equilíbrio: assim que coloquei os pés no arco-íris, ele começou a me carregar para cima.

Ri um pouco. Era como estar numa escada rolante no shopping mais surreal do mundo, saindo da praça de alimentação até uma loja de roupas. Respirei fundo e tentei relaxar. O ar tinha cheiro de madressilva e me encheu com um sentimento profundo de nostalgia.

Levei a viagem toda para identificá-lo como *esperança*.

De perto, o palácio era ainda mais lindo, com padrões florais intricados entalhados em todas as superfícies. A ponte de arco-íris nos levou por sobre um canal de nuvens e diretamente até a entrada arqueada e grandiosa do castelo, onde as portas se abriram antes mesmo de nos aproximarmos.

Parada atrás delas, havia uma garota tão linda, que fiquei perturbada ao vê-la. Era alta, esguia e escultural, usando um caftan largo com estampa paisley em néon. Apesar de o vestido ser mais ou menos do tamanho e do formato de uma geladeira, era translúcido ao ponto da quase abstração, como se o próprio tecido tivesse sido tramado com fios de luz e cor, e não cobria muito bem a forma de seu corpo magro e enérgico.

Mas o cabelo era a coisa mais impressionante na garota. Ele flutuava como se ela estivesse perto de um daqueles ventiladores gigantescos usados em vídeos de música e era tão comprido, que mal dava para saber onde terminava. Era entrelaçado com contas e flores e fios de cores que se alteravam no espectro, dependendo do ângulo pelo qual você olhasse.

Tive uma intuição forte de que aquela era Policroma.

— Bem-vindos ao meu reino, visitantes! — exclamou numa voz etérea.

— O quê, eu não recebo as boas-vindas? — perguntou Esperto, se aproximando e envolvendo o braço na cintura dela.

— Ah, olá — disse ela, batendo os cílios de maneira paqueradora.

— Oi, baby — respondeu Esperto com voz rouca.

— Você sumiu por muito tempo. Perdido de novo, imagino.

— Aham. Vi muitas coisas malucas desta vez. Tem várias coisas sérias acontecendo no solo neste momento. Temos muita coisa pra conversar.

— Tenho certeza de que sim — concordou ela e imediatamente o puxou para um tipo de beijo que me fez pensar que devia desviar o olhar.

Ele estava de brincadeira? Eu tinha quase certeza de que ele estava dando em cima de mim, lá no solo, e agora estava claro que Policroma era sua namorada. Esperto estava tentando me constranger antes, ou era tão sem noção que simplesmente não conseguia se controlar?

*Provavelmente as duas coisas*, pensei. Nox devia saber exatamente o que eu estava pensando, porque ele me deu um olhar presunçoso de *eu avisei* e depois fez um gesto de *vou vomitar*.

Eles não perceberam. Continuaram se beijando. E mais. E mais.

E *mais*.

Cerca de dois minutos depois de ter ficado seriamente constrangedor, pigarreei, e Policroma se afastou do príncipe desencantado, ruborizada.

— Me desculpe — disse ela, lembrando que estávamos ali. — Estou sendo uma péssima anfitriã. Não consigo evitar, às vezes. Nós, moradores dos arco-íris, somos um povo que realmente se empolga com os sentidos. Mas, por favor! Venham e se juntem a mim no meu salão de guerra. Eu estava ansiosa pela sua visita.

— Ela sabia que nós viríamos? — sussurrei para Nox enquanto entrávamos no castelo, mas acho que foi alto demais, porque foi a própria Policroma quem respondeu.

— Meus elfos me avisaram da sua chegada, é claro — explicou ela enquanto nos levava até um saguão extravagante. — Eles ficaram muito empolgados quando viram vocês vindo na direção da ponte. O turismo costumava ser um dos nossos maiores setores aqui na cachoeira, mas as leis de Dorothy acabaram com isso. Agora estamos reduzidos a vender esses cigarros de arco-íris nojentos no mercado negro pra ter algum dinheiro. Nunca mais recebemos visitantes. Especialmente *da realeza*, como vocês. — Ela olhou por sobre o ombro para Ozma e fez uma reverência tímida sem interromper o passo.

— Fala sério, Poli. Todo mundo por aqui é da realeza — disse Esperto. — Não dá pra andar três metros sem esbarrar em alguém que alega ter soberania sobre um canteiro de grama. É tão importante assim ter outra princesa entre nós?

Eu estava começando a concordar com ele, mas Policroma não pareceu achar graça.

— Por favor, perdoem meu Consorte Real — disse ela, começando a subir uma escadaria sinuosa com degraus translúcidos flutuantes e um fino corrimão prateado. — Ele é um enorme pé no saco, e a pessoa absolutamente mais preguiçosa que vocês jamais terão o desprazer de conhecer, mas têm que admitir: ele é gostoso.

— Culpado — disse Esperto.

A escadaria subia e subia até o alto do castelo, então se abria em um salão circular espaçoso com paredes de vidro que proporcionavam uma vista incrível de trezentos e sessenta graus, tão extensa, que eu tinha quase certeza de que poderia ver Oz de uma ponta a outra se minha visão fosse aguçada o bastante.

Ozma trotou até a janela e encarou o reino lá fora, totalmente em transe. Ela se virou para mim.

— A hora está quase chegando.

Eu a encarei com surpresa. Seus momentos de lucidez estavam se tornando cada vez mais frequentes — e mais lúcidos.

— A hora de quê? — perguntei. Mas ela não respondeu.

Em uma das pontas do salão, havia um bar cromado e curvo, com prateleiras de vidro lotadas com centenas de potes e garrafas minúsculas de coisas estranhas que não consegui reconhecer. Em vez de outros móveis, o resto do espaço estava salpicado com almofadas enormes e fofas em diversos tons de branco. Esperto imediatamente se jogou em uma delas e se recostou, se espreguiçando de um jeito lânguido, a camisa se erguendo e revelando alguns centímetros de barriga.

Eu me peguei encarando e desviei o olhar rapidamente, na esperança de que ninguém tivesse notado, mas percebi que Policroma também o estava olhando de um jeito desejoso. Quando ela me viu, jogou o cabelo de um jeito atrevido, me deu uma piscadela tipo *só as garotas* e foi para trás do bar.

— Posso oferecer um lanchinho pra vocês? — perguntou.

— Estamos procurando a Ordem — falei. Era fácil se entregar à estranheza de tudo, mas eu não podia me esquecer de que estava ali em uma missão. — Mombi disse que talvez encontrássemos alguns membros aqui.

Policroma ergueu uma sobrancelha ao nome de Mombi, depois balançou a cabeça enquanto continuava a pegar potes e frascos.

— Sinto muito — disse ela. — É verdade que este era um lugar de reunião pros colegas de Mombi, mas nenhum deles passou por aqui desde que consigo me lembrar. Quer umas pétalas de rosa? Um gole relaxante de pólen de papoula? Talvez uma pitada de orvalho? — Ela arrastou a última palavra, e foi quase impossível identificar o que dissera.

— Não, obrigada. Não podemos ficar muito tempo. De qualquer maneira, não estou com fome.

— Ninguém nunca está — disse ela com um suspiro. — Acho que tenho mais apetite do que a maioria. Por enquanto, acho que vou só lanchar umas vespas recém-capturadas.

Meu estômago se revirou quando ela pegou um grande pote de vidro do que parecia uma colmeia bem saudável de insetos marrons rastejantes. Ela abriu a tampa e enfiou a mão lá dentro para pegar um com os dedos, depois jogou a criatura ainda se debatendo na boca e a mastigou ruidosamente.

Esperto acendeu outro cigarro de arco-íris.

— Ela só está se mostrando — disse ele. — Ela sabe que é nojento, mas faz isso toda vez que aparece alguém novo por aqui.

Ela lançou um olhar de desagrado para ele.

— Você tem *permissão pra* fumar aqui dentro? — perguntou com frieza.

— Onde mais eu vou fumar? — devolveu ele, soprando deliberadamente um anel de fumaça na cara de Policroma. Em vez de ficar com raiva, ela deu uma risadinha e bateu os cílios outra vez. Por um segundo, fiquei preocupada de eles começarem a se agarrar de novo.

Em vez disso, Policroma se sentou na almofada ao lado dele, cruzando as pernas e fazendo sinal para Nox e eu também nos sentarmos.

Ela jogou outra vespa no ar, observou com diversão enquanto ela zumbia tentando fugir, depois lançou a cabeça para a frente para pegar o inseto com a boca, parecendo bem feliz consigo mesma.

— Então – disse ela. – Me falem de *vocês*.

— Por favor. Precisamos da sua ajuda.

— Tudo a seu tempo. Primeiro, se apresentem.

— Sou Amy. Este é Nox. Aquela ali é Ozma.

— Ah, eu conheço a princesa, é claro. Ou a rainha, suponho. Todos sempre eram muito vagos quando se tratava do título dela.

Ela lançou um olhar de pena na direção de Ozma, que ainda estava ocupada observando a vista.

— Tão trágico o que aconteceu com ela, não é? – disse Policroma. – Antes desses problemas, éramos melhores amigas. Claro, ela sempre foi um pouco séria demais, constantemente preocupada com impostos, leis trabalhistas e coisas chatas desse tipo. Nunca parecia ter *nenhum* tempo pra *tirar* a roupa e passear totalmente nua nas nuvens, só nós, garotas, mas, mesmo assim, eu adorava ela.

Policroma viu o olhar cético que eu estava lhe lançando.

— Vocês, moradores da terra, nunca entendem – disse ela. – É muito importante as princesas fadas comungarem com a natureza. Nuas, como as fadas deveriam ficar. De qualquer maneira, esqueçam Ozma: a pobrezinha é uma causa perdida. Amy, Nox, é um prazer conhecer vocês. – Um pensamento súbito atravessou o rosto dela. – Ah! – disse ela, empolgada. – Vocês querem conhecer meu unicórnio de estimação?

Gemi por dentro, me perguntando se realmente tínhamos ido até lá para jogar conversa fora sobre dedais cheios de orvalho. Mas eu também estava vendo que não iria a lugar algum se não tentasse pelo menos diverti-la.

— Você tem um unicórnio? – perguntei educadamente.

— Sou a Filha do Arco-Íris – respondeu ela em uma voz que indicava que estava começando a pensar que eu era meio idiota. – Claro que eu tenho um unicórnio. Vocês simplesmente *têm* que vê-lo. Garanto que ele vai encantar vocês. – Ela estalou os dedos em uma intimação. – Unicórnio! – cantarolou Policroma. – Unicórnio, unicórnio!

Quando não houve nenhuma resposta, ela revirou os olhos, balançou a cabeça e gritou a plenos pulmões:

— Heathcliff!

Isso funcionou. Ao longe, ouvi o ruído de passos, e uma criatura grande, branca como a neve, surgiu na escadaria e se sentou de maneira nobre ao lado de Policroma.

Ela sorriu e acariciou atrás das orelhas do animal. Não era um unicórnio. Na verdade, era um gato enorme — uma pantera, talvez? — com um chifre comprido e afiado preso na cabeça por uma fita cor-de-rosa amarrada em um laço sob o queixo.

— Que unicórnio interessante — disse Nox. — Nunca vi essa espécie.

— Olha, eu sempre quis um unicórnio — explicou Policroma. — Uma princesa fada deveria ter um unicórnio, não acha? O problema é que unicórnios de sangue-puro não aceitam ser transformados em animais de estimação. É um de seus maiores defeitos. E eles têm muitos, devo acrescentar. Aff, no fundo, são criaturas horríveis. Muito esnobes e teimosos, impossíveis de treinar, sempre fazendo uma bagunça na casa. E também são muito críticos, sempre inventando regras perfeitamente *ridículas* sobre quem pode e quem não pode cavalgá-los. Mas a Filha do Arco-Íris devia ter um unicórnio. E, acima de tudo, sou uma fada de espírito confiante. Então, vocês sabem, tive que fazer um unicórnio pra mim. De qualquer maneira, Heathcliff é muito melhor do que qualquer outro unicórnio seria. Ele é muito querido, me deixa acariciá-lo e pode devorar um humano inteiro em três mordidas, se eu precisar. Então, por que me arrepender?

Ela se virou para o animal, que bateu a pata no chão, parecendo, na verdade, um pouco humilhado com a farsa que estava sendo obrigado a representar.

— E você adora ser meu unicorniozinho, não é? Você é um queridinho lindo e nobre, não é?

Heathcliff emitiu um rugido conciliador, como um ronronar, enquanto Policroma passava os dedos no seu pelo.

— Ele realiza pedidos? — perguntou Nox. — Como um unicórnio de verdade?

A fada ficou tensa e se empertigou.

— Ele é extremamente sensível em relação a isso. Agradeço se você não mencionar o assunto novamente na presença dele. Nem na minha. Agora, por favor, vamos em frente.

— Ele não realiza desejos — disse Esperto, soprando um anel de fumaça e parecendo se divertir.

— Cale a boca, consorte — rebateu Policroma. — Devo lembrar que você tem permissão pra ficar aqui pro meu prazer. Agora — ela se virou de novo para nós —, o que trouxe vocês ao meu reino? Vocês não são conquistadores, são? Eu odiaria ter que atirar vocês por cima da Balaustrada do Entardecer. Não estou *nem um pouco* no clima pra conquistadores hoje.

— Não estamos aqui pra conquistar. Pelo menos, não estamos aqui pra conquistar *você*. Fazemos parte da Ordem Revolucionária dos Malvados — disse Nox. — Mombi nos mandou. Ela achou que você poderia nos ajudar.

— Foi o que vocês disseram. Queria poder ajudar mais, eu amo *muito* aquela bruxa velha. Ela é tão esperta! Espero que esteja bem. Mas, como já disse, estou totalmente sozinha aqui em cima, exceto pelos meus elfos, há algum tempo. Se Mombi achou que seus amigos revolucionários buscariam refúgio aqui, ela se enganou.

Olhei de Nox para Ozma e para Esperto, que parecia extremamente entediado com aquela conversa toda, e depois de novo para Policroma.

— Talvez eu pudesse conversar com você a sós — falei.

Nox me lançou um olhar incisivo, e eu dei de ombros como se pedisse desculpas. Não era que eu não confiasse nele. Àquela altura, claro que eu confiava. Só que ainda havia algumas coisas que eu queria guardar para mim tanto quanto possível.

— Tudo bem — disse Policroma. — Esperto, leve os outros até a sala de visitas.

Esperto se levantou, parecendo insatisfeito.

— O trabalho de um Consorte Real nunca acaba.

Quando eles saíram, Policroma foi até o bar e se sentou em um banco alto e lustroso.

— Agora estou intrigada — disse ela, dando um tapinha no banco ao lado para eu me sentar. — Mombi não teria mandado vocês passarem por todos os problemas pra chegar aqui se não tivesse um bom motivo. Que notícias você pode me dar do mundo lá embaixo?

— Oz está em guerra — falei simplesmente.

Policroma suspirou e comeu outra vespa.

— Não posso dizer que estou surpresa. Tem sido uma época terrível pra nós. Nas últimas viradas do sol, muitas vezes me perguntei se a Cachoeira do Arco-Íris sobreviveria. Os unicórnios selvagens todos fugiram pra Deus sabe onde; os elfos parecem inquietos. Vários dos meus criados desenvolveram hábitos muito destrutivos; tive que dispensar alguns.

Assenti.

— Quando Dorothy voltou, dava pra sentir as cores sendo drenadas deste lugar. Estamos aguentando firme, mas preto e branco não são uma boa aparência pra alguém da Cachoeira do Arco-Íris, como tenho certeza de que você pode imaginar.

— É Dorothy. Ela e Glinda têm drenado a magia de Oz.

— Exatamente — disse Policroma. — Ou, pelo menos, *estavam drenando*. Mas ainda está? Sou prima distante de Ozma, sabe, a genealogia das fadas é complicada, considerando que nenhuma de nós tem pais, mas *somos* primas, de certa maneira. Compartilhamos o sangue real de Oz e, como senhora das cachoeiras, sou *intimamente* ligada aos ritmos místicos de Oz. É fácil notar que houve mudanças recentes. A magia está retornando; as cachoeiras de repente estão parecendo mais saudáveis do que em muito tempo. Posso ter esperanças de que Dorothy foi derrotada?

Balancei a cabeça.

— Não. Mas ela foi expulsa da Cidade das Esmeraldas. E acho que tem alguma coisa acontecendo entre ela e Glinda. Não tenho certeza de que continuam sendo as melhores amigas que eram.

— Ora, esse é um acontecimento interessante — refletiu Policroma. — Há muito tempo existem forças políticas complicadas em ação aqui em Oz, e Glinda normalmente está no centro delas. Com as bruxas do Leste e do Sul assassinadas, ficou mais fácil por um tempo, mas outras facções se desenvolveram. Glinda e o Mágico sempre foram curingas. Ninguém jamais conseguiu identificar a quem eles são leais, nem quais são os objetivos dos dois. E Dorothy *é* um problema. Ela é bem maluca, você sabe.

— Eu sei. Vou matar Dorothy. As coisas vão ficar bem mais simples quando ela estiver morta.

Policroma me analisou com atenção.

— Você é do Outro Lugar, não é?

— Sou — respondi.

— Entendo. Quem te trouxe pra cá?

Ela havia mudado. Não era mais a fada graciosa e meio maluquinha que nos recebera na porta. Agora parecia mais velha, mais atenciosa. Seu caftan tinha assumido um tom mais escuro, e havia um brilho em seus olhos que, sinceramente, era meio assustador. Eu me perguntei se a versão anterior era falsa. Talvez houvesse uma dureza em Policroma que eu estava apenas começando a ver.

Heathcliff estava andando de um lado para outro do salão, e eu percebi que ele também tinha mudado. O pelo branco reluzia com um brilho elétrico, e o chifre estava cintilando. Parecia que era mesmo parte dele, e não apenas um chapéu idiota.

— Fui trazida pra cá por um ciclone — respondi. Antes que ela pudesse comentar o óbvio, eu mesma disse: — Do Kansas. Como Dorothy.

A mudança em Policroma me deixou nervosa. De repente, me perguntei o quanto queria contar a ela.

— Mombi achou que eu poderia encontrar outros membros da Ordem aqui — falei, escolhendo mencionar a parte mais simples primeiro. — Você tem alguma notícia de Glamora?

Policroma balançou a cabeça.

— Nos últimos meses, minhas poças de adivinhação têm estado enevoadas. Consegui ver muito pouco do que estava acontecendo no resto de Oz. Tudo que sei é o que sinto. E, apesar de sentir que grandes mudanças estão em andamento, você sabe melhor do que eu o que provocou essas mudanças.

— Sei de algumas coisas, mas não de tudo.

Tomei uma decisão. Peguei minha bolsa e a esvaziei no bar, mostrando os troféus das minhas batalhas.

O coração do Homem de Lata. O rabo do Leão.

— Onde você conseguiu isso? — perguntou Policroma, a voz baixa e surpresa.

— Eu peguei. Dos donos. Sei que são importantes, mas Mombi achou que você poderia me falar mais sobre eles e o que fazem.

A Filha do Arco-Íris já estava de pé.

— Venha — disse ela. — Preciso examinar melhor essas coisas no meu Lumatório.

# DEZOITO

O chamado Lumatório de Policroma era uma câmara sem janelas escondida no interior do castelo, atrás de uma estante de livros giratória. Era lotado de instrumentos misteriosos, com vaga aparência científica, mesas de laboratório compridas, provetas e frascos cheios de líquidos e pós coloridos.

Olhando ao redor, fui surpreendida pela quantidade de tipos de magia que havia em Oz e pelos modos diferentes de praticá-la. Para algumas pessoas, como Mombi — e eu, pensando bem —, a magia era algo que simplesmente se *fazia*. Era totalmente instintiva, um poder que vinha de dentro. Para outras pessoas, era uma prática mais próxima da ciência.

O primeiro estilo parecia mais conveniente para mim, mas, por outro lado, Mombi tinha me mandado até ali porque achava que Policroma descobriria coisas que *ela* não tinha conseguido. Então, acho que havia algo de importante naquelas porcarias todas.

Policroma andou com eficiência pelo cômodo, reunindo materiais, enquanto Heathcliff se enroscava no canto, observando-a com preguiça. Quando estava com tudo que considerava necessário, ela fez um gesto para eu esvaziar de novo a bolsa.

— Vamos dar uma olhada nessas coisas — disse Policroma, e eu coloquei os objetos que tinha tirado do Leão e do Homem de Lata sobre uma mesa. Policroma, por sua vez, colocou cada um deles em um dos lados de uma balança antiga, que indicou, de modo improvável, que os dois tinham o mesmo peso.

O coração de metal batia roboticamente; o rabo continuava a se debater como se estivesse preso a um dono invisível. Policroma os salpicou com um pó de cheiro ácido, fazendo-os parar de se mover. Colocou uns óculos de proteção grossos e antiquados no rosto e se ajoelhou para examinar os objetos.

— Bem como eu suspeitava — disse ela depois de um tempinho. Policroma acendeu uma vela e, depois de pensar um pouco, pegou uma vareta de vidro comprida e oca, com uma minúscula esfera vermelha na ponta. Ela encostou a esfera delicadamente no coração do Homem de Lata e a manteve ali. A vareta começou a mudar de cor, se enchendo com um líquido cor-de-rosa, que ela esvaziou dentro de uma proveta antes de repetir o processo com o rabo.

Policroma segurou a proveta sobre a vela, e nós observamos enquanto o líquido começava a se aquecer e borbulhar.

— O que você está fazendo? — perguntei.

— Apenas uns testes mágicos — respondeu ela. — Meus métodos são um pouco diferentes dos usados pelas bruxas. Estou isolando os elementos místicos dos objetos pra determinar sua origem, além de, espero, revelar o objetivo deles. Parece estranho, é claro, que eles tenham qualquer encantamento; quando o Mágico deu esses objetos a seus donos, ele não tinha nenhuma experiência com magia. Por isso estou surpresa de agora eles estarem imbuídos dessas energias. Mas realmente estão. Será que é algo que Dorothy fez? Ou tem outra explicação?

O líquido na proveta ferveu rapidamente sobre a chama, até só sobrar um xarope vermelho e grosso parecido com sangue. Policroma pegou uma tigela prateada larga e oca em uma prateleira, colocou-a ao lado da balança e despejou a substância estranha ali. Ela se inclinou e a analisou com atenção através dos óculos de proteção, mexendo-a um pouco com o dedo.

Em seguida, passou a palma da mão sobre a superfície e murmurou algumas palavras rápidas que não entendi.

O líquido começou a mudar de cor, até ficar transparente. Policroma assentiu para si mesma.

— Olha — disse ela, e, quando olhei dentro da tigela, vi que agora havia uma imagem ali.

Na tigela, nítida como se eu estivesse olhando pela janela, havia uma pradaria plana e poeirenta sob um céu cinza, a grama alta balançando ao vento.

Reconheci imediatamente — talvez não o local exato e específico, mas a ideia. Lá em casa, tinha pradaria por toda parte. Mesmo quando se estava em um shopping a céu aberto ou andando em uma autoestrada movimentada, ela sempre estava presente, dentro do campo de visão. Só planícies e mais planícies, o nada cinza e poeirento penetrando seus poros. Então não tive dúvidas do que estava vendo.

— Kansas — falei.

— De fato — disse Policroma baixinho. — E, ao mesmo tempo... Será que é?

Olhei mais de perto. Era o Kansas, mas não era. Era como um daqueles jogos na contracapa de uma revista de celebridades, em que você olha para duas fotos de Jennifer Aniston e, na segunda, tudo está só um pouquinho diferente. Só que, naquela versão, a diferença não era que Jennifer Aniston estava usando uma pulseira cor-de-rosa em vez de uma azul. Era algo mais difícil de identificar.

Era algo no modo como o vento estava soprando, algo nas nuvens densas que rolavam pelo céu. Não parecia apenas solitário. Parecia doentio. Maligno. Fez um arrepio percorrer minha espinha.

— O que significa? — perguntei baixinho.

Policroma ficou em silêncio. Heathcliff foi até ela e a fada tirou os óculos de proteção, se ajoelhou e encostou a testa no chifre do gato, encarando seus olhos. Ela parecia estar consultando-o em uma conversa silenciosa.

Depois de um tempo, ela se virou para mim, ainda de joelhos.

— Pode significar várias coisas. Ainda tenho muitas perguntas em relação a esses itens. Mas certamente significa que eles têm uma conexão profunda com o Outro Lugar. Seu lar. O lar do Mágico. O lar de Dorothy. Também sinto algo errado neles. Alguma coisa maligna, suponho. Havia algo nesses itens que estava corrompendo seus donos.

Era hora de parar de manter segredos, percebi.

— O Mágico me disse que, enquanto eu não reunisse esses itens, eu não conseguiria matar Dorothy.

Policroma enrolou um cacho de cabelo no dedo e mordeu o lábio.

— Faz algum sentido. Se esses itens, de alguma forma, estavam guardando parte da essência da Dorothy, isso poderia explicar a conexão com o Outro Lugar. Também pode explicar a maldade deles. E, mesmo assim — ela mergulhou um dedo na poça —, não sei. Não sinto nada de Dorothy nesta essência. Seria de se pensar...

Ela cruzou os braços e encarou o teto, perplexa.

— Eu simplesmente não sei. — Policroma suspirou. — Aqui em Oz, entendemos muito pouco do Outro Lugar ou de como Oz está conectada a ele. Nunca entendemos. É uma pena que a pessoa que tem esse conhecimento seja aquela a quem não podemos perguntar.

— Dorothy?

— Não. Também não acredito que o Mágico tenha muita experiência quando se trata de assuntos do Outro Lugar, apesar de ter vindo de lá. Mas Glinda fez um estudo do seu mundo. Dos praticantes de magia de Oz, ela é a única que demonstrou capacidade de invocar visitantes de fora, apesar de muitos terem tentado.

— Você acha que foi ela que *me* trouxe pra cá? — perguntei.

Eu ainda estava tentando juntar todas as peças. As coisas estavam começando a se encaixar, mas eu ainda não sabia em qual ordem. Era como estar no meio de um problema de matemática, sabendo que se está no caminho certo, mas sem a menor ideia da resposta nem de como chegar a ela. Desta vez, achava que eu não ia ganhar pontos só por entregar o trabalho.

— É possível. Mas parte de mim duvida. Que motivos ela teria? E por que teria te transformado tão rápido em inimiga se tivesse te trazido pra cá?

Ela estava certa. Realmente não fazia sentido.

— Sinto muito por não ter ajudado mais — disse Policroma. — Talvez se tivéssemos o terceiro item, o cérebro do Espantalho, o quebra-cabeça ficasse completo.

— Já estou trabalhando nisso — falei.

— Amy, me faça um favor?

— O quê?

— Quando você cortar o Espantalho, faça doer.

Sorri.

— Eu prometo.

Com isso, um pouco da meninice voltou ao rosto de Policroma. Ela me lançou um olhar conspiratório.

— Mesmo *antes* de Dorothy voltar e transformar todos em malvados — disse ela num sussurro teatral, colocando a mão ao redor da boca —, o Espantalho *sempre* foi meio babaca.

Ela deu uma risadinha e jogou o cabelo, e um pouco da tensão deixou o ambiente.

— Agora, antes de irmos descansar, eu queria dar uma olhada em mais uma coisa. — Ela se virou para seu gigantesco gato-unicórnio. — Heathcliff, me traga nossa amiga, a rainha.

Heathcliff se levantou ao comando, atravessou o cômodo em um salto poderoso e, como um fantasma, passou direto pela parede.

Quando Policroma viu meu olhar de surpresa, franziu os lábios.

— Todo mundo duvida do meu unicórnio — disse ela, mordaz. — Só porque ele não realiza pedidos não significa que seja inútil.

— Estou vendo. Mas por que você precisa de Ozma mesmo?

Policroma pressionou um dedo no queixo.

— Quando estávamos no meu salão de guerra, percebi uma perturbação na aura da princesa — disse ela. — Alguma coisa que me fez suspeitar de que deve haver mais coisas na sua... *condição* do que eu imaginava. Eu gostaria de examiná-la. Tem alguma coisa sobre ela que você gostaria de me contar?

Não consegui identificar se eu estava sendo testada. Seria possível que ela soubesse de Pete? Ou soubesse que eu sabia? Decidi sair pela tangente, por enquanto.

— Mombi tinha esperança de que você pudesse... consertá-la. Deixá-la mais como era antigamente — falei, me sentindo culpada ao mesmo tempo por contar só meia verdade e por chegar a contar tanto. Eu tinha esperanças de evitar totalmente o assunto Ozma. Depois da minha conversa com Pete ontem, estava preocupada com o que aconteceria se alguém começasse a brincar com a magia que o ligava à princesa. E se eles estivessem fundidos para sempre? E se Pete simplesmente... desaparecesse?

Ele tinha cumprido a promessa de me ajudar a encontrar Nox, e eu não queria traí-lo agora.

Alguns minutos depois, Heathcliff voltou para o cômodo com Ozma ao lado. A princesa parecia sonolenta e apática, como se tivesse acabado de acordar de um cochilo.

— Oi, prima — cumprimentou Policroma. Ozma levantou o olhar com uma expressão aberta e curiosa, e Policroma pegou delicadamente o cetro de sua mão. Por um segundo, Ozma pareceu relutante em se separar dele, mas não reagiu.

— Fique em pé aqui, só por um instante. — A fada do arco-íris conduziu Ozma até um banquinho e ajudou a princesa a subir nele. Enquanto Ozma permanecia ali, obediente, Policroma começou a se agitar pelo cômodo, pegando ingredientes nas prateleiras de um jeito que parecia aleatório e combinando-os casualmente em um pequeno caldeirão que suspendera em um pedestal sobre uma chama bruxuleante.

— O que é isso? — perguntei, observando-a com desconfiança.

— Ah, nada de mais — respondeu Policroma. — Só um pouco de Essência de Revelação. Velha receita de família. Não se preocupe, é quase inofensiva. Me disseram que tem um gosto parecido com chá Earl Grey.

Ela cheirou o caldeirão e, quando ficou satisfeita de a essência ter sido preparada adequadamente, serviu um pouco numa pequena xícara de chá decorada com um padrão floral delicado e uma borda dourada.

— Unicórnio?

Ela colocou a xícara de chá no chão, onde Heathcliff pudesse alcançar, e ele inclinou a cabeça e encostou o chifre no líquido. Não notei nenhum efeito, mas, quando Policroma analisou a mistura de novo, pareceu satisfeita com o resultado.

Ela deu a xícara a Ozma.

— Beba, Vossa Alteza. E deixe o que estiver oculto ser revelado. Quando tudo isso acabar, espero que possamos ser amigas de novo.

Ozma bebeu um gole, hesitante, e, parecendo gostar do sabor, bebeu o resto, sedenta. Enquanto bebia, seus movimentos começaram a ficar lentos. A xícara vazia caiu de suas mãos e se espatifou no chão.

— Eu não gostava dessa estampa mesmo — murmurou Policroma.

Não fiquei muito preocupada com a porcelana de Policroma. Estava ocupada demais observando o que acontecia com a princesa.

Seus braços penderam, a boca ficou mole e os olhos pesados, numa expressão de sedação pacífica. Enquanto isso, alguma coisa estava saindo dela, uma fumaça verde que escapava em espirais do seu peito e flutuava no centro do cômodo.

No início, era apenas uma nuvem indistinta. Então suas cores mudaram, e a fumaça se condensou enquanto se amontoava numa forma reconhecível. Não: *duas* formas, uma flutuando ao lado da outra, translúcidas, mas claramente visíveis.

Uma delas era Pete. A outra era Ozma — outra Ozma, um simulacro fantasmagórico da versão que ainda estava em um estado semidrogado sobre o banco.

Pete parecia totalmente ele mesmo: magro e esbelto e um pouco travesso, as feições definidas e fortes, com uma beleza estranha e angulosa.

Mas aquela versão de Ozma era diferente. Não de um jeito óbvio, mas de maneira sutil e, ao mesmo tempo, impossível de deixar passar. Seus olhos eram brilhantes e cheios de inteligência; a postura, mesmo flutuando no ar, perfeitamente imóvel, era régia e majestosa. Havia um poder nela, uma graciosidade inspiradora. E, mesmo sabendo que aquela Ozma não era real, me fazia querer ajoelhar em uma reverência profunda.

Resumindo, ela parecia uma rainha.

Atrás deles, a verdadeira Ozma — ou o que eu achava que era a verdadeira Ozma — observava as duas formas espirituais que tinham sido invocadas de algum lugar dentro dela. Não tentou sair do banco onde estava. Em vez disso, apenas encarava com a culpa confusa e tímida de uma criança que acabou de ser pega ao lado de um pote quebrado, com os biscoitos espalhados pelo chão.

Policroma olhou de um para outro e ergueu uma sobrancelha.

— Interessante. Há duas forças vitais ocupando o corpo da princesa. Mas você já sabia disso, não é?

Ela sorriu para mim, como se tivesse tido um pressentimento de que seria exatamente aquilo que ia encontrar.

Fiz que sim. O que me restava? Mas Policroma não pareceu se importar de eu ter mentido para ela.

— Não importa — disse ela. — Todos nós temos segredos. Um dos meus é que não sou tão burra quanto as pessoas pensam. Mas, na verdade, tenho um armário cheio de segredos. É muito mais conveniente que deixá-los soltos na minha cabeça, sabe? É bem mais seguro manter todos trancados onde não posso deixá-los escapar por acidente. Enfim. Eu poderia fazer mais alguns testes, mas suspeito de que você já tenha a maioria das respostas que desejamos. Quem é essa segunda alma?

Ela foi até o ponto onde a forma de Pete estava flutuando e o circulou, olhando-o de cima a baixo.

— Ele é tão *encantador* quanto parece?

Tentei ao máximo explicar a situação toda de Pete — o que eu sabia, pelo menos — a Policroma, que assentia enquanto eu contava a história.

— Entendo — disse ela. — Quando Mombi tentou disfarçar a princesa, criou inadvertidamente a semente de uma nova alma. Acontece! O segredo é capturá-la e podá-la antes que se desenvolva. Mombi sempre foi muito relaxada com detalhes. Parece simples, agora que você explicou. Quando Ozma foi restaurada, muitos anos atrás, ela suprimiu essa outra alma. Depois, quando Dorothy fez sua gracinha com a princesa, a coisa teve permissão pra florescer de novo. De qualquer maneira, isso não deve interferir muito nas coisas.

— O que você vai fazer? — perguntei. Eu não tinha certeza de que queria ouvir a resposta.

— Estou vendo agora que o feitiço que Dorothy fez na princesa foi por raiva e impulso. Nenhum senso de precisão, mas também foi poderoso. Isso torna as coisas um pouco mais complicadas, especialmente agora que ele teve tanto tempo pra criar raízes. Mas acho que, com um pouco de trabalho árduo, posso restaurar Ozma a sua forma verdadeira. Essa que você está vendo agora, não a paspalha bobona que ocupou o lugar dela todos esses anos. E *isso* certamente vai mudar o jogo, não é?

— O que vai acontecer com ele? Com Pete? — Tentei disfarçar o pânico que estava sentindo, mas acho que não fiz um bom trabalho.

— Ah, querida. — Policroma fez uma expressão simpática. — Você tem uma quedinha pela alma invasora? Bem, ele *é* bonito, tenho que admitir. Mas não pode ficar toda sentimental por causa dele. Imagino que vá simplesmente desaparecer.

— Por favor. Você não pode fazer isso. Não é uma quedinha. Ele é uma boa pessoa. Não quero que morra.

— Amy, queridinha, me escute. Ele não pode *morrer*, porque não está vivo. E não é uma pessoa, é só uma bruxaria malfeita que saiu de controle. Não importa o que aconteça, você sempre vai ter suas lembranças adoráveis dele, não é? E uma lembrança vale muito, especialmente porque o retorno de Ozma vai ajudar bastante Oz. E daí que você vai perder seu brinquedinho? Existem outros peixes no oceano!

Não gostei do jeito como ela falou comigo. Como se eu fosse uma garotinha idiota e ela fosse minha irmã mais velha que tinha voltado da faculdade e achava que sabia tudo porque fez sexo algumas vezes e leu uns livros franceses.

Mas, enquanto pessoas como eu estavam lutando por Oz, Policroma tinha apenas ficado presa aqui em cima em seu castelo, ajudando em praticamente nada enquanto trocava beijos desentupidores com seu brinquedinho insípido fumador de arco-íris. E agora ela estava tentando *me* dar um sermão sobre o bem de Oz? Algumas pessoas tinham muita cara de pau.

Por outro lado, Policroma tinha razão. Ter Ozma de volta *mudaria* seriamente o jogo. Será que o risco de perder Pete valia a pena? E, mesmo que não valesse, será que eu podia impedir isso de acontecer?

Naquele momento, a única coisa da qual eu tinha certeza era de que Policroma era irritante.

— Quer um abraço? — perguntou ela.

— Não, obrigada.

Ela estalou os dedos e as imagens flutuantes de Pete e Ozma foram instantaneamente sugadas de volta para o corpo da princesa *de verdade*, que se dobrou com o choque de ter todas as suas partes devolvidas. Ela cambaleou do banco onde estava e caiu de quatro no chão de pedra do Lumatório, começando a ter ânsias de vômito.

Em vez de sair vômito, uma névoa de arco-íris minúsculos escapou de sua boca e se acumulou no chão, em uma poça nojenta de cores misturadas.

Policroma ignorou a agonia da princesa fada e, em vez disso, direcionou sua atenção para mim.

— Não se preocupe com tudo isso, pelo menos não por enquanto. O Ritual de Restauração vai ser difícil e, antes que eu possa realizá-lo, preciso pedir aos meus elfos pra pegarem os ingredientes necessários. Além disso, preciso do meu descanso; praticamente sinto as olheiras se formando enquanto conversamos. E, sem querer ser má, você também parece estar precisando de um soninho de beleza. Vou deixar Heathcliff te levar até o seu quarto e amanhã vamos ajeitar tudo, está bem?

— Vou pegar minhas coisas antes, obrigada — falei. Os itens que eu tinha pegado do Leão e do Homem de Lata pareciam mais importantes do que nunca, apesar de eu não saber por quê, e eu não queria perdê-los de vista.

— Claro — disse Policroma, e eu os guardei rapidamente na bolsa, me perguntando o que fazer em seguida.

# DEZENOVE

— Precisamos sair daqui — falei para Nox.

Depois de deixar Ozma no quarto que Policroma nos deu — um castelo enorme e aquela fada idiota nem para me dar um quarto exclusivo! —, não consegui dormir e decidi procurar Nox. Agora ele estava recostado na parede, pensativo, olhando pela janela para os arco-íris que giravam lá fora no escuro, e eu estava sentada na beira da cama dele enquanto relatava tudo que tinha acabado de acontecer.

— Sair daqui e ir pra onde? — perguntou ele.

— Voltar pra selva e encontrar Mombi. Ou Glamora. Não sei. Pra qualquer lugar.

— Ora, *isso* me parece um plano. — Nox se remexeu e cruzou os braços. Havia outra coisa incomodando-o.

— O que foi? — perguntei. — Por que está me olhando desse jeito?

Nox demorou para responder.

— Por que você não quis que eu ficasse lá com vocês? — perguntou ele, por fim. — O que você disse a ela que não podia contar pra mim?

— Eu... Eu não sei. Nada. É só que...

— Que você ainda não confia em mim? Mesmo agora?

A princípio, fiquei magoada, mas depois veio a raiva.

— Claro que eu confio em você. Eu *quero* confiar em você. E confio. Mas existe um limite pra confiança em um lugar como este, e eu não vim aqui pra arrumar um namorado. Então supera. Eu só não tinha certeza. E estou contando tudo agora, não é?

Ele pareceu surpreso com meu surto, mas depois simplesmente assentiu.

— Desculpe. Eu entendo. E você está certa. Acho que fiquei muito vulnerável quando me perdi. Eu meio que... não sei. Talvez tenha começado a perder a perspectiva. É só que...

Eu o interrompi.

— Esquece. Me ajuda a descobrir como sair daqui. O que quer que ela esteja prestes a fazer com Ozma, não gostei da ideia.

— Sério? Ou você não gostou do que ela vai fazer com *Pete*?

— Que diferença faz?

— Faz toda a diferença.

— Não quero que ela machuque nenhum dos dois. Não temos ideia do tipo de magia que ela está preparando nem do que pode dar errado. Até onde sabemos, ela pode querer enfiar Ozma em uma caixa e serrá-la ao meio.

— Eu meio que duvido disso — respondeu Nox. — Mas vou dizer o que *eu* sei. Sei que Ozma é importante. E sei que ela já está agindo de modo diferente. Está mais poderosa. Se tiver alguma coisa que a gente possa fazer pra ajudá-la, temos que fazer.

— Pete é meu amigo — falei baixinho.

Foi a vez de Nox parecer irritado.

— Você sabe quantos amigos eu enterrei? Já se esqueceu de Gert? Ela não foi a primeira e não será a última, a menos que a gente faça alguma coisa. Olha, eu espero que Pete fique bem depois de tudo. Mas isso vale o risco.

Era basicamente o mesmo que Policroma tinha me falado no laboratório, mas em palavras mais agradáveis.

— Não é *isso* — disparei em resposta. — *Ele*. E, se *ele* vale o risco, quem mais vale? Você? Eu? Não existe um ponto em que paramos de decidir sacrificar qualquer coisa e começamos a salvar pessoas?

Nox suspirou e olhou para o teto.

— Não sei — respondeu depois de um tempo. — Eu realmente não sei.

— Sinto muito — falei, me lembrando da Névoa da Dúvida e do que Dorothy tinha falado sobre eu ficar igual a ela. Mesmo que não tivesse admitido antes, isso realmente era a coisa que eu mais temia. — Você pode não saber, mas eu sei.

Nox me olhou de cima a baixo com algo que identifiquei como respeito.

— Está bem — disse ele, hesitante. — Vou te ajudar. Você chegou até aqui sem mim. Conquistou o direito de tomar as decisões. Vou fazer o que você quiser. Você manda. Mas me faça um favor e pense antes. Tira esta noite pra pensar.

Eu me levantei.

— Está bem. — Mesmo se fôssemos partir, eu ainda tinha que descobrir como. — Mas amanhã nós vamos embora.

De volta aos meus aposentos, vi que Ozma já estava dormindo. Entrei embaixo das cobertas e ainda estava tentando dar sentido a todos os eventos de um dia longo e confuso quando, na outra cama, uma voz gritou. Eu me sentei.

Era Ozma. Ela estava gritando, se contorcendo embaixo dos lençóis de seda, lutando contra um inimigo invisível.

— Não! — gritou com raiva. — Vai embora!

Metade de mim queria simplesmente ignorá-la e tentar dormir de qualquer maneira. Afinal, Ozma falando sozinha não era nenhuma novidade.

Mas eu me levantei num salto e senti uma escuridão conhecida me tomando enquanto me preparava para lutar contra o que a estava atacando.

— Me ajuda! — implorou Ozma, mas agora não era a voz dela. Era a voz de um homem.

E aí ela estava gritando de novo, ainda se contorcendo de dor e fúria.

— Não! — disse ela. Foi quando percebi que só havia uma pessoa no quarto. O que estava atacando Ozma vinha de dentro dela.

— Pete? — perguntei, hesitante.

Por um instante, a princesa se acalmou e virou o rosto para mim.

— Por favor — disse ela, e agora eu tinha certeza de que era ele falando. — Amy. Por favor. Você prometeu. Me ajude.

— Pete... Eu...

— Eu te ajudei — disse ele. — E você prometeu. Estou te implorando.

Tive que tomar uma decisão em uma fração de segundo. Não sei se eu teria feito alguma coisa diferente se pudesse repetir aquele momento. Era verdade. Ele tinha me ajudado. Mais de uma vez. Ele era meu amigo.

Apesar do que eu tinha falado para o espectro de Dorothy na Névoa da Dúvida e por mais malvada que eu soubesse que poderia ser, quando era necessário, eu tinha uma fraqueza: a bondade.

E a bondade *é* uma fraqueza. Consigo ver isso agora. Mas é uma fraqueza da qual ainda não tenho certeza se quero abrir mão totalmente.

Eu não tinha escolha. Ele teria feito o mesmo por mim.

Eu me transferi, apenas por um instante, para o mundo fugidio de luz e energia que eu tinha descoberto, o mundo onde tudo que eu tinha que fazer era puxar alguns fios para conseguir o que queria.

Eu os puxei, e o corpo de Ozma começou a se contorcer.

Ela era Pete, depois era ela mesma. Como se estivesse derretendo, sua imagem começou a se deformar em uma mistura grotesca: as pernas e o peito de Pete, os braços e o rosto de Ozma. Ela estava relutando. Mas Pete também estava na batalha, desesperado para sair.

Então eu o ajudei um pouco mais. Eu tinha prometido. Empurrei com mais força, depois puxei com força os novelos mágicos e invisíveis, e Ozma gritou pela última vez, bem alto, e sumiu, deixando Pete em seu lugar, suado e ofegante, na cama onde ela estivera deitada pouco antes.

Ele se sentou. Estava chorando.

— Me desculpe — disse ele, esfregando a testa. — Obrigado.

— Não — falei, decidida. — Não vou deixar eles fazerem nada com você. Eu tinha prometido e continuo prometendo.

— Me desculpe — repetiu ele. — Não quero nada disso. Nunca quis. Mas não acredito em você. E eu preciso sobreviver.

Ele pegou o abajur na mesa ao lado da cama e, antes que eu percebesse o que estava fazendo, me atingiu. Bem no rosto.

# VINTE

— Amy — chamou Nox. Senti sua mão tocando meu rosto desesperadamente. — Amy, acorde. Você tem que acordar.

Meu corpo todo estremeceu enquanto um horrível cheiro sulfúrico enchia meus pulmões. Parecia cabelo queimado, mas pior. Tossi, engasgando, enquanto meus olhos se abriam devagar, e vi o rosto perturbado de Nox me encarando. Estava claro que alguma coisa o tinha acordado: ele estava usando apenas uma calça de pijama larga, e o cabelo parecia mais desgrenhado do que nunca.

— Nox? O que está acontecendo? Por que estou deitada no chão?

— Não sei — respondeu ele. — Me diga você. Tanto faz. Não importa. Você tem que acordar. Alguma coisa ruim está acontecendo. Alguma coisa *muito* ruim.

E aí eu lembrei. Pete. O motivo de eu não estar na minha cama. Saí de baixo de Nox e girei, procurando meu agressor no quarto. Ele tinha sumido. Claro.

Vasculhei meu cérebro, tentando me lembrar de cada detalhe, tentando descobrir por que ele fez aquilo e para onde poderia ter ido. Mas minha cabeça ainda estava girando, e eu mal conseguia concatenar os pensamentos mais simples.

— Pete — falei. — Ele me atacou. Tem alguma coisa...

Parei quando meu olhar foi até a gigantesca janela panorâmica do outro lado do quarto. As estrelas ainda estavam lá, mas o céu estava claro. Por todo lado para onde eu olhava, só via chamas.

Por todo o horizonte, as ilhas que formavam a Cachoeira do Arco-Íris estavam tomadas por um mar de fogo – e não um fogo qualquer. As chamas que lambiam o céu eram de todas as cores possíveis do espectro, do rosa--pastel ao azul-índigo e ao verde-tóxico.

O céu estava em chamas. Não eram só as ilhas. Os arco-íris estavam em chamas. Se você nunca viu um arco-íris queimando, tem sorte. Pode parecer bonito, mas não é. É apavorante.

Era dali que vinha o cheiro.

– Foi Pete que fez isso?

– Não sei – respondeu Nox. – Mas temos que sair daqui. Agora.

Mas, antes que pudéssemos descobrir para *onde* exatamente devíamos ir, Policroma entrou a toda, com Heathcliff ao lado e Esperto, vestido apenas com uma cueca rosa-pink, logo atrás.

– Fomos traídos – disse Policroma.

– Me desculpa. Eu não queria...

– Eles nunca querem, não é mesmo? – perguntou ela a Esperto, que parecia chocado.

Ele balançou a cabeça com tristeza.

– Chegou a hora, não é, baby? – perguntou, sem emoção.

– Chegou a hora – disse ela. – Não podíamos ficar de fora da briga pra sempre. Sabíamos que esse dia chegaria. Eu só queria que você não estivesse aqui pra ver. Se você algum dia serviu para alguma coisa, tente ser útil pelo menos uma vez na vida. Se matar alguém, prometo que te faço uma surpresa mais tarde.

Ela abriu a janela.

– Pronto – disse ela, apontando para a mais distante e maior das ilhas flutuantes no céu em chamas. – Eles estão nos esperando. Querem que a gente vá até eles.

– Quem? – perguntei. – Quem são eles? Como nos encontraram?

Policroma me olhou com indignação.

— Ah, não seja idiota. Seu amiguinho ficou com medo e saiu correndo pras únicas pessoas em que pôde pensar. Não me diga que você não pensou que isso poderia acontecer.

O fato de eu não ter pensado nisso me fez me sentir ainda mais tola do que antes. Mas, quando procurei nos meus bolsos pelo lenço que a rainha Lulu tinha me dado na floresta e não o encontrei, soube exatamente o que tinha acontecido.

Pete. Ele o tinha levado. E o usara para fazer contato com Glinda. Ele tinha caído na armadilha dela — a procurou em busca de ajuda, exatamente como ela o provocara a fazer, e a trouxera diretamente até nós.

Policroma estava certa. Como pude ser tão burra? Aliás, como *Pete* pôde ser tão burro? Será que ele pensava que Glinda tinha o mínimo de intenção altruísta? Por que não previu que isso ia acontecer?

Acho que às vezes as coisas ficam tão ruins, que você simplesmente para de se importar.

— Merda — falei baixinho.

— É — rebateu Policroma. — Merda. Estamos todos enterrados nela agora. Durante anos, a Cachoeira do Arco-Íris esteve protegida pela Velha Magia, livre da influência e da entrada de Dorothy. Ela era encantada, protegida por fora, contra aqueles que queriam nos encontrar. Estávamos escondidos. Agora você trouxe Dorothy pra minha porta, e toda Oz vai sofrer por causa da sua idiotice.

— Sinto muito. Eu...

Policroma me interrompeu.

— Esquece. Não temos nada a fazer além de lutar.

Ela começou a brilhar. Ao longe, fora da janela, um arco-íris solitário veio em nossa direção, escapando das chamas.

— Consigo chegar lá mais rápido — falei.

— Não! — gritou Nox. Tarde demais. Eu já estava entrando nas sombras, me movimentando pelo nada em direção a um inimigo que eu sentia bem na fronteira do limbo.

Abri caminho pela escuridão. Tudo que tinha que fazer era me tornar parte das sombras. Eu não sabia exatamente para onde estava indo ou o que ia encontrar, mas havia um poder lá fora, e ele estava me chamando.

Então senti o calor no rosto e o suor se formando em minha testa enquanto esquentava. Abri os olhos e vi que as sombras tinham me levado diretamente para o centro de um inferno: eu estava em uma das ilhas flutuantes, e ela estava afundada em chamas de todas as cores imagináveis.

Todo o resto que a distinguia era impossível de definir agora. Tudo que restava dela era a fumaça e o fogo.

Então, saindo das chamas, apareceu Glinda. Ela trocara de roupa desde que a vi pela última vez: agora ela estava usando um macacão magenta apertado, com um espartilho blindado e reluzente. Seu cabelo louro-morango estava puxado para trás num coque firme.

— Ora, olhem só — cumprimentou ela. — Amy Gumm está aqui! Acho que temos quórum pra um chazinho!

Com um aceno de mão, ela fez as chamas que a cercavam diminuírem o suficiente para deixar um anel de rochas queimadas — revelando que não estávamos a sós.

À direita de Glinda, estava Pete. Ele estava acorrentado — e, pela aura escarlate ao redor das correntes, percebi que elas não eram comuns, e sim correntes mágicas. Além disso, ele estava amordaçado. Tentei encontrar seu olhar, mas Pete o desviou, e eu instantaneamente soube que minha suspeita em relação ao que ele tinha feito estava correta.

Eu nem me dei ao trabalho de ficar indignada. Pete e a maneira como ele havia me traído eram minhas menores preocupações. Porque, à esquerda de Glinda, estava ninguém menos que Dorothy Gale. Estava com um sorrisinho ameaçador e satisfeito, como um gato que tinha acabado de comer o canário.

Agachado aos seus pés, parecendo mais um gato que tinha comido *muitos* canários, estava o Leão. Assim como Pete, ele estava preso por uma corrente grossa e pesada, e Dorothy segurava uma das pontas como se fosse uma coleira. Ele estava choramingando de um jeito patético, escondendo o rosto com as patas enormes, tremendo de medo. Um covarde.

— Amy Gumm — disse Dorothy. — Exatamente quem estávamos esperando encontrar. Eu tinha mesmo o pressentimento de que íamos te achar aqui. E, quando digo *pressentimento*, o que quero dizer é que esse cara contou pra nós. — Ela acenou com a cabeça na direção de Pete, orgulhosa. — Cuidado ao confiar em alguém, viu? Essa é uma lição que vocês dois precisam aprender. Dá pra imaginar? Ele achou que Glinda ia ajudá-lo.

— Estou feliz por você ter me encontrado — falei, demonstrando mais confiança do que realmente sentia. — Na verdade, é bem conveniente. Todo mundo que eu quero matar, todos enfileirados e bonitinhos pra eu poder pegar um por um. Quem quer ir primeiro?

Não consegui evitar olhar, furiosa, para Pete.

— Que tal você? — perguntei. — Não. Não vale o meu tempo.

Naquele momento, meus reforços chegaram com tudo, atravessando a parede de chamas, com o arco-íris chamuscado que os carregava se esgotando em uma explosão final de exaustão quando eles pousaram: primeiro, Policroma, seguida por Nox, Heathcliff e, por fim, Esperto, com uma expressão confusa.

Policroma não perdeu tempo. Em um movimento rápido, ela montou seu gato, e eles pareceram se fundir: juntos, eles ondulavam com as cores, pantera e unicórnio e menina e arco-íris ao mesmo tempo, uma forma única brilhando com ainda mais intensidade que as chamas ao redor.

— *Bruxa!* — gritou a criatura, empinando e se lançando direto para Glinda, as garras à mostra, compridas como facas de cozinha. Enquanto a criatura saltava, suas cores turbulentas mudavam com o espectro até ela virar uma fera radiante de pura luz.

Glinda apenas estendeu os braços, lançando uma proteção, e o céu todo se iluminou com um brilho ofuscante enquanto a criatura colidia com ela em uma chuva de faíscas multicoloridas. Parecia que alguém tinha acabado de acender uma barca inteira de fogos de artifício. Mas a feiticeira apenas soltou uma gargalhada atipicamente desagradável enquanto continuava parada ali, ilesa.

O monstro, que um instante antes era Policroma, recuou, sem desanimar, e atacou de novo, rápido como um raio. A batalha continuou, e eu tinha que acreditar que Policroma conseguiria dar conta de sua parte. Eu tinha outro inimigo para combater.

De repente, Nox estava ao meu lado.

— Preparada pra aumentar a contagem de corpos? — perguntou ele.

— Estou pronta — respondi. Como se isso fosse uma dúvida. Eu tinha levado dezesseis anos para descobrir, mas era para isso que eu tinha nascido: lutar. Quando olhei para a faca que já estava na minha mão, vi que não era mais uma faca, e sim uma espada com uma lâmina preta e brilhante.

Dorothy não tinha se mexido nem um centímetro. Ela estava observando a cena com uma diversão despreocupada. Olhou para o Leão encolhido aos seus pés.

— Covarde — ordenou Dorothy. — Prove seu valor.

— Mas... — choramingou o Leão. Dorothy deu um tranco na corrente que o prendia, puxando-a com força pelo pescoço, sufocando-o.

— Mate todo mundo — disse ela.

Ele rugiu, não de maneira ameaçadora, mas com uma angústia raivosa, e atacou, vindo em nossa direção. Nox não tinha arma e nem precisava de uma: sua magia era feita para a batalha. Suas mãos começaram a crepitar com a energia mística. Caiu no chão, deixando o Leão voar por cima dele, e estendeu a mão para enfiar os dedos em chamas na barriga da fera. O Leão gritou e rolou para longe enquanto Nox se levantava.

— Eu cuido dele — disse Nox. — Pegue Dorothy.

Eu me teletransportei para três metros acima da cabeça de Dorothy e mergulhei sobre ela, balançando a espada com as duas mãos como uma rebatedora pronta para conseguir o home run que daria a vitória ao time.

Ela simplesmente riu e se abaixou.

Eu continuei, me sentindo um brinquedo de corda. Eu a atacava de todos os ângulos possíveis, cortando e lançando uma bola de fogo atrás da outra, me movimentando com a graciosidade e a precisão de uma bailarina. Mas eu errava todos os golpes, e ela mal parecia estar suando.

Dorothy ainda segurava com força a ponta da corrente com a qual parecia estar controlando o Leão e continuava olhando para ele, murmurando algumas coisas bem baixinho, como se estivesse dando instruções. Será que ela o estava controlando com magia? Era como se estivesse lutando em dois lugares ao mesmo tempo, sua mente – e talvez seu poder – dividida entre mim e Nox.

Eu devia ter uma vantagem por ela estar distraída desse jeito. Não tive. Nada do que eu fazia parecia chegar perto de machucá-la.

Mas eu não podia desistir. Não ia desistir. Eu tinha sido trazida para Oz para fazer isso. Era meu único propósito, e eu não ia fracassar outra vez.

Então uma voz me tirou do meu devaneio. Era Pete.

— Amy! – gritou ele. Virei a cabeça em sua direção e vi Esperto deitado inconsciente no chão e Nox nas garras do Leão, que o tinha segurado pelo colarinho e o estava mantendo pendurado. Nox se debatia e lutava, impotente em suas garras.

Dorothy lançou um olhar de consternação indignada para Pete.

— Ah, cala a *boca* – disse, lançando um raio de energia na direção dele. – Você não pode ficar trocando de lado desse jeito. – Quando a magia o atingiu com um flash vermelho-rubi, Pete desapareceu, substituído, mais uma vez, por Ozma.

Essa era a menor das minhas preocupações. Se eu não fizesse alguma coisa rápido, Nox ia morrer.

— Mata o feiticeiro – disse Dorothy para o Leão, que estava mostrando as presas em uma ameaça. Percebi que ele estava tremendo. Uma vez covarde, sempre covarde. – Quero vê-lo sofrer.

— Eu... Eu... – gaguejou o Leão. – Eu não...

Nox me lançou um olhar arregalado de pânico.

— Me esquece! – gritou. – Não sou importante.

Olhei para ele, para o Leão, para Dorothy, fazendo um cálculo. Nox estava certo – a situação era maior que ele –, mas, ao mesmo tempo, de que adiantaria continuar lutando sem esperanças contra Dorothy só para deixá-lo morrer?

Dorothy, por sua vez, parecia apenas irritada com a inércia do Leão.

— Mata, covarde. – Dorothy deu um puxão forte na corrente com a qual o segurava, e eu vi uma onda de energia ondulando por ela. Então era *assim* que ela o estava controlando.

Tive uma ideia: uma corda sempre pode ser cortada. Então, em vez de atacar Dorothy diretamente de novo ou o próprio Leão, dei um passo à frente e bati com a espada na corrente.

Um solavanco congelante percorreu meu corpo quando os elos de metal se estilhaçaram. O Leão desabou, soltando Nox, e Dorothy gritou, se encolhendo. O que eu tinha feito a atingira.

Eu provavelmente deveria ter ido pra cima dela enquanto podia – golpeá-la quando ela estava distraída. Mas só tive um instante para fazer uma escolha.

Eu tinha certeza de que minha decisão de deixar o Leão vivo na última vez em que o vi tinha sido idiota, e eu poderia ter enfraquecido Dorothy mais cedo, antes de ela ter a oportunidade de reunir todos nós desse jeito. E eu deveria ter acabado com o sofrimento dele quando tive a chance.

Enquanto ele ofegava no chão, cobrindo o rosto com as patas, pisquei e apareci a seu lado. Então, em um golpe determinado, cortei sua cabeça.

Fiz isso sem nenhum prazer. Eu mal tinha pensado no que estava fazendo, mas fiquei surpresa com a pouca resistência que senti enquanto minha lâmina preta rasgava sua carne densa e musculosa, e com o quanto foi fácil derramar sangue.

E com o pouco remorso que senti.

Ele nem teve tempo de gritar: um gêiser de sangue se ergueu de seu pescoço enquanto a cabeça se separava do corpo e caía na rocha fumegante. Ela quicou uma vez e rolou até onde Nox estava engatinhando e encarando, incrédulo, tudo que tinha acabado de acontecer.

— Ajude Policroma — falei de maneira sucinta. Nox assentiu, saltando para a ação no mesmo instante. Ele se teletransportou pelo campo até onde a filha do arco-íris ainda estava lutando contra Glinda.

Pelo que eu podia ver de como estava se saindo, Policroma precisava de toda a ajuda possível. Glinda tinha se cercado em uma barricada de proteções mágicas e estava agachada com um arco reluzente, do qual lançava uma flecha de energia cor-de-rosa atrás da outra. Cada uma delas voava mais rápido do que a anterior em direção à criatura em que Policroma tinha se transformado, que estava se debatendo no campo, se esquivando em vão e se esforçando para avançar enquanto a luz escapava dos diversos ferimentos que já tinham perfurado seu corpo.

E o instante em que Nox se materializou ao lado dela foi o instante em que tudo acabou. Uma última flecha saiu voando da mão treinada de Glinda e rasgou o peito da criatura, que desabou e se separou, outra vez, em duas figuras: Policroma e Heathcliff, ambos agora fracos e inertes, caindo ao chão com dois baques.

— Não! — gritou Esperto, que tinha despertado e agora estava de joelhos, observando horrorizado.

Nox não se permitiu parar. Ele girou na direção de Glinda, recuando o punho e depois soltando uma torrente de raios roxos na direção dela. Eles choveram nas paredes improvisadas que ela havia construído ao redor de si mesma e as estilhaçou como vidro.

Eu queria vê-lo derrotar Glinda, saborear o fim dela, mas tinha que lidar com Dorothy. Ela havia se recuperado e agora estava alisando o vestido. Olhou para onde estava a cabeça do Leão e jogou o cabelo.

— É tão difícil achar bons ajudantes hoje em dia — disse ela. — Melhor assim, acho. Pra que serve um Leão que nem quer comer pessoas?

Ela deu um chute na cabeça dele com tanta crueldade, que me fez estremecer.

— Agora, Amy, você e eu temos umas contas pra acertar.

Eu não podia discordar. Era hora de acabar com aquilo. Eu só não tinha certeza de como faria isso.

Dorothy e eu nos encaramos, circulando lentamente uma à outra. Agora havia alguma coisa crepitando entre nós, uma atração repelente que eu não conseguia ignorar, e tentei deixar de lado a batalha que ainda acontecia ao nosso redor. Ela era a única coisa que importava naquele momento. Eu tinha que lutar com mais inteligência, e não com mais força.

Quanto a Dorothy, ela não estava nem um pouco preocupada.

— Sabe uma coisa da qual sinto falta lá em casa? — perguntou ela amavelmente enquanto puxava uma fita vermelha do cabelo, soltando o rabo de cavalo e deixando-o cair em cachos brilhosos sobre os ombros. — Lojas de malte. Você não tem ideia de quantos serviçais testei para encontrar um que conseguisse preparar um refrigerante de morango decente. Eles nunca acertam. Você já provou refrigerante de morango? Gosta?

Imaginei todas as formas diferentes de como queria que ela morresse.

Eu queria enfiar uma estaca em seu coração, como se ela fosse uma vampira. Queria juntar meus punhos e esmagar seu crânio. Queria jogar uma casa em cima dela. Era uma pena eu não ter nenhuma à mão. Dei um passo para trás, insegura, enquanto ela mordia o lábio e começava a girar a fita distraidamente no dedo.

Mas não era um gesto tão vazio quanto parecia: conforme girava, a fita começou a ganhar espessura e peso. Cresceu até ficar com o dobro e, depois, o triplo do comprimento do corpo de Dorothy, que passou a girá-la sobre a cabeça, onde a fita ficou ainda mais grossa, a textura acetinada se transformando em algo metálico, até que não era mais uma fita, mas uma corrente de metal grossa como a que ela usara para prender o Leão.

O jogo começou. Lancei uma bola de fogo como alerta e fiquei surpresa porque, quando saiu das minhas mãos, não era vermelha, mas preta como a noite. Dorothy a observou se aproximar como se a bola estivesse se movendo em câmera lenta e, com a mão livre, deu um peteleco nela com a mesma facilidade com que uma pessoa normal afastaria um mosquito. Quando atingiu o chão, a esfera explodiu em um anel que nos cercou com um muro de chamas negras.

Ao longe, ouvi Nox uivar de dor. Senti um aperto no coração. Queria desesperadamente ajudá-lo, mas sabia que ele agora estava tão fora do meu alcance quanto eu estava do dele. Dorothy me queria sozinha, e era assim que íamos lutar.

E, mesmo enquanto sentia meu corpo bombear mais poder do que eu tinha certeza de aguentar, também rodopiava em uma sensação de impotência. Todo o treinamento, as técnicas de luta e a magia nos quais eu tinha me apoiado de repente pareciam inúteis contra Dorothy. Afastei a insegurança, mas sabia que, se não conseguisse bolar um plano – e rápido –, eu ia morrer.

Dorothy não perdeu tempo enquanto eu me teletransportava pelas sombras para trás dela. Simplesmente rodou nos sapatos vermelhos para me encarar, a corrente ainda assobiando no ar enquanto ela a girava cada vez mais rápido.

— Alguém está ficando muito acostumada com a escuridão, não é? — cantarolou Dorothy. Ela agitou a corrente como um chicote, depois a lançou na minha direção.

Eu me esquivei, minha magia pulsando nas veias como uma droga, me forçando a me movimentar com mais rapidez do que ela — ou qualquer outra pessoa — poderia prever, tão rápido, que era difícil dizer se eu estava me teletransportando ou não. Agitei a espada no ar em um arco gracioso. Eu a tinha usado para ferir Dorothy, certa vez; talvez funcionasse de novo.

Para que esse plano desse certo, eu teria que realmente atingi-la, e isso era mais fácil falar do que fazer.

Quanto mais rápido eu girava e me esquivava e entrava e saía do mundo real, mais rápido ela balançava a corrente. Sempre que eu pensava que estava perto o suficiente para partir a coisa ao meio, ela saía do meu alcance.

Então me acertou, avançando e me pegando pelo pescoço, onde se enrolou com força.

Em um piscar de olhos, minha espada desapareceu e senti minha traqueia se fechando. Levei as mãos ao pescoço, tentando me soltar, mas, quanto mais eu lutava, mais forte a corrente puxava.

— Que tal uma caçarola de macarrão com atum? — refletiu Dorothy, distraída com algum joguinho interno. — Minha tia Em sempre fazia as caçarolas mais deliciosas. Caçarola de macarrão com atum e refrigerante de morango. Essa é uma refeição que vale as calorias! Não que eu seja a miss Kansas. O Kansas vai estar em cinzas em pouco tempo, de qualquer maneira. Assim como este lugar. Mas, ah, vai ser triste perder algumas coisas pra sempre.

Se eu fosse só um pouco mais burra, teria até pensado que ela havia se esquecido de que eu estava ali. E, se eu tivesse algum ar para falar, teria perguntado o que ela queria dizer com o Kansas em cinzas. Mas, naquele segundo, eu mal conseguia continuar respirando.

A voz de Dorothy estava repleta de uma satisfação presunçosa e um leve toque de melancolia.

— Vou precisar de um novo escravo, agora que perdi meu querido companheiro covarde, o Leão – disse ela. – E você, Amy Gumm, tem mais poder no mindinho do que ele teve em todo o corpo. Vai ser uma capanga perfeita.

Ela curvou um dedo fino na minha direção, me chamando e, quase distraída, deu um puxão na minha coleira. Por mais que eu quisesse ficar onde estava, não consegui. A corrente dava a ela algum tipo de poder sobre mim. Eu me senti andando obedientemente na direção de Dorothy.

— Boa garota. Já posso dizer que você vai ser uma monstrinha bem treinada.

Eu estava muito tentada a simplesmente ceder. Nada parecia melhor naquele momento do que parar de lutar. Deixar tudo de lado e ceder ao poder dela de uma vez por todas. Não ter que me preocupar mais com essa porcaria. Continuei avançando, meio aliviada por tudo estar acabando.

Apesar disso, outra voz, no fundo da minha cabeça, estava me encorajando a não desistir. Era minha própria voz. *Eu não podia desistir.* Por mais que quisesse, por mais que fosse agradável, eu sabia que não podia. Não depois de tudo.

Se alguma coisa me diferenciava de Dorothy, era isso. Nós *tínhamos* sido iguais um dia, só que ela desistiu. Ela cedeu. À magia, aos sapatos, a Glinda sussurrando em seu ouvido.

Eu não ia ceder.

Agora estávamos cara a cara, tão próximas, que o fedor do seu hálito me envolvia quando ela falava. O cheiro era de morangos estragados.

— Vou te dizer uma coisa – falou ela. – Você desenvolveu certo *talento* no pouco tempo desde que nos vimos pela última vez. Uma noção de estilo mágico, suponho. Você realmente está crescendo. Mas, como costumo dizer, você se agarra demais aos clichês. Esse negócio de se teletransportar nas sombras está ficando velho, não acha? Meio previsível, não é? Bem, vamos ter que te ensinar alguns truques novos.

*Truques novos.* Quando cheguei à Névoa da Dúvida, tive certeza de que eu tinha sido mandada até lá para fracassar. Para me perder; para desistir. Agora percebia que eu estava errada. Eu tinha sido levada até lá pela Estrada de

Tijolos Amarelos, e o Magril estava me esperando por um motivo. Só por ter conseguido passar pela névoa, eu sabia o que devia fazer agora. Era simples. Era o que o Magril tinha me ensinado. Eu só tinha que me tornar eu mesma.

Eu podia fazer isso. E ia fazer. E também não precisava da minha lâmina. Ela era parte de mim.

— Que tal este truque? — rosnei para Dorothy, agarrando a coleira. Dos meus punhos, uma escuridão sinuosa envolveu as amarras que me prendiam, e os elos da corrente começaram a ruir. Houve um estalo quando eu me libertei, e a coleira com a qual ela me prendia desmoronou e caiu no chão, se derretendo nas sombras.

Dorothy recuou, chocada, e, enquanto minha faca ressurgia em um flash, uma expressão de surpresa ainda mais profunda contorceu seu rosto.

Em seu momento de confusão, ergui a faca e a cravei no coração de Dorothy. Empurrei a lâmina através de seu corpo até ver a ponta ensanguentada sair do outro lado.

Dorothy gritou, se dobrando de dor. Sua boca se abriu e seus olhos saltaram; sua pele macia e branca como porcelana começou a ficar flácida e enrugada enquanto ela envelhecia uns vinte anos numa fração de segundo. Ela começou a ficar verde.

Eu tinha conseguido. Tinha matado Dorothy.

Eu assomei sobre ela, ergui o punho para o céu e chamei mais escuridão, deixando-a me atravessar. Eu tinha conseguido. Tinha matado Dorothy. Isso era quem eu era. Isso era quem eu deveria ser.

E aí ela se levantou.

# VINTE E UM

Dorothy pareceu tão surpresa com sua condição quanto eu me senti quando a vi se levantando.

Ela não estava morta. Eu tinha dado tudo de mim e não foi suficiente. Ela parecia tão chocada quanto eu.

Dorothy me encarou, depois olhou para si mesma, para o local onde minha faca ainda estava alojada em seu corpo. E começou a rir do absurdo daquilo.

Depois, com mais força do que ainda deveria ter, ela me chutou no estômago com um salto fino e me fez voar e cair de costas. Enquanto eu lutava para me levantar, ela girou o punho e lançou um raio de energia em mim, me atingindo nas costelas. Meu corpo todo se debateu em convulsões, a dor disparando por cada nervo enquanto eu caía de novo.

Dorothy arrancou minha faca do peito. O sangue esguichava para todo lado, mas ela não parecia sentir dor alguma. Segurou a lâmina de lado, olhando-a com curiosidade.

Ela não devia ser capaz de fazer isso. A faca era parte de mim. Ninguém mais devia ser capaz de tocá-la, a menos que eu a estivesse usando para cortar a pessoa.

Por outro lado, Dorothy também não deveria estar viva depois do que eu tinha acabado de fazer com ela.

— Bem, não sei *o que* acabou de acontecer, mas acho que não funcionou. Mas essa faca é maneira. — Ela apoiou o punho da faca na palma da mão. — Parece magia. Do tipo sombrio.

Agora ela estava avançando na minha direção, brandindo minha arma. E eu só consegui ficar ali deitada, esperando por ela, tremendo. Seus sapatos vermelhos estavam faiscando de magia e, a cada passo, Dorothy parecia ficar mais poderosa. Parecendo nem perceber, ela estava atraindo do céu uma tempestade de raios, tudo fluindo pelo corpo dela e entrando nos sapatos como se Dorothy fosse um condutor vivo para toda a magia que Oz tinha a oferecer.

Seria possível que, de alguma forma, eu tivesse acabado de deixá-la *mais* poderosa?

— Então. Parece que você tem um probleminha. *Parece* que você não consegue me matar, não é mesmo? Acho que essa é a parte em que você grita por socorro.

— Você nunca vai ver isso na vida. Supondo que ainda tenha uma — respondi.

Mas eu sabia que ela estava certa. Talvez eu ainda precisasse do cérebro do Espantalho, como o Mágico tinha dito, ou talvez fosse algum outro problema, mas eu não ia conseguir derrotá-la. Não desse jeito.

Tudo que eu podia fazer era recuar para o único local onde eu sabia que estaria em segurança. Assim, truque antigo ou não, puxei a escuridão sobre mim, sentindo-a me envolver como um cobertor familiar. Eu me enterrei nela o mais fundo possível, isolando as chamas, o cheiro, os gritos — isolando o mundo todo, até que tudo, tudo, tudo estivesse preto como piche.

Tudo, exceto a única coisa da qual eu realmente estava tentando me esconder. Em contraste com o nada absoluto do mundo das sombras, Dorothy parecia estar em tecnicolor. Seus olhos estavam tão azuis, que vibravam, e seu rosto — que antes era de uma doentia palidez — agora estava num tom de verde cintilante e cômico, marcado por lábios vermelhos como sangue. Seus sapatos estavam mais vermelhos do que nunca. Brilhavam tão fortemente, que tive que desviar o olhar.

Mesmo ali, eu não conseguia escapar dela.

— Você acha que é a única que conhece as Terras Sombrias? — perguntou ela, fervilhando. — Ah, queridinha, esta dimensão podia muito bem ser minha sala de estar. Tenho que admitir que nunca conheci outra pessoa que pudesse entrar aqui; nem Glinda consegue. Acho que é uma coisa do Kansas!

É difícil descrever a impotência que eu senti naquele momento. Era um tipo de impotência diferente da que eu sentira quando Dorothy me prendeu em suas correntes. Em vez de me sentir hipnotizada — sob o domínio dela —, eu me sentia apenas sem esperança, como se nada do que eu pudesse fazer mudasse qualquer coisa, então por que tentar?

Ela olhou curiosa para minha faca. Vê-la tocar minha lâmina me deu uma sensação estranha e horrível, como quando você ainda é pequeno e fica passando a língua no buraco de um dente que acabou de perder.

Percebi que Dorothy entendeu meu desconforto.

— Duvido de que eu possa te machucar com ela, mas desconfio de que, enquanto eu a estiver segurando, você não vai conseguir lutar. Vamos testar essa teoria?

Ela estendeu um braço e encostou a ponta da faca no meu pescoço. Não resisti. Ela passou a lâmina pelo meu pescoço, apertando com força suficiente para eu sentir a pressão. Mas não houve sangue nem dor.

— Imaginei. A gente adquire um instinto pra essas coisas depois de um tempo, sabe? De qualquer forma, não importa. Eu só preciso ser criativa.

Ela fez uma pausa.

— Ah, deixe pra lá. Você não pode me matar, eu não posso matar você; isso é previsível demais, não? Provavelmente tem alguma profecia idiota sobre isso — sempre tem, não é? Escolhidos e blábláblá. Quem consegue acompanhar? Ainda bem que não preciso matar você. Ah, eu *gostaria*, mas, como Glinda está sempre me lembrando, não se pode ter tudo que se quer. Nem mesmo eu. Mas você conseguiu o que queria e o que *precisava*. Tudo que eu *preciso* — ela pegou a alça da minha bolsa e a puxou com força, agarrando-a — é isso.

— Não.

— *Sim* — disse Dorothy, vasculhando lá dentro. — Vamos ver. Um coração mecânico. Ok. Um rabo artificial. Ok. E... um livro de francês? Quero dizer... Acho que pode ser útil também. Nunca se sabe quando uma garota vai querer aprender coisas novas. — Ela tirou um cacho de cabelo do rosto, e a escuridão começou a diminuir.

Quando o mundo voltou, vi que a batalha tinha acabado. De verdade. A ilha flutuante onde tinha sido disputada agora era apenas uma faixa queimada e carbonizada de terra e rochas, com algumas chamas pequenas ainda crepitando nos destroços.

Policroma estava deitada inerte no meio de tudo, a mão delicada envolvendo o rabo sem vida de Heathcliff. Nox estava ajoelhado ao lado deles, derrotado, o rosto, ensanguentado e coberto de terra e cinzas, o cabelo, antes selvagem, reduzido a quase nada.

A batalha tinha terminado, e nós a tínhamos perdido. *Eu* a tinha perdido. Glinda estava acima de nós, os braços cruzados em uma pose de vitória e impaciência.

— *Aí* está você — disse ela quando Dorothy saiu cambaleando das sombras para ficar a seu lado. — Eu já estava me perguntando se teria que ir embora sem você.

— Consegui o que vim buscar — disse Dorothy, segurando minha bolsa de um jeito triunfante.

— E a garota continua viva. Curioso.

Dorothy deu de ombros.

— Você sabe como é a magia. *Irritante* — respondeu, completando o próprio pensamento.

— É verdade — concordou Glinda.

— Deve ser alguma regra idiota que ninguém lembra. Aliás, ela também não conseguiu me matar.

— Não faz diferença. A garota não passa de um incômodo agora. O que você acha? Vamos levá-los conosco? — perguntou Glinda. — Colocá-los pra trabalhar? O pequeno feiticeiro da Ordem pode lavar janelas, a bruxa do

Kansas pode servir a comida e o garoto bonito atrás da rocha — ela acenou a mão e uma pedra grande desapareceu, revelando o esconderijo do medroso Esperto — poderia ser um brinquedinho *muito* interessante.

Mesmo enquanto ela falava, dava para ver que, pelo menos em parte, era uma bravata. Ela e Dorothy podiam ter vencido, mas não tinham saído ilesas. Dorothy parecia velha e decrépita, a pele ainda de um verde enjoativo, e até Glinda parecia exausta. O coque estava desfeito, a armadura tinha sido perfurada em vários pontos e ela estava com um corte gigantesco do ombro até o cotovelo. Se ainda tivesse energia, poderia ter feito o que quisesse conosco. Mas não tinha. O que significava que fora um empate, quer elas quisessem admitir ou não.

Dorothy balançou a cabeça com um gemido exasperado, tentando agir como se realmente não desse a mínima.

— Eles são muito encrenqueiros. Ozma está sob nosso controle de novo. Temos as coisas que viemos buscar. A fada arco-íris e seu amiguinho estão mortos e esse suposto paraíso horroroso foi totalmente queimado. Em breve, teremos feito a mesma coisa com o lugar que eu costumava chamar de lar. Vamos embora daqui.

— Seu desejo é uma ordem — disse Glinda. — Ela se virou, triunfante, para mim. — Tchauzinho! Poli foi uma grande anfitriã, mas até os chás mais agradáveis têm que terminar. E Dorothy e eu estamos atrasadas pra um encontro muito importante, não é, queridinha?

— Estamos mesmo. — Dorothy baixou os olhos em direção aos corpos no chão, depois lançou um olhar furioso para mim. — Detesto deixar essa bagunça, mas acho que uma velha moradora de trailers deve estar acostumada com lixo. — Ela me deu uma piscadela quase imperceptível. — Não que eu saiba como é isso.

De repente, do nada, Ozma soltou um grito. Ela estava onde, mais cedo, Dorothy tinha deixado Pete acorrentado. Demorara aquele tempo todo para voltar a si, mas agora finalmente pareceu entender que era uma prisioneira.

— Eu te ordeno! — gritou ela. — Com a Velha Magia que...

— Esse é o espírito de realeza que adoramos! – disse Glinda, parecendo prestes a explodir em uma gargalhada.

Dorothy acenou a mão, puxando bem as correntes, e Ozma ficou em silêncio.

Então Glinda estalou os dedos e, em uma névoa de fumaça cor-de-rosa e uma chuva de glitter, as três sumiram.

# VINTE E DOIS

Glinda, Dorothy e Ozma desapareceram. As cachoeiras e as ilhas ao redor tinham sido destruídas. O sol estava nascendo, e o céu roxo estava repleto de cinzas flutuantes, brasas e os restos tristes e murchos de arco-íris, torrados.

Ao longe, o lugar da paisagem que antes era ocupado pela Cidadela do Arco-Íris agora apresentava apenas uma névoa sinuosa de fumaça preto--azulada.

Tudo parecia a manhã seguinte de uma festa surpresa que dera muito, muito errado.

Nox e eu nem conseguíamos olhar nos olhos um do outro.

Enquanto isso, Esperto observava estoicamente a destruição enquanto o sol se erguia devagar. Ele pegou um cigarro no maço.

— Meu último — disse ele. — Pra sempre, acho. Não sobraram arco-íris. Acho que é melhor eu saboreá-lo, não? — Mas, em vez de acendê-lo, ele o guardou com cuidado no maço e deu um tapinha, como se fosse um objeto precioso.

Esperto foi até o corpo triste e frágil de Policroma e se ajoelhou para tocar o rosto dela.

— Ela era o máximo. Sabe, eu nunca entendi o que ela via em mim, não mesmo. — Ele se inclinou e a beijou com ternura.

Quando os lábios dele se encostaram nos dela, o corpo começou a brilhar pela última vez e, quando Esperto se afastou, um fio fraco de luz amarela saiu da boca de Policroma e começou a dissolver o resto do corpo, até ela ter se derretido numa poça sem forma em que as cores dançavam como em uma mancha de óleo. Quando não havia mais nada dela, a poça começou a se estender, subindo – primeiro devagar, depois mais rápido – para o céu em uma faixa luminosa e vibrante.

Um arco-íris.

Nós a observamos partir. E, quando o fim do último arco-íris tinha desbotado, Esperto virou sua atenção para Heathcliff. Ele desamarrou com cuidado a fita no queixo do gato gigantesco e tirou o chifre que Policroma tinha lhe dado.

— Aqui – disse ele, dando-o a Nox. – Isso vai ser útil. É de verdade, sabe. Veio de um unicórnio de verdade. Poli tirou de um deles quando o animal atravessou a janela perto da sala de café da manhã e morreu. Essas coisas idiotas são mais burras que pássaros. Caramba, isso foi há séculos. De qualquer maneira, é raro encontrar um desses. E é mágico. Faz umas merdas bem loucas. Você vai ver.

— Você não quer ficar com ele? – perguntou Nox. – Devia ser seu.

— Não. Só vai me deixar triste. E o que eu vou fazer com ele, afinal? Provavelmente vai se perder, como todo o resto. É hora de eu voltar a andar.

Esperto colocou a mão atrás da orelha e puxou um botão de ouro.

— Meu único truque – disse ele, segurando-o sob a luz matinal. – Mas é muito bom. Poli sabia que eu ficaria entediado se ela tentasse me manter preso, por isso enfeitiçou esses botões pra mim, pra eu poder sair sempre que quisesse. *Não quero meu pássaro em uma gaiola*, disse ela. Poli nem se importava se às vezes eu saísse sem dizer quando ia voltar. Enfim. Tenho alguns desses, mas acho que não vou mais precisar deles. Não vou voltar aqui, não é?

Ele pegou outro botão e me deu.

— Faça o bem, baby. Talvez eu te veja por aí.

— Pra onde você vai? – perguntei a ele.

— Pra onde mais? Vou me perder. – Ele jogou o botão para cima, fazendo-o girar algumas vezes, depois explodir em uma chuva de glitter, deixando no seu lugar uma porta de madeira comum, parada no meio das pedras, sem estar presa a nada.

Esperto virou a maçaneta de vidro, puxou a porta para abri-la e a atravessou. A porta desapareceu quando ele a fechou depois de passar por ela, mas eu continuei encarando o espaço vazio onde ela havia estado.

Em vez de dizer alguma coisa, me sentei na beira do nosso pedaço flutuante de rocha queimada, deixando os pés pendurados no céu amplo e vazio. Nox se sentou ao meu lado e ficamos ali, em silêncio, observando o fim do nascer do sol.

— Bem — falei para Nox quando terminou. — Acho que somos só nós dois. O que fazemos agora?

— Não sei — respondeu ele. — Eu realmente não sei.

— Sabe o que eu queria?

— É. Acho que sei, sim.

Eu sabia que ele sabia. Mas falei mesmo assim.

— Queria que pudéssemos ficar aqui. Só nós dois. Ver se conseguíamos reconstruir este lugar. Talvez não exatamente como era, mas talvez como gostaríamos que fosse.

— Como se fosse nosso.

— Exatamente. Transformar em um lar. — Eu não precisava dizer o que nós dois obviamente estávamos pensando. O primeiro lar de verdade que teríamos.

— Eu também queria isso — disse Nox. Sua voz falhou. — Quem sabe na próxima vez?

— É. Na próxima vez. — Virei-me para o outro lado, e Nox se levantou e foi até onde o corpo de Heathcliff ainda estava deitado.

— Você estava certo — falei. — Sobre Pete, quero dizer. Eu devia ter te ouvido.

— Não teria importado. Já estava feito.

— Eu não devia ter confiado nele, pra começo de conversa.

— Sim — respondeu Nox. — Devia, sim. Porque é o seu jeito.

Eu não tinha pensado por esse ângulo, mas talvez ele estivesse certo.

— Talvez a gente devesse encontrar Mombi — comentou Nox. — Talvez ela esteja melhor. Talvez saiba o que fazer.

Não. Eu estava cansada de "talvez". Estava cansada de bruxas, cansada de procurar, cansada de perseguir objetos misteriosos. Cansada de receber ordens e ser usada como peão. Agora, se eu tivesse que confiar em alguém, seria em mim mesma.

— Esquece a Mombi. Vamos encontrar Dorothy e matá-la. E depois finalmente teremos um final feliz.

Nox parecia cansado demais para argumentar comigo. Eu estava cansada, mas também estava irrequieta e impaciente e, de repente, não estava no clima de perder tempo. Peguei o botão que Esperto tinha me dado e o joguei para cima do mesmo jeito com que o vira fazer. Assim como antes, uma porta apareceu.

Dane-se. Eu não sabia aonde ela nos levaria, mas entrei mesmo assim. Talvez a magia ficasse do meu lado pelo menos uma vez na vida.

Em vez disso, ela me mandou direto para uma parede de tijolos. Literalmente.

Uma parede de tijolos *amarelos*, para ser mais precisa.

# VINTE E TRÊS

A passagem portátil de Esperto tinha me levado de volta para a terra firme, não flutuante, onde as nuvens estavam de novo a centenas de metros acima da minha cabeça, e não a quilômetros abaixo dos meus pés. Nox surgiu apenas um segundo atrás de mim e, assim que atravessou o portal, ele se fechou e desapareceu. Nós dois ficamos encarando, surpresos, o que estava no nosso caminho.

Brotando do campo onde estávamos, a Estrada de Tijolos Amarelos tinha se transformado numa parede cintilante. Uma parede tão alta, que não dava para olhar por cima, e tão larga para os dois lados, que parecia seguir para sempre, sem nenhum sinal de como atravessá-la.

Pressionei as mãos nela.

— Isso conta como se perder? — perguntei, pensando se devíamos ter encontrado outro caminho para descer à terra.

— Pareceu uma boa ideia na hora — disse Nox, ecoando meus pensamentos. — O que você acha que existe do outro lado dessa coisa?

— Acho que vou descobrir.

Antes mesmo de eu tentar me teletransportar para o outro lado da parede, tive a sensação de que não seria tão simples. Meus instintos estavam certos. Quando tentei me misturar às sombras — o que Dorothy tinha chamado de Terras Sombrias — e escorregar através parede, algum tipo de força me impediu. Em vez de me encontrar do outro lado da barreira, eu me rematerializei três metros atrás de onde tinha começado, com uma sensação de tontura e uma dor de cabeça súbita, como se eu tivesse tentado bater com o crânio nos tijolos. Senti um gosto metálico na boca.

— Estranho — falei.

— Na verdade, não — respondeu Nox. — A estrada é uma coisa séria. Uma vez, Mombi me falou que ela é a expressão mais pura que existe da magia de Oz. E, agora que a magia está voltando, aposto que ela está ficando *mais* poderosa do que era. Você já viu como funciona. Tem mente própria. Acho que ela decidiu que não quer deixar ninguém passar deste ponto. E me parece que não vai ceder sem luta.

Senti a parede, passando os dedos nos tijolos lisos que cintilavam dourados ao sol. Era tão lindo, que, em outras circunstâncias, eu teria ficado encantada.

Não sei o que estava procurando. Um botão secreto que ia abrir uma porta, como em um livro de mistério de Nancy Drew?

Ri da ironia. Pensando bem, não seria legal ir parar em outro universo literário, com nada para me preocupar além de herdeiras desaparecidas e joias roubadas?

*Na próxima vez*, prometi a mim mesma.

Por enquanto, eu estava sem sorte. Mesmo que houvesse um interruptor escondido em algum lugar naqueles tijolos, eu não tinha como encontrá-lo — levaria semanas, se tivesse sorte, para rastrear cada centímetro da parede em busca dele.

— O que fazemos? — pensei em voz alta, dando um chute na parede. — Você conhece algum feitiço pra voar? — Voar nunca foi minha praia. Flutuar, talvez, um pouco de levitação aqui e ali, tudo bem, mas voar de verdade era algo que eu só tinha visto Mombi fazer e exigia muito até mesmo dela.

— Não — disse Nox. — Mas não existe nenhuma lei dizendo que temos que atravessá-la. Quem sabe o que está do outro lado? Já pensou? Talvez devêssemos ir na outra direção e tentar reunir todo mundo. Encontrar a Ordem e fazer um plano de verdade juntos.

— Notícias fresquinhas: não existe mais a Ordem. Mombi está doente, Glamora provavelmente está morta. Quem sabe onde está o resto? Sobramos nós dois. Olha, acho que o portal do Esperto trouxe a gente aqui por um motivo. Se alguma coisa está tentando nos impedir de atravessar, deve haver algo importante do outro lado.

— Talvez a gente possa escalar — disse Nox, pensativo. — Nunca fui muito bom com feitiços de horticultura, mas...

Ele mexeu os dedos sobre a terra e um par de cipós verdes e grossos surgiu dali, subindo rapidamente pela parede.

Estremeci, me lembrando da escalada em corda na aula de educação física e de como eu nunca tinha conseguido chegar nem à metade. Eu não tinha certeza de que queria testar meu progresso num dia como hoje.

Não precisei me preocupar com isso. Quando Nox puxou os cipós recém-criados para testar sua força, eles murcharam instantaneamente sob seu toque.

— Droga — disse ele. — Mas não é surpresa.

Fiquei parada ali, tentando pensar no que fazer. Talvez *devêssemos* simplesmente dar meia-volta e ir para outro lugar.

Eu estava tão exausta. *Descansar*. Era isso que eu queria. Um lugar para descansar.

Mas não dormir. Isso também seria útil, claro, mas o que eu realmente queria era descansar, tipo dar uma pausa nessa coisa de ter que estar sempre em alerta, sem saber o que viria a seguir, uma pausa de ver pessoas morrendo e não poder fazer nada para impedir.

Uma pausa de ser a pessoa que tinha que matá-las.

Mais que tudo, eu queria que isso fosse responsabilidade de outra pessoa.

Soltei um grito de pura frustração e soquei a parede. Quando gostei da sensação, repeti.

Foi aí que senti alguma coisa dentro de mim explodir. Continuei gritando e socando, gritando e socando. A sensação era boa, de um jeito estranho. Isso era tudo que eu queria fazer com Dorothy e Glinda. Com Mombi e Glamora, por terem me colocado naquela situação. Com Pete, por ter nos entregado. Com o Mágico, simplesmente por ser o Mágico. Dane-se – com *todo mundo*.

Era o que eu sempre quisera fazer com todas as pessoas que tinham me subestimado, que tinham implicado comigo ou me isolado. Simplesmente socá-las. Eu nem tinha chegado a bater em Madison, mas fui suspensa por isso de qualquer maneira.

Assim, continuei socando, sem me importar que os nós dos dedos estivessem sangrando e que eu soubesse que era tudo inútil. Na verdade, havia alguma coisa na dor e na inutilidade que era revigorante.

— Amy! – disse Nox, parecendo chocado com o que eu estava fazendo. Eu o ignorei. Não me importava.

Estava tão mergulhada na minha fúria, que não notei que, conforme eu socava, a dor se tornava cada vez menos aparente. Não notei que, a cada soco que eu dava na parede, eu ficava maior. Mais forte. Ou que, conforme eu socava, o sangue que escorria dos meus punhos estava penetrando nos tijolos e que, um por um, eles estavam ficando pretos.

Mas então percebi que meus socos não estavam mais quicando na parede. Conforme eu socava, às cegas, pequenos pedaços de pedra começaram a voar. Não sei por quanto tempo eu continuei, mas, fossem cinco minutos ou uma hora, ou um dia, a parede toda tinha ficado preta, infectada com a magia negra que eu não conseguia mais controlar.

Quando gritei de novo — um grito tão alto, que a parede tremeu com o som, uma fissura dourada e estreita apareceu, se espalhando como uma teia pela superfície. E, quando soquei outra vez, houve um som tão alto quanto um trovão enquanto a rachadura se abria e tijolos caíam ao meu redor como dominós, primeiro só alguns e depois centenas e milhares. A parede desabou.

Eu a tinha derrubado. A coisa toda se transformou em poeira de obsidiana nas minhas mãos, e eu caí de joelhos sobre a pilha de destroços.

Mesmo assim, não parei. Mesmo quando tudo tinha desabado, continuei batendo os punhos na terra. Eu me sentia mais poderosa do que nunca, como se tivesse sugado a magia da parede, e gostava disso.

— Amy — ouvi Nox chamando. Eu o ignorei até sentir seu toque no meu ombro, depois me virei para encará-lo e rosnei.

*Rosnei*. Como um animal.

— Amy — disse Nox. — Está tudo bem.

Ele se ajoelhou ao meu lado, passou o braço ao redor dos meus ombros e me puxou contra seu peito. Eu ainda estava tremendo e me aninhei no corpo dele, que de repente parecia muito pequeno.

— É demais — falei. Senti que ia chorar a qualquer momento. Eu *queria* chorar e, ao mesmo tempo, não conseguia. Já tinha passado da fase de chorar.

— Eu sei. Eu sei. Mas tudo vai acabar em breve. Tem que acabar.

Comecei a me derreter nele. Ali, nos seus braços, eu me sentia tão segura — pela primeira vez na vida —, que, se pudesse, teria me deixado virar parte dele. Só para me sentir segura daquele jeito para sempre.

Mas então eu olhei em seus olhos e vi como eles estavam assustados, e de repente percebi que Nox estava com medo de mim. A princípio, achei que era só por causa do que ele tinha acabado de me ver fazer, mas depois tive um vislumbre de mim mesma — apenas uma imagem cintilante refletida nas suas íris cinza-pálidas — e percebi que não era o que eu tinha feito que o assustara.

Era o que eu tinha me tornado.

Perplexa, eu me afastei de Nox e encarei meu próprio corpo.

Essa realmente era eu? Minhas mãos, meus braços e até minhas pernas — eu inteira — estavam ondulando com músculos e veias saltadas e cobertos por uma camada fina de algo parecido com pelo, de um verde-esmeralda profundo e textura de veludo. Meus dedos tinham garras vermelho-sangue afiadas como lâminas.

Começando a entrar em pânico, pressionei a palma da mão aberta na testa, na esperança de que a visão estivesse apenas na minha cabeça. Não estava. Nas minhas têmporas, perto do cabelo, duas protuberâncias sinuosas se projetavam. Não eram grandes, mas estavam lá.

Eu tinha criado chifres.

— Amy — repetiu Nox. Fiquei de pé num pulo, mas ele me segurou pelo punho e me puxou de volta para si. Eu estava com tanta vergonha, que só queria fugir. E podia ter fugido. Eu agora era muito mais forte do que ele, e maior também – seu corpo tinha parecido pequeno porque ele *estava* pequeno, pelo menos comparado comigo. Porque, enquanto estava destruindo a Estrada de Tijolos Amarelos, eu tinha me transformado em algo novo. Algo enorme e apavorante. A coisa que eu tinha medo de me tornar.

Eu tinha virado um monstro.

Eu não queria que Nox me visse assim e, apesar disso, me impedi de me afastar dele e me esconder. Também não queria machucá-lo por acidente. Não conhecia a minha força. Por isso deixei ele me abraçar.

– Eu não queria...

– Eu sei – disse ele. – Eu sei.

Ficamos assim por muito tempo, eu tremendo em seus braços enquanto Nox me apertava, dizendo que tudo ia ficar bem. Conforme ele repetia, eu fui me acalmando, e a coisa dentro de mim começou a sumir, deixando meu corpo.

A parte mais confusa era que eu queria segurá-la. Não queria que ela sumisse. Mas me obriguei a abrir mão e, em pouco tempo, senti os chifres encolhendo, as garras recuando nos dedos e a pele voltando ao normal. Voltei a ser eu mesma.

– O que aconteceu? – perguntei quando finalmente me senti capaz de falar.

– Você se empolgou – respondeu ele. – Foi a magia. Você deixou ela a dominar. Não era você.

Eu queria acreditar nele, mas não tinha certeza de que acreditava. E se *fosse* eu?

Então olhei ao longe, e todos os meus pensamentos foram interrompidos quando percebi onde estávamos. Na minha insanidade temporária, eu tinha perdido a noção do que estava fazendo; tinha me esquecido de por que queria atravessar a parede. Agora via o que ela estivera protegendo.

Estávamos sentados na fronteira da Cidade das Esmeraldas. Ou, acho eu, o que tinha sido a Cidade das Esmeraldas. Era difícil dizer se ainda se podia chamá-la assim – porque ela estava diferente.

Parecia que tinha sido atingida por uma bomba nuclear. A estrada, antes cintilante e agitada, agora estava vazia, repleta de lixo e escombros. Os prédios que não foram destruídos eram cascas vazias, com fachadas queimadas e janelas estilhaçadas. Os jardins opulentos e imponentes onde Dorothy descansava tinham sido destruídos; as fontes, quebradas; as flores, mortas e cobertas por trepadeiras.

Mas, por toda parte, quando se olhava mais de perto, traços da grandiosidade anterior da cidade permaneciam. No meio das ruínas, as ruas tinham um brilho que eu percebi que vinha de milhões de pedras preciosas espalhadas – esmeraldas, obviamente, mas também diamantes, rubis e ametistas. Aqui e ali, poças de ouro derretido e endurecido de novo, como a lama que ficava depois de uma tempestade.

No centro de tudo, o Palácio das Esmeraldas se erguia, suas torres majestosas substituídas por um emaranhado denso de pináculos retorcidos como tentáculos que se estendiam tão alto no céu, que o topo era obscurecido por uma cobertura de nuvens pretas. A estrutura toda estava coberta de sujeira e poeira e uma densa floresta de hera, mas, ao mesmo tempo, havia algo naquilo tudo que me fez perder o fôlego. No silêncio imóvel do local, ele parecia menos um palácio e mais uma catedral; como um monumento a um deus antigo, havia muito esquecido.

Ao observá-lo, alguma coisa refrescou minha memória, e eu me lembrei de algo que tinha quase certeza de ter ouvido alguém dizer. Um dos macacos do conselho da rainha Lulu.

*Pra começar, ele parece estar crescendo.*

Naquela época, eu não tinha entendido o que significava. Pareceu tão estranho, que eu praticamente ignorei a informação. Agora eu entendia.

Era verdade. De alguma forma, o palácio estava maior do que quando o deixei. *Muito* maior. Talvez ainda estivesse crescendo: quando o encarava por tempo suficiente, percebia que o edifício parecia estar se mexendo, como se fosse uma coisa viva. Parecia estar respirando.

Mas, antes que eu pudesse perguntar a Nox o que ele achava que tinha acontecido, vi um movimento pelo canto do olho e, de todas as fendas e becos e janelas, das grades do esgoto e das sarjetas e de trás de todos os prédios, um exército de macacos surgiu, vindo na nossa direção. A rainha Lulu estava na liderança, vestida com uniforme militar e carregando uma pequena pistola prateada.

— Amy — disse Lulu. — Estávamos te esperando. E vou te dizer uma coisa: você realmente sabe chegar com estilo.

# VINTE E QUATRO

— Você estava certa — disse Lulu enquanto se aproximava. O resto da guarda de macacos ficou para trás, observando em silêncio. — Você me disse que não podíamos simplesmente ficar sentados lá nas árvores, esperando as coisas ruins nos alcançarem. Ignoramos o resto de Oz por muito tempo, e agora olhe o que aconteceu. Quando eu soube que havia uma confusão na cidade, este me pareceu o melhor lugar pra vir. Tive o pressentimento de que você ia aparecer mais cedo ou mais tarde. Acho que você escolheu mais tarde.

— O que aconteceu com Mombi? — interrompeu Nox. — Ela também está aqui?

— Não — respondeu Lulu. — Ela desapareceu de seus aposentos na noite passada. Não sei pra onde foi, mas não temos tempo para nos preocupar com isso.

— O que aconteceu com a cidade? — perguntei. — Onde está todo mundo?

Lulu soltou uma gargalhada.

— Todo mundo? Todo mundo foi embora, imagino. Ou, pelo menos, todo mundo que já não tinha ido quando você e os seus atacaram o local. Com Dorothy sumida e a cidade destruída, não havia muitos motivos pra ficar por aqui. E não é seguro. Não parece certo. Tem alguma coisa acontecendo no palácio, alguma coisa mais podre que peixe depois de uma semana.

— Estou vendo.

— Não sei do que se trata, mas mandei três patrulhas separadas pra verificar. Última vez que as vi. Mas temos notado *alguns* sinais de vida.

Meus ouvidos ficaram atentos.

— Quem? – perguntei. – Quem passou por aqui?

— Dorothy e Glinda passaram há algumas horas. Voaram direto por cima da parede de tijolos amarelos em uma bolha de sabão cor-de-rosa. Não tão impressionante quanto explodir tudo em pedacinhos, claro.

Meu estômago desabou quando olhei ao redor, procurando sinais delas.

— Pra onde elas foram? Temos que encontrar as duas. Agora.

Lulu mostrou os dentes e semicerrou os olhos.

— Querida, e eu não sei? Mas nós, macacos, não ficamos apenas sentados quietos. A questão da feiticeira foi... resolvida. Por enquanto. – Ela lançou um olhar de soslaio para a própria pistola. – Dorothy escapou. Levou Ozma e foi direto pro seu velho reduto. O palácio.

— Ela disse o que queria? – perguntei.

— O quê, você acha que ficamos jogando conversa fora? Se quiser saber o que ela está aprontando, é melhor você descobrir por conta própria. Tem um trabalho a fazer, queridinha. Meu povo e eu vamos proteger a cidade. É melhor você mandar ver.

Travei o maxilar, sem a menor ideia de como as coisas iam se desenrolar.

— É por ali – disse Lulu, declarando o óbvio enquanto apontava na direção do castelo. – Eu queria ter mais tempo pra saber das novidades, mas, se quer minha opinião, já estamos perdendo tempo. Boa sorte.

Olhei para Nox, que assentiu. A multidão de macacos se afastou para nos deixar passar, e começamos a seguir nosso caminho.

— Se eu fosse vocês, iria pro labirinto! – gritou Lulu nas nossas costas. Já tínhamos partido.

— Agora eu te pergunto – disse Nox. – O que é que está acontecendo?

Eu tinha quase certeza de que a pergunta era retórica. Mesmo que não fosse, eu não sabia a resposta. Só sabia que alguma coisa tinha nos levado para lá e, o que quer que estivesse acontecendo, o palácio estava no centro de tudo.

Conforme nos apressávamos pelas ruas abandonadas da cidade, a sensação de medo que emanava do centro se tornou cada vez mais palpável. Quando olhei para Nox, ele tinha uma expressão quase doente.

— Tem alguma coisa maligna por lá — disse ele. — Estou sentindo. — Ele não admitiu nada, mas cambaleava um pouco, diminuindo o passo, e eu percebi que ele estava lutando com todas as forças só para continuar seguindo em frente. — É como se essa coisa quisesse que eu desistisse.

Eu também sentia isso. E percebi que era uma coisa maligna. Mas, em vez de me repelir, essa coisa me atraía, como se houvesse uma festa por lá e eu estivesse seguindo a música. Como se alguém estivesse fazendo um assado delicioso e eu fosse uma pessoa faminta seguindo o cheiro.

Não mencionei isso.

Nox baixou a cabeça e seguiu em frente.

Em pouco tempo, estávamos lá, e eu vi em detalhes como o palácio tinha se tornado grotesco. Estava coberto com um limo pegajoso e nojento e, no lugar das portas douradas ornamentadas que antes eram a entrada, havia um tipo de escultura horrorosa: uma criatura gigantesca e monstruosa em baixo-relevo. Parecia um polvo, mas com mais tentáculos e uma boca asquerosa, cheia de dentes afiados e cerrados.

— Que merda é *aquilo*? — perguntou Nox, incrédulo.

Não respondi, porque eu tinha acabado de notar uma coisa ainda mais perturbadora.

Caído nos degraus como um boneco de pano quebrado e descartado, com as pernas e os braços abertos, estava o Espantalho. Sua cabeça estava pendurada, caindo para o lado. Não parecia ele mesmo.

— Merda — falei. — O show vai começar.

Invoquei minha faca, na esperança de que fosse uma luta rápida, e gritei apavorada com o que apareceu no lugar dela: de alguma forma, vinda do nada, uma cobra preta e sibilante estava se contorcendo na minha mão. Antes que eu pudesse largá-la, ela se enroscou no meu braço, onde recuou a cabeça e abriu a boca, pronta para me atacar.

Sem pensar, eu me desfiz dela, do mesmo jeito involuntário com que tinha aprendido a fazer quando não precisava mais da minha arma.

Nox estava me encarando, a boca escancarada.

Mas descobri que eu não estava exatamente surpresa com o que tinha acabado de acontecer.

— É este lugar – falei. – A maldade daqui. Está afetando tudo.

Não tínhamos o luxo de refletir mais do que isso, porque o Espantalho agora estava se mexendo. Ele se sentou e me encarou com seus pequenos olhos pintados e fez uma careta.

— Olá – disse ele, sem nenhum sinal da ameaça sinistra que eu costumava ver. Em vez disso, parecia o tio esquisito e só um pouco assustador de alguém. – Eu conheço vocês?

Eu imediatamente soube que havia alguma coisa errada com ele, mas levei mais um instante para descobrir o que era. Foi aí que percebi: sua cabeça parecia deformada e estranhamente reduzida. Como se estivesse faltando alguma coisa.

Eu tinha quase certeza de que sabia o que era.

Sem minha faca para me ajudar, me sentia um pouco despreparada, mas eu tinha outras armas. Pelo menos, *achava* que tinha. Mas, quando tentei disparar um dardo de fogo nele, tudo que saiu dos meus dedos foi uma névoa de fumaça verde nociva com cheiro de ovos podres, e percebi, com uma sensação de derrota, que não ia conseguir usar nada da minha magia.

Por sorte, pelo menos por enquanto, não parecia que o Espantalho seria uma grande ameaça. Quando subi os degraus, indo em sua direção, ele não fez nenhum movimento para me atacar nem para sair do caminho. Em vez disso, ficou apenas murmurando alguma coisa para si mesmo. *Um feitiço*, pensei, me lembrando de manter a concentração.

*Não*, percebi quando cheguei perto o suficiente para ouvir. Não era um feitiço.

— E aí o demônio diz para o fungo... – murmurou o Espantalho. – Não, espera. Deixa eu começar de novo. Duas jovens prostitutas e um peixe entram em um...

Quando ele percebeu que eu estava correndo em sua direção, olhou de novo para mim, como se estivesse me vendo pela primeira vez.

— Já te contei essa?

Seus olhos se reviraram e sua cabeça de lona caiu para o lado e pousou no ombro.

— Eu costumava ser muito inteligente, sabe? Todo mundo dizia isso. Eu até fui rei por um tempo. Agora, olha só pra mim. — Com isso, seu rosto pintado virou uma máscara de tristeza, e ele começou a chorar baixinho.

— Quem? — perguntei, já sabendo a resposta.

— *Dorothy* — respondeu ele. — Minha querida e velha amiga Dorothy. Como pôde?

Era patético vê-lo — o companheiro mais cruel e apavorante de Dorothy — nesse estado. Mas não senti pena. Como poderia?

Eu o peguei pela garganta e o ergui, apertando com força. Sua boca costurada em ponto-cruz soltou um ruído gorgolejante quando ele ofegou em busca de ar. Apertei com mais força, depois ainda mais enquanto ele emitia um barulho borbulhante. Ele agitou os braços estofados, mas não resistiu de fato. Na verdade, parecia aliviado.

Por fim, seus olhos se abriram, arregalados, e ele soltou um lamento agudo final enquanto o corpo estofado ficava totalmente flácido.

O fato de ele ter estado vivo, para começo de conversa, era um mistério e provavelmente sempre seria. Mas, o que quer que fosse, aquela vida tinha se acabado. Eu o matei.

Antes de jogá-lo para o lado, segurei o tecido solto do seu escalpo e arranquei sua cabeça.

Segunda decapitação em um dia. Provavelmente um recorde.

Quando examinei o que antes era sua cabeça, virando-a do avesso e jogando o conteúdo no chão, minhas suspeitas se confirmaram. Tudo que saiu de lá foi palha, algumas bolas de algodão e umas moedas soltas.

Como eu suspeitava, o cérebro do Espantalho tinha sumido. Dorothy já o tinha pegado. Agora ela estava com o conjunto completo: coração, cérebro e coragem. Mas por quê? O que ela queria com aqueles itens?

Joguei a cabeça do Espantalho no chão, como o lixo que era, e pisei nela como um bônus.

– Ei – disse Nox. A princípio, achei que ele estava reagindo a mais um ato de crueldade descarada da minha parte, mas aí ele levou um dedo aos lábios e disse: – Escuta.

Não ouvi no início, mas depois, ao longe, das profundezas do palácio, detectei um som retumbante. O chão sob meus pés começou a tremer e a estátua de polvo diante de nós criou vida; seus tentáculos começaram a balançar e seus olhos passaram a brilhar com uma luz verde asquerosa. Devagar, ele abriu a boca, revelando uma entrada que mal dava para atravessar.

Olhei de relance para Nox. Eu nunca o tinha visto tão apavorado.

– Acho que podemos entender isso como um convite – falei.

# VINTE E CINCO

Por dentro, o palácio não se parecia em nada com o lugar que eu conhecia de cor da época em que me passei por uma das serviçais mais fiéis de Dorothy.

Na verdade, era o tipo de lugar que só se via em pesadelos. A princípio, foi difícil até entender o que eu estava vendo. A vasta câmara de entrada em que estávamos tinha sido virada de pernas para o ar e do avesso. Não. Nada disso — do avesso e de pernas para o ar implicaria certa ordem das coisas, e parecia que as regras normais da física não se aplicavam ali nem um pouco. Como algo saído de uma obra do artista gráfico M. C. Escher, havia escadarias inteiras flutuando no ar, levando a lugar nenhum, móveis suspensos nas paredes inclinadas, e uma selva completa parecia estar nascendo do teto.

Eu não tinha ideia do que estava acontecendo, mas sabia, por instinto, que Lulu estava certa em relação a onde tínhamos que ir.

— O labirinto — falei. Era o centro de tudo. Era onde Oz tinha começado. E agora estava revidando. — Temos que chegar lá.

Nox não estava prestando atenção. Ele parecia totalmente desorientado, como se não se lembrasse mais de quem era, e olhava ao redor com desespero, os olhos frenéticos, como se procurasse uma saída. Não havia nenhuma, pelo menos até onde eu conseguia enxergar. A porta por onde tínhamos entrado simplesmente desaparecera assim que a atravessamos.

— Nox — falei desesperada, segurando a mão dele. — Se recomponha. Sei que é difícil, mas temos que encontrar Dorothy e Ozma. Não temos escolha.

— Eu... — começou a dizer. Depois simplesmente balançou a cabeça. Ele não conseguia pôr as palavras para fora.

— Eu preciso de você. Não posso fazer isso sozinha.

De algum jeito, isso pareceu fazer efeito. Nox mordeu o lábio, fez que sim e se preparou.

— Está bem — disse ele, respirando fundo. — Eu consigo. Tem alguma coisa neste lugar. Parece... errado. Está me deixando confuso.

— Eu sei — falei, mas não entendia muito bem por que estava afetando a ele mais do que a mim. Era verdade que a coisa era desnorteante; eu mal conseguia enxergar e, quando dava um passo à frente, acabava indo para trás, como se estivesse em um filme que rodava ao contrário. O problema principal era que eu não sabia como íamos encontrar o que estávamos procurando no meio daquilo tudo.

Quer dizer, isso foi até um flash vermelho na minha visão periférica chamar a atenção e eu girar para encontrar a fonte: Dorothy.

Do outro lado do salão, Dorothy mantinha Ozma em uma de suas coleiras de controle mental e subiam juntas uma escadaria. As duas avançaram em espiral em direção a uma porta verde que flutuava a cerca de um quilômetro acima de nós. Eu nem sabia como a porta podia ter subido tanto — nem o teto parecia *tão* alto, mas o modo como o espaço parecia funcionar ali obviamente não valia a pena tentar entender.

— Ali — falei, puxando Nox comigo enquanto começava a correr. Ou tentava: quanto mais rápido eu queria ir, mais a estranha física do lugar me desacelerava, até parecer que eu estava me movimentando dentro de uma gelatina. Naquele ritmo, Dorothy teria sumido bem antes de eu conseguir alcançá-la.

— Você acha que consegue se teletransportar? — perguntei a Nox. Era um risco; não dava para saber se o teletransporte ia funcionar ali, especialmente pelo jeito como minha magia estava funcionando desde que entráramos na cidade, mas era um risco que eu tinha que assumir.

— Posso tentar — respondeu ele, parecendo inseguro.

— Tem certeza?

Nox engoliu em seco.

— Acho que sim.

Não acreditei nele. Mas o que mais eu poderia fazer? Dorothy ainda não tinha me notado, mas já estava na metade da escadaria.

— Vamos fazer isso juntos — falei. Segurando a mão de Nox com força suficiente para interromper a circulação, prendi o ar e o levei comigo para as Terras Sombrias.

Assim que entrei nas sombras, soube que tinha cometido um erro. A mão dele começou a escorregar da minha. Era como tentar segurar água. Mas, através da tela nebulosa que me separava do mundo acima, vi que Dorothy estava quase chegando à porta que a levaria para fora dali.

Então voltei à realidade. Tinha funcionado. Eu agora estava a apenas alguns passos atrás de Dorothy, e ela ainda não tinha me notado.

Mas Nox desaparecera.

Ozma já tinha passado pela porta, e Dorothy a estava atravessando. Em pânico, olhei para trás e vi Nox, ainda no chão, onde estávamos antes, me olhando boquiaberto, com uma expressão de pavor abjeto no rosto.

— Vai! — gritou ele. — Eu te alcanço.

Eu podia ter voltado para pegá-lo. Em vez disso, mergulhei na porta verde atrás de Dorothy uma fração de segundo antes que ela se fechasse. Eu estava nos limites do grandioso e formal jardim do palácio, perto do labirinto de sebes que Pete certa vez me disse ser o local de nascimento de Oz.

Dorothy e Ozma estavam andando em direção ao labirinto.

Muito tempo atrás, Pete me falara que Dorothy tinha pavor de entrar ali: havia alguma coisa que a apavorava, que lhe dizia que ela nunca ia sobreviver se tentasse chegar ao centro. Mas agora, com Ozma de cérebro lavado conduzindo o caminho para ela, Dorothy parecia bem determinada a entrar.

O labirinto não me assustava. Eu já o tinha atravessado. Sabia como lidar com ele. Mas também sabia que, se eu tentasse atravessá-lo de novo sozinha, havia muitas chances de me perder ou de perder meus alvos de vista para sempre.

Decidi que, naquele momento, ser sorrateira era a melhor opção. Assim, me cobri com um encanto de desorientação para que Dorothy não percebesse que eu estava me esgueirando atrás dela. Eu não tinha certeza de que ia funcionar, mas não faria mal tentar. Ozma acenou seu cetro e abriu um buraco nas sebes; quando ela e Dorothy atravessaram, fui atrás.

Ozma sabia aonde estava indo. Ela navegava pelas curvas intrincadas do labirinto sem nem hesitar quanto ao caminho a seguir. De vez em quando, parava em um local que nem sequer parecia uma trilha, acenava o cetro de novo e abria outra passagem secreta. Enquanto Dorothy a seguia, eu acompanhava as duas, e, em pouco tempo, tínhamos chegado ao centro.

Estava diferente da última vez em que o vi. Em vez da área de paralelepípedos minúsculos, com um banquinho e uma fonte modesta e meio suja, saímos dos arbustos e entramos em uma gigantesca praça deserta. A fonte no centro agora era ornamentada e majestosa, com desenhos sinuosos e vistosos esculpidos numa enorme bacia de mármore, de onde saíam jatos d'água.

Ao lado dela, estava o Mágico.

— Bem na hora — disse o Mágico ao ver Dorothy fazer sua aparição. Ele fechou o relógio de bolso e o guardou na lapela. — Eu sabia que podia contar com você, Vossa Alteza. Sempre deu um jeito de conseguir o que queria. O único segredo é fazer você *achar* que quer algo.

— Cale a boca, seu velho idiota — soltou Dorothy. — Não estou aqui pra fazer seus joguinhos. Saia da frente pra eu finalmente fazer o que devia ter feito anos atrás: destruir aquele lugar horroroso de uma vez por todas.

O Mágico simplesmente sorriu.

— Mas será que você *consegue*?

— Já basta da sua insolência — rebateu Dorothy, dando um tapa tão forte na cara dele, que o som ecoou pela praça. — Faça o que eu mando e prepare o ritual que você me prometeu, antes que eu decida parar de ser tão boazinha.

O Mágico massageou o rosto, mas não pareceu ofendido.

— A questão — disse ele enquanto a careta de Dorothy se transformava num sorriso inesperadamente complacente — é que você não está mais no comando. Não aqui. Desde que se afastou da cidade, estive em contato direto com as Forças Territoriais. Forças bem maiores que você ou Glinda ou qualquer uma das bruxas. — Ele apontou para o palácio, que, mesmo nós estando bem no centro do vasto labirinto, víamos se assomar por sobre as sebes. — Você viu o que o palácio se tornou, não é? Não é só aparência, sabe? É um símbolo de tudo que me tornei e de tudo que vou me tornar.

Em vez de argumentar com ele ou lutar, Dorothy o analisou com curiosidade.

— Me conte — disse ela. — O que você planejou?

Ela parecia tão servil e bajuladora, que achei que fosse sarcasmo, mas, quando ela soltou a coleira com a qual prendia Ozma e deu um passo para trás, entendi. O Mágico estava fazendo uma magia pesada, e Dorothy, que sempre adorou escravizar pessoas, agora estava provando do próprio veneno: pelo olhar vidrado e vago dela, ficou claro que ele a colocara sob algum tipo de feitiço hipnótico.

Quando Ozma foi para o lado dele, o Mágico olhou ao redor.

— Só um instante — disse ele. — Tem mais alguém aqui, não tem? Estou percebendo uma bruxa espreitando nas sombras?

Ele fez um aceno e, me sentindo estranhamente compelida, abandonei meu encanto de desorientação e avancei, me juntando a eles.

— Ah — disse o Mágico. — Que coisa boa te ver, srta. Gumm! Me conta, o que foi que eu fiz pra merecer não uma, mas *duas* das minhas pessoas preferidas num dia como hoje?

— Eu... — comecei a dizer. Mas parei. Certo tipo de contentamento tinha me tomado. Não era como se a minha mente estivesse sendo controlada, não exatamente, era mais como se eu tivesse sido drogada e nada no mundo pudesse me incomodar. — Eu não sei — falei, por fim. — Me conta, então?

— Sim — disse o Mágico. — Acho que preciso contar.

Ele apontou para um local a seus pés e dois banquinhos se materializaram, estofados de seda verde com uma filigrana dourada. Eu me sentei, e Dorothy se acomodou ao meu lado. Era irritante vê-la se comportando de maneira tão dócil. Mas, por outro lado, eu estava me comportando exatamente do mesmo jeito.

O Mágico nos encarou com uma ternura paternal.

— Vamos discutir algumas coisas.

# VINTE E SEIS

— Vocês, qualquer uma das duas, já viram o estado americano do Kansas num mapa? – perguntou o Mágico.

Antes que Dorothy e eu pudéssemos responder ou até mesmo fazer que sim com a cabeça, ele continuou:

— Se já viram, tenho certeza de que perceberam sua forma. Dorothy? Amy? – Ele nos chamou como um professor desconfiado. – Qual é a forma do Kansas?

Dorothy respondeu com confiança:

— Ah, parece uma bolha redonda com um buraquinho engraçado na forma de uma mulher gorda e saltitante cortado na lateral.

Eu a encarei como se ela fosse louca. Se fosse qualquer outra pessoa, eu quase teria sentido pena por ela se humilhar desse jeito.

Não que eu estivesse me saindo muito melhor. Não tinha ideia de por que o Mágico se importava com a forma do Kansas ou por que eu me sentia tão estranha, mas não era exatamente uma pergunta difícil, se você fosse de lá. E eu sabia a resposta.

— É um retângulo – falei. – Faltando um pedacinho no topo do canto superior direito. Não sei por quê. – Aquele pedacinho que faltava sempre tinha me incomodado; parecia deixar tudo meio desequilibrado.

O Mágico sorriu docemente.

— Correto. Amy ganha uma estrela dourada. Dorothy usa o chapéu de burro por falar essas bobagens.

— Mas... — disse Dorothy, parecendo uma criança na escola que não conseguia acreditar que errara ao soletrar uma palavra fácil na última rodada do torneio. — Eles devem ter mudado — resmungou ela.

O Mágico balançou a cabeça, impaciente. Dava para ver que ele queria chegar a algum lugar — eu só não sabia aonde.

— Agora, meninas, vocês conseguem pensar em outro lugar que tenha a forma de um retângulo, mais largo do que alto, com um pedacinho cortado no canto?

Percebi imediatamente. Desta vez, Dorothy também sabia do que ele estava falando. Nós duas respondemos ao mesmo tempo:

— Oz.

O Mágico bateu palmas.

— Ding ding ding. Oz tem exatamente a mesma forma; e, por acaso, exatamente o mesmo *tamanho* do grande estado do Kansas. Só existe uma pequena diferença: em Oz, aquele pedacinho faltando no canto fica a *oeste*, bem onde ficaria o lendário vale de Oogaboo, se ele existisse, só que não existe e nunca existiu.

Olhei para Dorothy, sentindo uma camaradagem estranha em relação a ela, que parecia tão confusa quanto eu.

— Olha, esqueçam Oogaboo por enquanto. É uma história longa e extremamente tediosa da qual eu mesmo mal me lembro. Tem a ver com impostos e regulamentos Winkie, se a memória não me falha. De qualquer maneira, não é importante. Eis a pergunta que importa: por que vocês acham que Oz e o Kansas são tão semelhantes em termos geográficos?

A resposta me veio do nada.

— Porque são o mesmo lugar.

Eu nem tinha pensado no assunto; simplesmente meio que *sabia*, era algo que parecia óbvio e familiar, mesmo sendo absurdo. Meio que como o conceito de *pi*, eu acho.

— Ou alguma coisa assim — acrescentei rapidamente, envergonhada com a idiotice da ideia.

Mas o Mágico estava me olhando com certo respeito.

— De fato, srta. Gumm. De certa maneira, eles são o mesmo lugar. Oz e o Kansas ocupam o mesmo espaço físico, mas em dois planos vibracionais diferentes. Sabe, quando as fadas criaram esta fonte e invocaram a Velha Magia que seria a força vital de Oz, elas não a tiraram do nada. Elas a tiraram do Kansas.

Ele me lançou um olhar expressivo.

— Isso explica por que o Kansas é *tão* chato, não é? O fato é que costumava ser um local de poder. Poder sombrio. Esse tempo todo, ele estava alimentando Oz. Cedendo toda a sua magia para que este lugar pudesse existir. E, apesar disso, o equilíbrio nunca foi perfeito. Sempre foi um pouco ineficiente. Vou mudar isso. Finalmente vou abrir a porta entre lá e cá: juntar os dois e transformá-los em um único lugar glorioso. E, é claro, vou me colocar no comando.

Eu estava tentando juntar tudo que ele dizia, mas ainda me sentia muito confusa.

O Mágico continuou:

— Agora vamos fazer um pequeno ritual. Bem, não tão pequeno, na verdade. Vocês não têm ideia de como foi complicado organizar tudo isso. Dorothy, pode me dar os itens?

Dorothy não resistiu — tirou a bolsa do ombro e a entregou para o Mágico, que a abriu e olhou dentro, fazendo um sinal positivo com a cabeça quando viu o que estava procurando.

— Maravilhoso — disse ele, pegando primeiro o coração. — Achei que Amy aqui ia conseguir reunir essas coisas pra mim, mas, quando ela se tornou tão imprudente, decidi que precisava de um plano B. Fico feliz por ter feito isso. Você fez um ótimo trabalho me trazendo o que eu precisava.

O coração estava pulsando com uma energia dourada estranha, e o Mágico o pegou e o colocou diante de si, na altura do peito. Em vez de cair no chão quando ele afastou a mão, o coração ficou parado no ar, vibrando.

Em seguida, ele fez a mesma coisa com o rabo do Leão e o cérebro estofado do Espantalho, que estavam brilhando em roxo e azul, respectivamente.

— Eu não tinha ideia, quando dei essas bobagens pros seus amigos, que estava inconscientemente trabalhando a serviço das fadas – disse o Mágico. – Criando a chave que liberaria o verdadeiro potencial de Oz. Agora, Dorothy, acho que está na hora de você fazer sua parte.

— Sim – disse ela, parecendo um zumbi. Ela se levantou e assumiu seu lugar, ao lado dos objetos cintilantes. De repente, Dorothy parecia desconfortável, e o Mágico estalou os dedos na frente do rosto dela, congelando-a como uma estátua.

— Só pro caso de ela se contorcer – disse ele. – Está preparada, Amy?

Eu me levantei do banquinho, pronta para obedecer. Mas não *sabia* o que o Mágico queria.

— Amarelo, azul e roxo. O que está faltando?

— Vermelho – respondi. – A cor dos Quadlings.

— Certo. E o que é vermelho?

Foi aí que entendi.

— Sangue – respondi. Minha voz saiu sussurrada.

— Boa garota. Este é o seu grande momento. Não era por isso que você estava esperando?

— Eu... – comecei a dizer. Mas, mesmo no meu estado alegre e hipnotizado, sabia que não era assim que deveria ser. Não parecia certo.

O Mágico notou minha hesitação.

— Você sempre foi tão determinada. É o que a torna tão especial, e eu respeito isso. Mas a escolha é sua, Amy. Foi isso que eu prometi que ia acontecer se você me trouxesse tudo que eu precisava. E você foi bem-sucedida. De certa forma, pelo menos. Então vá em frente, pegue o seu prêmio. Está tudo preparado, então arrume uma arma.

Minha lâmina apareceu na minha mão por vontade própria, e eu a segurei diante de mim.

— Só um instante – disse o Mágico. – Antes de você se empolgar. Só mais *uma* coisinha. Pra eu conseguir invocar a Velha Magia que vem do Kansas e governar Oz como seu rei legítimo, vou precisar de uma rainha. Uma rainha *de verdade*.

Ele voltou sua atenção para Ozma, pegou a mão dela e a beijou de um jeito que devia ser cavalheiresco. Aquilo me deu calafrios.

— Você gostaria de recuperar seu trono? — perguntou o Mágico a ela. — Gostaria de voltar a ser você mesma? Gostaria de ser minha noiva e se sentar ao meu lado como rainha das fadas de Oz?

Ozma parecia confusa. Mas já estava começando a mudar. Um par de enormes asas de borboleta, reluzentes e douradas — asas de *fada* —, tinha surgido em suas costas. Seus olhos verdes estavam cintilando, e o cabelo preto esvoaçava descontrolado. Ela começou a flutuar a alguns centímetros do chão.

— Ah, sim — refletiu o Mágico, encarando-a com admiração. — Eu sempre quis ver o verdadeiro aspecto de uma fada. Mesmo nas minhas velhas negociações com elas, eu sabia que só estavam se revelando em uma forma que mascarava a aparência real. Mal posso esperar pra ver no que você vai se transformar depois que a Velha Magia for verdadeiramente liberada.

Ozma não disse nada. Mas olhou para o céu, onde um vórtex preto apareceu, primeiro redemoinhando devagar e, depois, rápido. Conforme ele crescia, eu vi o que era: um tornado. Um *ciclone*. Só que estava de pernas para o ar e virado do avesso, e nós estávamos do outro lado do funil, como se o observássemos do topo.

O Mágico observava o ciclone de maneira quase amorosa.

— Bem na hora — disse ele. — É sempre tão bom quando as coisas acontecem conforme o planejado. Agora, Amy, como alguém que veio do Outro Lugar, do exato ponto de onde a fonte bebe, e que aprendeu a canalizar sua Velha Magia com tanta facilidade, vou deixar você fazer as honras. É hora de Dorothy morrer.

Segurei a faca no alto e senti o poder vindo do funil no céu e penetrando nela.

Senti o feitiço do Mágico na minha mente, me mandando seguir em frente. Também senti a escuridão me chamando. *Levante-se*, as vozes pareciam dizer.

Dorothy estava parada ali na minha frente, seu rosto congelado em um sorriso bobo e tímido, e eu pensei que quase enxergava a pessoa que ela tinha sido: a garota que veio para Oz, acabou com as bruxas e salvou o reino. Não porque ela queria poder, mas por causa de sua inocência. Porque ela era boa.

Eu sabia o que ia acontecer se a matasse. Eu estaria aceitando o manto que me prometeram. Eu finalmente seria Malvada. De verdade. E não teria como voltar atrás.

*Levante-se*, a voz sibilou mais uma vez.

Estava na hora. Ergui a faca para aquilo. Para matá-la.

Mas, bem quando estava prestes a golpeá-la, ouvi a voz de Nox.

— Não faça isso! — gritou ele. — É um truque! Ele está enganando você!

Girei e o vi atravessando as sebes.

— Mate! — sibilou o Mágico. — Mate-a agora.

Então Ozma começou a gritar, suas asas diáfanas batendo desesperadas, e Pete saiu de seu peito.

Não foi como das outras vezes em que ele se transformara. Ozma ainda estava ali, gemendo e se curvando em agonia. Mas agora Pete também estava. Ele cambaleou pelos paralelepípedos, deu um salto e agarrou a garganta do Mágico.

O redemoinho acima de nós rodopiou. O Mágico gritou: em um piscar de olhos, seu feitiço foi interrompido. Pisquei e soltei a faca. Ela caiu no chão de paralelepípedos. Eu não estava mais me sentindo tão calma e contente. Estava me sentindo bem apavorada.

Dorothy saiu do transe.

— Traidor — disse ela. Dorothy estendeu a mão e, como se estivesse puxando uma corda de marionete, Pete voou para longe do Mágico. Ela queria cuidar dele pessoalmente, e, ao se aproximar, o rosto do Mágico ficou branco.

— Eu devia ter feito isso há muito tempo. Agora, vamos ouvir os seus gritos.

Ela bateu as mãos, e o Mágico *realmente* gritou. Seu corpo começou a ondular e se retorcer conforme o feitiço de Dorothy o percorria, e então pareceu que alguma coisa o estava devorando de dentro para fora.

— Não! – gritou ele. – Me ajuda! Amy, me ajuda!

Mas não havia nada que eu pudesse fazer. O feitiço era rápido. Em uma explosão de sangue, tripas e glitter, o Mágico morreu.

O céu se abriu. E o Kansas choveu sobre nós.

# VINTE E SETE

*Vocês já viram o estado americano do Kansas num mapa?*

A resposta, pelo menos para mim, era claro que sim. Obviamente. No quarto ano, passamos pelo menos um mês de estudos sociais no que a sra. Hooper chamava de "Unidade do Kansas". Durante esse período, tivemos que memorizar a flor oficial do estado do Kansas (girassol), o pássaro oficial do estado (cotovia-do-prado), o hino do estado ("Home on the Range" – essa era fácil) e coisas idiotas, tipo, de onde vinha o nome *Kansas* (dos nativo-americanos ou dos franceses ou de ambos; não lembrava).

Além de memorizar todas essas perguntas, cada um de nós teve que fazer uma apresentação sobre alguém famoso do Kansas.

Até aquele momento, eu tinha me esquecido completamente disso, mas então a lembrança surgiu, perfeita.

Eu queria fazer meu trabalho sobre alguém famoso do Kansas usando Dorothy, de *O Mágico de Oz*. Eu estava decidida, na verdade. Mas Madison Pendleton chegou à escola cedo e reivindicou o tema antes que qualquer pessoa tivesse a chance.

Depois, quando perguntei à sra. Hooper se poderia fazer um relatório sobre Mary Ann, de *A ilha dos birutas*, ela me disse que não era permitido, porque Mary Ann Summers não era uma pessoa real.

— Dorothy Gale de *O Mágico de Oz* também não é – respondi.

Mas a sra. Hooper adorava Madison Pendleton. Adorava tanto, que às vezes a deixava se sentar a seu lado no almoço, para escovarem o cabelo uma da outra.

A sra. Hooper me odiava.

– Dorothy não é real, mas é *importante*. Ela é uma das pessoas mais famosas do Kansas – disse ela. – Mary Ann, de *A ilha dos birutas*, não é importante. Na verdade, Amy, sempre achei que Mary Ann fosse de Oklahoma. Tem certeza de que você não está confundindo com Howells?

Eu sabia que não valia a pena discutir, por isso perguntei se poderia fazer sobre Amelia Earhart. Pensando bem, pelo menos naquela época, ela se parecia um pouco com Dorothy, só que era real. Mas a sra. Hooper deu essa tarefa para Candy Sinclair, sua segunda aluna preferida no quarto ano, depois de Madison Pendleton, e, por fim, me deu Bob Dole, só de ruindade.

O Kansas nunca tinha sido especialmente gentil comigo.

E agora eu estava de volta. Eu estava em casa – se é que ainda podia chamar assim – e tinha sido trazida para cá do mesmo jeito como fui levada: por um tornado.

A única coisa era que não parecia mais o Kansas.

E eu não estava sozinha.

Nós duas estávamos ali, juntas: eu e Dorothy, bem onde tínhamos começado. No Kansas. Para ser exata, no estacionamento de trailers de Dusty Acres. Não que tivesse sobrado muita coisa: imaginei que, quando o tornado me levara para Oz, tivesse destruído totalmente o lugar. Agora era apenas uma extensão vazia de poeira cinza, com um cartaz que dizia: *Dusty Acres. Se você morou aqui, está em casa agora.*

A única outra coisa que restara do local onde eu morava era a churrasqueira de concreto que ninguém usava, exceto no feriado de Quatro de Julho. Só que agora ela estava em chamas, e havia uma figura escura encolhida sobre ela. A figura era, ao mesmo tempo, clara e indistinta – sólida, mas difusa. Então se dividiu, e eu vi que não eram uma, mas três: da escuridão, um trio de mulheres surgiu, cada uma usando uma capa pesada de uma cor diferente: vermelho, dourado e azul. Outra capa, roxa, estava no chão ao lado delas, sem dona.

Bruxas. Reconheci a de vermelho. Era Glamora.

Ao longe, achei ter ouvido outra voz chamando meu nome – uma voz que parecia familiar, mas eu não conseguia identificar. Era um garoto. Um homem. Era alguém importante, alguém significativo para mim, mas não conseguia me lembrar do porquê.

– Levante-se, bruxinha – disse Glamora. – Assuma seu lugar entre nós.

Dei um passo à frente.

Impressão e Acabamento:
GRÁFICA STAMPPA LTDA.